EZIO W.
MATTASSI

VOLANDO SOBRE PATAGONIA Y OTRAS AVENTURAS

America Star Books
Frederick, Maryland

First printing

Todas las ilustraciones son del autor. Fotografias de Juan Claudio Mattassi Alonso y del autor.

Softcover 9781682290361
PUBLISHED BY AMERICA STAR BOOKS, LLLP
www.americastarbooks.pub
Frederick, Maryland

Estancia Laguna Azul
RUTA 40
MONTE FITZROY
LAGO CARDIEL
LAGO VIEDMA
LAGO ARGENTINO
TORRES DEL PAINE
RIO SANTA CRUZ
Estancia Chumanguitos
RUTA 40
OCEANO ATLANTICO
PATAGONIA ARGENTINA
PUERTO NATALES
RIO GALLEGOS
RUTA 40
PATAGONIA CHILENA
RIO PENITENTE
MORRO CHICO
VAPOR OLYMPIA
ISLA RIESCO
LAGUNA BLANCA
ESTRECHO DE MAGALLANES
SENO OTWAY
FARO PUNTA DUNGENES
PINGUINERAS
PINGUINERAS ISLA MAGDALENA
AEROPUERTO CARLOS IBAÑEZ DEL CAMPO
TIERRA DEL FUEGO
BASE BAHIA CATALINA
PUNTA ARENAS
ESTRECHO DE MAGALLANES
PENINZULA BRUNSWICK
ESTRECHO DE MAGALLANES
ISLA SANTA INES
FUERTE BULNES
CABO FROWARD
LIMITE FRONTERA
PATRULLA AVION T-6
RUTA 40
VUELO GIPSY A LAGUNA AZUL

Prólogo

El simple cuento que comienza es ficción. Los nombres son ficticios; cualquiera similitud con nombres de personas existentes, es pura coincidencia.

El autor agradece a sus colaboradores, que de alguna forma u otra contribuyeron en este libro:

Mi esposa, Louis. mi hijo, Gabriela Caviedes de Jara; Fulvio Molteni; Juan Claudio Mattassi Alonso; Isabel Lecusay; Malena y Anibal Wilson; George Wilson; Michael Saunders; Carlos Darío Madrigal; Max Fernández; Oscar Avendaño y José Miguel Pérez de Castro.

Notas del Autor

El simpático lenguaje del personaje Jim Cameron en el texto, era el característico y gracioso hablar de algunos anglo-sajones en las estancias de la Patagonia Austral...

La palabra estancia se usa tanto en la Patagonia Chilena como Argentina y define grandes establecimientos rurales, (haciendas), destinadas a la ovejería o a la crianza de ganado.

La expresión "casa grande", refiérese a las residencias de los dueños o administradores de las estancias; y "comedor chico", a las residencias de los empleados solteros.

Las ilustraciones que aparecen al comienzo de cada capítulo son solo decorativas; muestran diferentes escenas de la Patagonia Austral cordillerana y no acompañan precisamente el relato.

El autor usó informalmente los pronombres, tanto "che, como chei", que son comunes en el diario lenguaje de la Patagonia, tanto chilena como argentina.

El mapa pictórico que ilustra un área de la Patagonia Austral, solo indica en forma aproximada la realidad geográfica, y muestra algunos lugares existentes; así como otros ficticios. que acompañan el relato.
Vale.

Capítulo 1

EL TENIENTE CONTI VUELA SU AVION POR UN ESTRECHO VALLE QUE CONDUCE A CERRO CASTILLO; 09:30AM HORAS, 1959 PATAGONIA CHILENA

Una vez terminado su patrullaje el piloto ha decidido abandonar su área de contención; según indican los intrumentos, hay suficiente combustible y tiempo para volar hasta las Torres del Paine, que siempre había deseado conocer… y que están muy cerca…

El teniente ha perdido contacto en forma intencional con sus superiores; ha desconectado la radio del avión con la torre de control; y comenzó a volar a gran velocidad y a baja altura, donde fugaces imágenes se deslizaban a 250 kilómetros por hora…

En la cabina, el orquestado sonido del vuelo a través del motor y el viento en el fuselaje, era ensordecedor; el piloto se sentía adherido al aparato como otro componente más. Sólo su trasero y estómago percibían los cambios de peso producidos por el avión, al variar de altura o se balancear a ambos lados.

Sorprendido el personal de las estancias locales escuchaban el ensordecedor retumbar del avión por el angosto valle que une Puerto Natales y el cerro Castillo; al pasar este último, el piloto inclinó el avión y viró hacia el Oeste. En la distancia, por un segundo pudo ver a lo lejos, las montañas del Paine…

Pero en ese momento las cosas se complicaron para el joven piloto, algo inesperado...

¡Un relámpago blanco de aves se elevó frente al veloz avión!

¡Paf! ¡bang! ¡paf...!

¡Era el feroz y horrible sonido de varios impactos…!

De inmediato un fuerte golpe de viento, mezclado con sangrientas y grotescas partes de una descuartizada ave, golpearon la cara del piloto. La inesperda contingencia lo desconcertó momentaneamente, pero reaccionó de inmediato y estabilizó el avión. El parabrizas había desaparecido, un intenso y helado viento lo invadía todo…

…Dentro de la cabina circulaban sangrientos restos y plumas del desafortunado ganso blanco; el dolor en la cara del piloto era intenso,… le era difícil respirar,… sangre del ave poco menos que había saturado sus narices…

Por unos segundos su visión se tornó rojiza; y sangre se deslizaba por su mejilla. Con su mano izquierda sintió una húmeda bola que colgaba a ese costado de su cabeza…

- ¡Mierda!... dijo, ¿Será mi ojo izquierdo?- La adrenalina explotó en su cuerpo mientras tomaba control de la situación...

Con una manga se limpió la cara, era sangre y plumas; escupió algunas que se habían acomodado en sus labios…

Enseguida pudo ver mejor, pero con brillo rojizo.

Por una fracción de segundo pudo ver una ensangrentada bola que se había depositado sobre su regazo…, era la cabeza del ave, pero sin pico…

Por suerte no era su ojo izquierdo. -¡Uf! ¡Qué alivio!-

¡Necesitaba un lugar para aterrizar de emergencia... y rápido!

-Hazlo bien, se decía, tú sabes como hacerlo, ¡calma...

¡Su corazón latía a mil!

-¡Calma Roberto, calma...!-

Desaceleró el motor…

Movió la cubierta de la cabina hacia atrás; bajó un poco los flaps, (áreas bajo las alas que aumentan la sustentación y que bajan o suben la proa del avión)…

El aparato continuó su descenso; a metros del terreno subió los flaps, para elevar un poco la proa del avión… desconectó los interruptores de combustible y apagó el motor; por medio minuto un espeleluznante tranquilidad impresionó al piloto…

Con enorme estruendo el pesado pájaro metálico rebotó sobre el terreno y arrasó con la hierba por un largo trecho; un grupo de arbustos lo detuvieron con fuerza… Una violenta reacción impulsó al estresado piloto hacia delante, casi impactando su cara contra el panel de instrumentos…

El piloto se safó del paracaídas, soltó las correas sobre sus hombros; y se deslizó fuera de la cabina…

Saltó en la hierba y corrió… solo dio algunos pasos,… y perdió el conocimiento…

El viento fuerte removía el humo, la hierba y los arbustos…

¿Qué sorpresa espera al piloto al volver en sí?

Capítulo 2

**BASE AEREA BAHIA CATALINA,
AQUEL DIA, HORAS ANTES
DEL ACCIDENTE,
07:00AM HORAS, 1959,
PATAGONIA, CHILENA,**

El sol apenas brillaba sobre el horizonte; alargadas sombras se prolongaban sobre el campo aéreo, en latitudes muy al sur del mundo. El fuerte viento oeste intensificaba los 4 grados de frío y agitaba el oleaje del Estrecho de Magallanes más allá del final de la pista de aterrizaje.

El unísono de varios motores envolvía el aire matinal.

Con esas condiciones el piloto llegó a la conclusión de que tendría un removido vuelo de patrullaje…

A paso acelerado el oficial se dirigía al hangar; sobre el pecho del uniforme resaltaban su nombre y rango, Teniente Primero Roberto Conti, debajo, Fuerza Aérea de Chile…

El joven piloto de muy buen espíritu llevó su mano derecha a sus sienes y saludó militarmente al sargento de guardia; entró al hangar y zigzagueando entre varios aviones se aproximó a la Sala de Operaciones, ubicadas al fondo del cavernoso edificio…

Al entrar a la sala él personal presente lo recibió sonriente; los subalternos estimaban a este joven oficial por su alegre actitud y buenos modales con ellos…

Un agradable aroma a café llenaba la temperada sala; mientras Roberto Conti observaba la pizarra de vuelo, alguien le alcanzó una humeante taza de café; el oficial agradeció con la señal del pulgar… y entró a la oficina su superior…

Una espesa nube de humo de cigarrillos flotaba a media altura...

El comandante examinaba una carta de navegación aérea, así como el mapa del tiempo sobre la Patagonia austral, que exhibía un enjambre de líneas isobáricas sobre el cono sur del continente sudamericano, desde el océano Pacífico al Atlántico…

Conti que no fumaba, se dijo para sí mismo,… tengo que salir rápido de aquí… ¡no soporto este olor...!

-¿Por qué este energúmeno tiene que fumar tanto?...-

El comandante de escuadrilla Rolando Rodríguez, corpulento, rojizo de cara, alto, era de los arrogantes personajes poco populares por su actitud, así como por su vozarrón; no muy querido por sus tenientes, que lo apodaban… “Mr. Simpatía”…

Escuche bien Teniente Conti: -Tendremos un día despejado con nubosidad de cirros estratos para toda la zona, con mucho viento y frío…- y aseguró el oficial…

-Como se supone, el teniente debe saber que esas nubes anuncian la aproximación de un frente de baja presión con lluvias y viento dentro de 24 horas; así que no tarde en regresar de su patrullaje…-

-Mire aquí teniente-, dijo Rodríguez, golpeando bruscamente la mesa con su grueso índice sobre el mapa del tiempo, -¿ve aquí estas isobaras muy juntas, a unas 50 millas náuticas al noroeste del Faro Evangelista que se mueven en nuestra direccion? Otra vez repitió el comandante, -isobaras muy juntas, signo del ventarrón de la gran puta que nos se acerca...-

Rodríguez mostró su patrullaje al teniente con los distintos rumbos a seguir para cada chequeo, él piloto deslizó la hoja en su maletín...

Su superior expresó que su plan había sido ir de patrullaje en otro avión, en formación con el, (cuando dos o más aviones vuelan cerca entre ellos), pero no podría acompañarlo; esa tarde un grupo de generales de la Academia de Guerra Aérea visitarían la Base.

El joven Conti, absorbió algo de su café, y en forma disimulada sonrió para sí,... y con gran alivio dijo...

-hum... Gracias Señor...-

Conti dejó a su comandante y con rapidéz pasó frente a los subalternos, con una cara de diablillo, que ellos conocían, y uno agregó... -¡feliz vuelo mi teniente...! y no se olvide de dejar su tasa aquí... ¿a dónde va con ella?...-

¡El grupo de subalternos sonrieron...!

Un enérgico saludo militar fue la respuesta... y abandonó la sala de operaciones...

Fuera del hangar el joven piloto aspiró profundo, -uf, ¡qué aire puro...! ¿cómo alguien puede fumar tanto?... me estaba afixiando en su maldita oficina...-

El despejado día de otoño no podía haber comenzado mejor para el joven teniente.

Pero para Roberto Conti, ni en el más remoto rincón de su imaginación podría pensar que ese sería el vuelo de su vida... y que se la cambiaría por completo..., para siempre...

El aceleró su paso, aproximándose al avión asignado...

El motor de su avión North American T-6 ya estaba funcionando; los mecánicos lo habían hecho andar;... para el piloto, escuchar ese áspero motor radial era,… música para sus oídos…

El piloto hizo su inspección pre-vuelo de su avión; de un salto subió al ala izquierda y se escurrió en la cabina, y pronto orientó su avión hacia la pista de donde debía despegar.

El plateado avión resplandecía al sol de la mañana; Conti esperó el ok de la torre de control, recibida la señal, despegó y tomó altura en unos instantes.

La fuerte turbulencia con fuertes rachas de viento remecían el aparato; siguió la costa hacia el suroeste y en 15 minutos sobrevolaba Fuerte Bulnes, así como la boscosa y pintoresca desembocadura del Río San Juan…

En su patrullaje chequeó las solitarias montañas al sur de la Península de Brunswick, donde el Estrecho de Magallanes hace un brusco giro en ángulo recto hacia el noroeste…

El arrachado viento golpeaba la estructura del T-6 con ráfagas de viento tanto verticales como horizontales, obligando al piloto a una total concentración del ajitado vuelo.

Siguió rumbo Norte sobre el amplio canal del Estrecho; volaba sobre el mar a 500 pies de altura, más bajo que el promontorio del cabo Froward, con su gran cruz en la cumbre; una estructura metálica, que el salino ventarrón había destruído un par de veces; pero que marca el punto más septentrional del continente Sudamericano…

Aquel era su primer punto de chequeo, que con un par de códigos lo comunicó a su torre de control.

Prosiguió vuelo en esa dirección, hasta llegar frente a la isla Santa Inés; ahí giró hacia el este; tomo altura y se adentró hacia el seno Otway; donde luego descendió casí a nivel del mar… ahora con un intenso viento de cola que hacía más difícil mantener el control del avión.

A Conti le llamó la atención a su derecha las pingüineras en la costa sur del seno Otway; donde él y sus amigos habían ido en sus motocicletas a conocer esas curiosas aves no-voladoras; recordó como pasaron a una estancia cercana a tomar café en unos enormes jarros blancos; acompañados de costillas de cordero y pan recién salidos de un horno, hum….

¡Qué recuerdos sabrosos…! ¡cómo de bien le vendría ahora un espeso café negro de aquella estancia…!

Conti elevó su avión al continuar hacia el este; a su siguiente chequeo; una visión de verde-grises llanuras se extendían hasta el infinito delante de el…

Durante ese vuelo Roberto pudo visualizar los enormes contrastes en la topografía de aquella región patagónica austral; canales y fiordos hacia el oeste con islas de costas acantiladas de impenetrable vegetación, que caen directo al borde mismo del mar…

Un gran contraste con las planicies ovejeras que se extendían hacia el este delante de el; constantemente barridas por la perenne helada brisa…

Al aproximarse a la costa norte del Estrecho de Magallanes fue una sorpresa para el piloto ver junto a la acantilada costa de Bahía Posesión, los enormes restos oxidados del vapor Olimpia, donde yacen desde 1906; ladeó el ala izquierda del avión para observar mejor el malogrado navío…

En la distancia, justo en frente del avión, al piloto le resaltó la estructura del Faro Punta Dúngenes; emplazado solo a metros de la frontera con Argentina; en el legendario cabo de las Once Mil Vírgenes, como lo mencionan antiguos mapas de la Patagonia; en la boca oriente del Estrecho de Magallanes…

Al aproximarse al descolorado naranja y blanco faro, hizo un inclinado viraje sobre el; ahí comunicó su segundo chequeo a su torre de control…

El joven piloto orientó su avión rumbo noroeste en dirección a una estancia en Morro Chico, al costado del Río Penitente; en 15 minutos voló a una pequeña pista de aterrizaje donde hizo una veloz pasada a pocos metros sobre terreno; balanceó el avión a ambos lados, saludando así a la gente de la estancia, quienes alegres agitaban sus brazos…

Sobre final de la pista el teniente elevó el aparato con gran potencia, e hizo un espectacular "roll", (por el cual el avión giró sobre si mismo), exigiendo al máximo el motor que emitía los característicos sonidos del avión AT-6, para la delicia de los espectadores…

Continuó su patrullaje hacia el norte sobre la carretera que une Punta Arenas con Puerto Natales, que corre paralela a metros de un antiguo cerco alambrado, siendo aquel, el límite fronterizo entre Chile y Argentina…

A mediana altura, mantuvo el mismo rumbo; el paisaje no podía ser más hermoso, los verdes bosques de las Llanuras de Diana, áreas de pastoreo salpicadas de grandes piños de ovejas y tropillas de caballos; a lo lejos podía apreciar el extendido seno Ultima Esperanza…

En unos minutos voló sobre el pintoresco Puerto Natales con el enorme cerro Dorotea a su derecha; era su tercer punto de chequeo, sobre la frontera, y las enormes bodegas del Frigorífico Puerto Bories a su izquierda…

Se cuenta que un antiguo administrador de aquel frigorífico dio, con mucho orgullo, el nombre de su hija Dorotea, al prominente cerro al este de puerto Natales…

Al notificar por la radio su último chequeo terminó su contacto con su torre de control…

Roberto Conti, era un joven inteligente, bien educado y carismático. Alto, atlético; de cabello obscuro; tal vez buenmozo y con una sonrisa que siempre lo hizo popular…

Desde joven su pasión era la aviación… Como resultado ingresó a la Escuela de Aviación de la Fuerza Aérea de Chile; al curso de pilotos.

Comenzó su entrenamiento primario, en los aviones Fairchild PT-19, de cabinas abiertas; tuvo suerte, al tener un simpático instructor de vuelo con mucha paciencia y buena voluntad, quien siempre decía a Roberto: -"trate al avión como si fuera su noviecita", Conti… ¡mueva los controles con suavidad...! así las maniobras resultaran mejor…-

Después de muchas horas de aterrizajes fue autorizado para volar solo y con su respectivo "bautizo"; sus compañeros de curso lo esperaron a que se bajara de su avión; lo desnudaron por completo y lo pintaron con pinturas que se usaban para pintar los edificios frente a la pista de aterrizaje, blanco, naranja y marcos verdes; la fuerte pintura naranja era casi imposible de remover de la piel…

Todos se divertían, excepto Conti; quien, después del bautizo, completamente desnudo y muerto de frío, en la pista de aterrizaje, pasó 15 minutos bajo un fuerte chorro de gasolina de aviación heladísima al costado del camión tanque, tratando de remover pinturas de su cuerpo… era agosto y hacía frío, mucho frío…

Aquellos "bautizos" eran una gran tradición en aquella escuela, donde los oficiales no interferían en lo que los cadetes hicieran con sus "bautizados"…

Tiempo después, una noviecita de Roberto, curiosa, quería saber qué eran esas manchas naranja que tenía en la espalda…; para él, era más bien un honor explicarlo, pese a la expresión incrédula y cómica de la joven…

Al comenzar el segundo curso, Conti se sorprendió; sus aviones PT-19, en los que había aprendido a volar habían desaparecido; nuevos T-34 Mentors, brillaban en la pista de estacionamiento….

Ahora de regreso al lugar del aterrizaje forzoso donde se encuentra el desmayado joven piloto…

Conti al accidentarse, fue descubierto inconsciente por el dueño de una estancia y su bella hija; él jamas se hubiera imaginado que la mujer de su vida y su padre lo encontrarían no muy lejos del accidentado avión…

Ellos vieron y escucharon ese avión volar muy bajo y a alta velocidad…

Al detenerse el sonido del motor corrieron en dirección al humo azul que se elevaba en el lugar del impacto; no muy lejos del accidentado avión, un individuo yacía boca abajo sobre la hierba, con un ensangrentado uniforme de vuelo...

Con gran cuidado la pareja lo dieron vuelta; y descubrieron que era un desmayado joven piloto, con su cara, aperos de vuelo y muchas plumas, manchados de sangre…

Por coincidencia el estanciero había servido en la Segunda Guerra Mundial como piloto de la Royal Air Force; al gringo, pese a la precaria situación del piloto, le entró en gracia, y sonriente en su simpático lenguaje dijo en voz alta:

-¿Un pilotou derribadou…?-

La hija no pudo creer el comentario de su padre y muy enojada puso sus manos en la caderas y lo llamó por su nombre:

-Jim Cameron, ¿cómo puedes hallar divertida la situación de este pobre joven todo ensangrentado…?-

El padre muy serio, apuntó su índice a la cara de la muchacha y en su especial lenguaje indicó:

-Solange, tu sabes que nou debes llamarme por mi nombre, soy tu padre… ¡más respetou!-

La joven más molesta aún dice… -bien, padre, creo que deberías pensar antes de hacer un divertido comentario en un lugar y momento equivocado…- y agregó:

-Uf… ¡a veces estos hombres son insoportables…!-

Asombrado el estanciero al comentario de su hija, no le quedó más que comenzar a mover con mucho cuidado al desmayado piloto y llevarlo hasta su camioneta…

Con mucha delicadeza movieron a Roberto; Solange lo acompañó en la parte de atrás de la camioneta, con la cabeza del piloto sobre su regazo…

Ella, con ternura le acomodó el cabello y observó el rostro del joven… había descubierto lo buen mozo que aparentaba el desvanecido piloto, hum…

Con delicadeza lavaron y limpiaron a Roberto; la madre de la muchacha, que había sido enfermera, le inyectó un calmante, lo vistió con un pijama de su esposo y lo dejó dormir…

Y él durmió por mucho, mucho tiempo…

Aquella noche Solange, si hacer ruido, fue varias veces a ver el estado del joven …

El piloto al volver en sí, sintió como varios dolores afectaban su cuerpo; pero lo peor era un horrible dolor de cabeza, como si hubiera estado en una malísima y larga pesadilla…

Sorprendido despertó en un simple cuarto, pero confortable, una pequeña chimenea daba una agradable temperatura a la obscura habitación; él no sabía dónde estaba y ni qué hacía allí… solo escuchaba ladridos de perros fuera de aquella casa…

El acre olor a yodo y a alcohol le trajeron a su mente, aun adormecida, la fuerte emoción del accidente…

-¡Me accidenté! ¡Estoy vivo!- Suspiró con alivio…

¡No podía creerlo! Era algo que nunca, ni siquiera se había imaginado que le podría suceder…

Pero había tenido una suerte extrema. Sabía cómo proceder en una emergencia así… y al parecer… ¡él había hecho todo bien!

Su cara y cuello le dolían mucho, todo envuelto con gasas y vendas, así como su pie izquierdo y su nalga derecha, quizás lastimados al saltar del avión;… por lo menos eso era lo que él pensaba…

Mientras Roberto calculaba el tiempo que habría pasado desde que se accidentó, unos pasos anunciaron la entrada al cuarto de una delgada y hermosa joven en blue jeans… un sweater de un ténue rosado acentuaba su esbelta figura…

Ella, con naturalidad lo saludó sonriente:

-Hola Roberto, qué bueno que despertastes, nos tenías preocupados, pero no queriamos interrumpir tu sueño…- y añadió:

-Soy Solange Cameron… jovencito, has tenido un aterrizaje forsozo en nuestra estancia “Chumanguitos”… y has dormido por muchas horas…-

Y linda joven agregó:

-Vimos tu nombre, “Roberto Conti”, en tu uniforme, que hemos lavado; así como lo vimos en los documentos dentro de tu maletín. Tu uniforme, reloj y todo lo que llevabas contigo están en este mueble con espejo… ella abrió la puerta del armario, mostrando a Roberto todas sus cosas…

Con semi adormecidos ojos de Roberto saludó con su acostumbrada sonrisa… él aparentaba sorprendido al presenciar esta bella joven que había aparecido delante de él…, le costó un poco reponerse de la inesperada imagen…

Y respondió, -¡Gracias!... ¿Solange?... ¿cómo?... bueno... hee...- Por un segundo se imaginó a esta hermosa muchacha que lo desvestía y le curaba sus heridas... -¿cómo?...- pero al agitarse casi se desmaya y se disculpó:

-¡Ay Solange!... gracias por ser tan amables y no sabes cómo les pido excusas por todos los inconvenientes que les estoy causando...-

La joven mientras se acercó a la ventana, separando las cortinas, alegre dijo: -dejemos que el sol ilumine tu cuarto...- y comentó...

-¡Noooo Roberto, gracias a ti, por traer algo excitante a estas lejanas tierras! Las posibilidades de que algo diferente suceda por aquí son muy, muy remotas...-

Eso dio a Roberto justo en su corazón... y observó detenidamente a la hermosa muchacha...

Ella estaba de pie, con ambas manos en sus caderas y movía un poco su cabecita mientras hablaba; sus cabellos color miel cubrían por instantes unos chispeantes ojos azules...

Su barbilla era bella, una delicada naricita; su voz era suave pero firme; al sonreir dos pequeños hoyuelos se acomodaban a cada lado de un bello semblante, y desplegaba una linda dentadura...

Ella acerca a la cama del joven y tono cariñoso le pregunta:

-Cómo lograste posar tu avión, así, en tu estado? Debes ser muy buen piloto... ¡Pobrecito Roberto! ¡Eres muy afortunado de estar vivo! ¿sabes?-

Roberto aún un poco confuso se acomoda mejor en su cama y trata de seguir a la joven que se mueve por la habitación... y responde:

-No Solange, creo que iba acompañado de mi ángel de la guarda, pero gracias por tu apoyo moral; Al volar tan bajo ignoré completamente las reglas y olvidé que bandadas de aves son frecuentes en esta región.- Y añadió:

-En realidad quería acercarme un poco a las Torres del Paine, que nunca he visto... Mi vuelo de patrullaje era más al sur, la verdad es que estaba haciendo “el burro”; me va a ser dificil explicar porqué estaba cien kilómetros más al norte de donde debía estar, aparte del aterrizaje forzoso y la radio desconectada...-

La muchacha da unos pasos por la habitación, gira su linda figura, gesticula con su brazos y explica:

-Mi padre ya notificó a tu base del accidente y como te encuentras; tus superiores estaban preocupados cuando demorabas en regresar y no respondías en la radio; además no sabían que estabas tan lejos y por eso los aviones de rescate no pasaron por aquí...- y añade:

-Tu superior, uno de voz ronca y enérgica llamado Rodríguez, que habló con mi padre, dijo que él viene a recogerte a ti y al avión...-

Y Roberto, casi se atraganta...

¿Quéeee? ¿Mi comandante Rodríguez viene a buscarme?

A Solange le divirtió la preocupada expresión de Roberto al oir aquello...

¡Mi Dios, mi suerte!...¿Y lo peor de todo es que voy a tener que escucharlo?...

La joven continuó... -Les insistimos que mi madre y yo podemos cuidarte, ya que por ahora no debes moverte; Mi madre fue enfermera durante la guerra en Europa y ella sabe cómo cuidar pilotos derribados... ¡Como tú!...- ja, ja... sus bellos azules destellaron con una sonrisa...

Y él preguntó: ¿Y el avión, cómo ha quedado?

La joven comentó: -No se ve muy bien Roberto, parece que tuvo mucho daño teniendo en cuenta por lo que pasaste; mi padre dice que necesitará una hélice y serias reparaciones al motor y en la parte inferior del aparato, además de un buen lavado…- y la muchacha añade:

-¡Dios mío! ¡Nunca había visto tanta sangre, desintegrados trozos de ave y plumas ensangrentadas como las sacamos de la cabina del avión!...- y agrega:

-Esta mañana un par de zorros rondaban el avión y caranchos, (halcones patagónicos), volaban lentos círculos sobre la cabina; así que la cubrimos con una lona….

Y Roberto preguntó: -¿Pero, cuánto tiempo he dormido?-

-¡Por muchas horas, jovencito!- Dijo ella. -Te veías mal cuando te encontramos. ¿Sabías? Creímos que estabas muerto, todo ensangrentado y cubierto de plumas blancas.- Y la joven otra vez, con sus chispeantes ojos comenta:

-¡Si parecías el asesinato de un gran pollo! ¡Ja, ja, ja!

Pero en cuanto a ti, yo te cuidaré…

¿Solange?… Preguntó el teniente: ¿Ese es un lindo nombre francés y va muy bien contigo, ya que eres hermosa, pero tu apellido es escocés…

¿Cómo así?...

-Gracias por el piropo Roberto, lo que sucedió es que mi padre fue derribado al volar su Spitfire sobre Francia durante la guerra y en el hospital se enamoró de Marie, mi madre, una bella enfermera francesa…-

Luego la joven desapareció por el corredor…

En las condiciónes que el teniente se encontraba no podía ir muy lejos, necesitaría varias semanas para recuperarse y le fascinaba la idea de que Solange lo fuera a cuidar…

¡Qué criatura más hermosa! De formas bien balanceadas, alta, delgada con abundante cabello castaño que a veces cae sobre sus ojos, piel bronceada, ojos azules, y una personalidad con autoridad. A pesar de todo lo sucedido y sin conocerla mucho…

¡El joven piloto ya se sentía muy atraído por la joven!

Al poco tiempo ella apareció con un humeante almuerzo.

-¡Todo esto se ve muy bien!- dijo Roberto y muy rápido se comió todo, estaba muerto de hambre, no había comido por más de veinticuatro horas!

Después del almuerzo aparecieron los padres de la joven, su madre, Marie, con tierno acento francés, parecía su hermana mayor… delgada y muy parecida a su hija…

Su padre, Jim Cameron, alto, robusto, cabello oscuro, de obscuros ojos azules, piel bronceada, con las arrugas de persona trabajadora; se mostraba muy agradable; y su voz era grave y no podía esconder su acento...

El estanciero nunca aprendió bien castellano y usaba un simpático modo de hablar…

Su enorme mano casi desarma la de Roberto, y al saludarlo seriamente le dijo:

-¡Robertou, tu avión quedó comou el culou de mi caballou!- y agregó:

-Durante la guerra en Europa me derribóu un malditou cerdou alemán e hirióu mi traserou. Todavía tengou las cicatrices aquí atrás, al indicar la parte inferior de su espalda…-

-¿No es así Marie?...-

Y su esposa apresurándose a responder dijo: -Jim, tú no vas a mostrar tu trasero ahora, como acostumbras hacerlo con todos las personas que recién conoces… ¿Eh?-

Todos se rieron…

Lo que en ese momento el teniente ignoraba era que la madre de la joven, al inyectarle un calmante intramuscular después del accidente; ella había observado cicatrices en sus nalgas, evidentemente producidas por perdigones de un tiro de escopeta; ella guardó secreto sin contarle a nadie, ni siquiera a Jim, ni menos a su hija, sólo que sentía la femenina curiosidad de saber el porqué de las heridas…

Ahí todos reunidos al lado de Roberto, Jim contó la historia de sus viejos abuelos, de cómo el Gobierno de Chile les había adjudicado tierras en Patagonia; ellos viajaron desde Escocia en barco a Buenos Aires, con algunos arrieros, perros, caballos, ovejas, carros cubiertos, herramientas y víveres para la travesía haasta estas tierras…

La marcha a través de la Argentina por la Pampa y la Patagonia por miles de kilómetros les había tomado un par de años.

En el curso de la jornada hasta la Patagonia Austral, encontraron grandes obstáculos; terrenos rocosos; pantanos; ríos; hostiles indios; mucho viento frío y tormentas de nieve en invierno; pumas que mataban a sus animales; fuertes tormentas de polvo en los veranos; pero finalmente habían llegado a estas tierras después de aquellos peligros y aventuras… y con un aumentado número de ovejas.

Las tierras donde habían llegado eran especiales, de ondulantes planicies, bosques, lagos y a lo lejos, un grupo de espectaculares montañas; y el clima muy similar al de Escocía, así que no tardaron en adaptarse a la Patagonia austral.

El padre de la joven continuó: -en 1939, al comienzo de la Segunda Guerra Mundial, respondí al llamado a las armas y viajé a Inglaterra para enrolarme como piloto de la RAF, fui derribado en los cielos de Francia, pero sobreviví.- Y él continúa:

-Cuando regresé a Chumanguitos, mi padre había muerto y mi madre estaba muy enferma. Con mucho esfuerzo y la ayuda de la gente de la estancia aumentamos su grupo ovino; para mejorar la calidad de la lana importamos finos animales desde Inglaterra para cruzarlos con nuestras ovejas y ahora exportamos esa lana, que es de muy buena calidad, y estamos muy orgullosos de los resultados.-

Y Jim añade: -Solange es nuestra única hija y fue a estudiar administración de fincas ovejeras y contabilidad a Londres; dice que los caballeros allá eran unos engreídos y aburridos cerdos. Pero dice que los de aquí son todos una partida de borrachos. Dice también que algún día ya encontrará a "mister perfectou".- Y riendo dice:

-¡Además mi hija dice que todous los uniformados son unos niñous consentidous!...-

Sonrojada la muchacha dice: -papaaaa, por favor, yo nunca dije eso, estás inventando…-

Jim, quería embromar a su hija frente al joven piloto, y le recordó los pretendientes que había tenido, e hizo un rápido recuento de ellos. Pero ella tomó la iniciativa explicó:

-Tú sabes que tuve la oportunidad de establecer una buena relación con un oficial de marina muy simpático y atractivo, pero fue trasladado a la Antártica por más de un año, probablemente allá se congelará o se convertirá en un pingüino, así que bye, bye…-

El padre le pregunta si se ha olvidado del infame Marko… ella afirma…:

-Si, está también el infame Marko, un joven que estudió arquitectura, hijo de padres yugoslavos, que cuando he salido con él, no deja de hablar y hacer chistes de todo y de todos; su frase favorita para reirse de los films de cowboys de Hollywood es: "Oye Pedrou, go tu de jacienda and bring the jorses for de señoritas… and de gans tuuu”… con un miserable acento mejicano. Él es como los matoncitos de la escuelita.-… y Solange no para y continúa:

-A mi me gustó mucho cuando recién lo conocí, alto, buenmozo y atlético; pero es insoportable, la verdad que es odioso tener que escuchar a una persona hablar sin parar, de verdad que cansa…-

Después de la simpática conversación Roberto pidió disculpas ya que se sentía cansando y deseaba dormir.

Marie, la madre de la joven preguntó a Roberto si era necesaria otra inyección calmante, qué como sentía sus dolores. Roberto dijo que preferia sobrevivir sin la inyección y soportar sus dolores…

Todos salieron del cuarto y él adolorido joven se aproximó al baño. No podía creer lo que veía, había una momia en el espejo... Vendajes en la cabeza, marcas azules debajo de los ojos, trazos de sangre, simplemente una espantosa visión de Roberto Conti.

Al regresar a su habitación, la joven dijo que su padre se había contactado con sus superiores. Parece que el grupo de rescate ha perdido comunicación con la base y es posible que se encuentren perdidos, las intersecciones por esta área están muy mal señalizadas, y ahora para empeorar las cosas… ha comenzado a llover…

Ya es de noche, y a unos cuarenta kilometros al sur de la estancia “Chumanguitos”, en medio de un fuerte chubasco, un convoy de vehículos con sus luces encendidas se encuentra detenido en medio de un camino…

Es el grupo de rescate que viene a buscar al teniente Conti y su accidentado avión; un furgón con varias ventanas es el vehículo del comandante Rodriguez que está a la cabeza del convoy.

El vehículo de comando se ve iluminado por dentro, hay personas que obviamente examinan mapas; el comandante Rodríguez, que está al mando de la operación conversa con sus tenientes. El después de resumir que están perdidos en la noche y de no estar seguros dónde se encuentran, dice con su en su vozarrón y no muy contento:

-Bueno mis queridas "damas", parece que vamos pasar la noche aquí ya que ando con dos retardados tenientes que no han podido encontrar el camino que nos lleve a la estancia Chumanguitos...-

-¡Menos mal que no estamos en guerra!-

Los dos jóvenes oficiales muy serios guardaron silencio...

Y Rodríguez continúa: -Mañana llamaremos a la base por más instrucciones, si es que la radio decide funcionar, es posible que la lluvia le haya afectado.- y continúa:

-Por ahora llamen al camión de servicio para que nos preparen sandwiches y mucho, mucho café, ya que lo vamos a necesitar...-

Mientras en la estancia Jim Cameron decide ir a ubicar al convoy y lo acompaña Mac, su capataz; Jim comenta...,

-Ellos debe estar a una hora de aquí; y con esta lluvia es posible que tardemous un pocou más en ubicarlos. De segurou que está perdidous, estas carreteras son para la gente lugareña y no para personas de la ciudad...- y Jim agrega...

-Estos caminous que generalmente son malos, con lluvia se ponen horrendous y con la noche, se complican aún más, -

Mac se ve tenso y su mandíbula no deja de trabajar, encienden la radio del vehículo y escuchan música y noticias...

De pronto la radio comienza a transmitir una canción con sabor caribeño y resulta ser uno de los himnos de la revolución de Fidel Castro:

-"Los barbudos vienen ya,
vienen bailando cha-cha-cha"-

El locutor de la radio informa que los revolucionarios se acercan a la Habana, en Cuba, y el pueblo celebra la entrada de los ”barbudos”...

El estanciero comenta como la Revista Life había publicado un gran artículo sobre Fidel Castro con fotos en la Sierra Maestra, donde él aparecía como un héroe local; y cree que el nuevo gobierno de John Kennedy debería examinar muy bien la posición de su país ante esta revolución en un país tan cercano al territorio de los Estados Unidos.

Y Jim continua: Cuando un grupo organizado ha tenido éxito en eventos basados en falacias intransigentes y foráneas que sólo ofrecen sueños irrealizables, admiradores y seguidores están a la vuelta de la esquina, especialmente en los sectores desposeídos de la sociedad.

-Esta situación puede comenzar una tendencia en otros países del Caribe y sus alrededores,- insitió el. Mac sólo escuchaba sin decir palabra mientras escudriña la lluviosa noche delante del vehículo.

Después de una lenta marcha, a la vuelta de una curva divisaron, a través de la densa lluvia, luces rojas en el camino...

-Esos vehículos son los que buscamos...,- mencionó Jim.

Con cuidado avanzó por el borde del camino, acercándose así al furgón de comando; en ese momento una persona con impermeable amarillo que se bajaba de aquel vehículo...

Era el comandante Rodríguez en busca de información, quien se sorprendió, al ver también al estanciero bajar de su camioneta.

-¿Comandante Rodríguez?- presumou, dijo Jim, y agregó: -soy Jim Cameron de la estancia Chumanguitous, ayer le reporté el accidente del teniente Conti en mi estancia...-

-Si, señor Cameron, soy el comandante Rodríguez,-gruñendo un estúpido saludo militar en medio de la lluvia; -Ud y yo hablamos ayer por teléfono-... El oficial agrega:

-¿Le importaría señor Cameron que fuera en su camioneta para enterarme de las condiciones del teniente y el avión?-…

-Por supuestou comandante, venga con nosotrous y que sus acompañantes nos sigan con su furgón y con el convoy. Iremos lento-… dijo el estanciero…

El comandante volvió donde sus oficiales para decirles que habían sido rescatados por el estanciero y que iría en la camioneta con el… y les dijo:

Sigan la camioneta verde, y vean que los otros vehículos los sigan a Uds.... El estanciero en su vehículo ira lento…

Después de unos largos y mojados kilómetros llegaron a la estancia, a una de las casas, llamada "comedor chico"; todo el grupo cenó una estanciera cazuela de cordero, que los esperaba.

A la mañana siguiente Jim y el comandante toman café en una cocina iluminada por el sol…

Rodríguez indica que desea visitar al teniente Conti…

Sorprendido Jim aconseja a Rodríguez que tome con calma la visita al teniente, ya que Conti aún está bajo el trauma de post-accidente…

Y el oficial, en tono sarcástico dice a Jim, -solo voy en una visita de cortesía,- y agrega:

Señor Cameron: -Yo respeto su casa y estoy muy agradecido por rescatarnos anoche, pero tengo órdenes de llevarme el avión, así como al teniente Conti…

Jim, muy serio, calmadamente inclina un poco su cabeza, entorna sus ojos, mira directo a los ojos del oficial y en forma irrebatible lo enfrenta…:

Comandante Rodríguez, ¡va a tener que pasar sobre mi cadáver antes de llevarse al teniente Conti!...

¿Accederá el comando de la Base dejar al teniente Conti al cuidado de la familia Cameron?

Capítulo 3

CASA GRANDE
ESTANCIA CHUMANGUITOS,
PATAGONIA, CHILE

Jim Cameron de pie frente al oficial, continúa: -Comandante, esta es mi casa y el que pone las reglas aquí soy yo y nadie va a tocar al teniente Conti hasta que se recupere completamente…- y añade:

-No hay necesidad comandante de llevarlou por cuatrocientos kilómetrous machucándolo más de lo que está…; mi médicou está en caminou y mi esposa fue enfermera durante la II Guerra en Francia y nadie mejor que ella lo podrá cuidar…-

El oficial, con su cara más rojiza de lo normal, nervioso y sin motivo se pone su gorra, deja su café sobre la mesa; piensa por unos momentos mientras observa por una ventana y responde con una voz un poco menos agresiva:

-Bien, señor Cameron, voy a consultar con mi Coronel, el comandante de la Base, sí aceptaría su posición.-

Y Jim contesta:

-No creo que su superior tenga aquí otra opción, y le sugierou que use mi equipou de radiou amater para comunicarse, que es muchou más potente y mejor que nuestrou triste teléfonou de manivela…-

Y Jim sugiere: -Sí uno de sus subalternous sabe la frequencia de su base en Bahía Catalina hágalou venir, y así Ud. podrá comunicarse en forma eficiente con su coronel…-

Pasó un tiempo mientras Rodríguez manejó hasta el lugar del accidente y pronto regresó con un sargento radio operador, quien hizo la comunicación.

El comandante habló con la Base y explicó en detalles la posición del estanciero…

El silencio fue largo; recibió orden de dejar al teniente a cargo de Jim Cameron, pero que él teniente Conti debería reportar a la base el progreso continuamente…

Una traviesa sonrisa se dibuja en la cara de Jim; él piensa que el prepotente oficial ha quedado con la cola entre las piernas y exclama…

-¡Yessssss!-

Marie y Solange acompañan al oficial a visitar al teniente…

Con su retumbante voz… el comandante entra a la pieza:

-Teniente Conti: no se ve muy bien el día de hoy. Usted está en muy buenas de estar vivo y de ser cuidado por esta maravillosa familia.-

El teniente alza su voz e interrumpe a su comandante y dice que está vivo gracias a su pericia como piloto, y nada más…

-Rodríguez furioso implica que cómo se atreve a interrumpirlo…-

El joven teniente explicó: -fue un accidente mi comandante, pero actué de acuerdo a procedimientos establecidos, …-

El comandante se calma y agrega: -bien teniente Conti, cuando la señora Cameron y su médico encuentren que se ha recuperado totalmente, ellos lo llevarán a la base, donde será enviado a un juicio militar que decidirá su futuro dentro de la institución;... Le deseo mucha suerte teniente, ya que la va a necesitar.-

Por unos segundos el oficial pone atención en Solange, a quien no había observado antes, y se da cuenta de lo hermosa que la joven es... y para sí mismo piensa... -¡que jovencita más linda...! hummmnnn...-

Con un saludo militar el oficial se da media vuelta y deja la habitación, Roberto también saluda a su superior...

Después de la despedida del oficial, Marie y Solange salen trotando detrás del oficial....

Roberto comenzó a analizar su situación; el lío en que se encontraba era solamente suyo y tendría que aceptar las consecuencias.

Y le iba a costar caro,... él lo sabía...

Roberto ya había pensado en la posibilidad de dejar su posición en la Fuerza Aérea e iniciar una nueva carrera como piloto comercial; pero ahora las condiciones eran diferentes, el adoraba a Solange y no deseaba perderla al irse a una línea aérea...

Han pasado algunas semanas en la estancia Chumanguitos...

El tiempo ha volado tan rápido como el incesante viento patagónico y el joven piloto comenzaba a recuperarse; Él, cojea un poco por la casa con la ayuda de un bastón, pero se sentía mejor. Su relación con Solange ha tomado color de romance y se llevaban de maravillas.

La muchacha parecía andar en las nubes con su nuevo enamorado residente; la madre comentaba que su hija flotaba por los pasillos de la casa, más que caminar, acompañada de su linda sonrisa.

Una noche después de cenar Jim, su esposa y Solange comentaban lo rápido que Roberto había mejorado de sus heridas y de lo carismático de su personalidad; toda la familia deseaba que él regresara a Chumanguitos después del juicio pendiente para el joven teniente.

El estanciero hizo un comentario sobre un biplano que tenía en un galpón y que ya había terminado de arreglar… y que parecía comou nuevou, chei… comentaba en su simpático lenguaje.

Jim, que había sido piloto, necesitaba volver a volar.

Después de muchos trámites y dificultades había traído desde Inglaterra un antiguo biplano De Havilland Gipsy Moth, en el que él y Mac, su capataz, (un ex mecánico jefe de una fábrica de aviones en Europa), habían trabajado en él y ya se encontraba en condiciones de vuelo.

Y Jim comentó:

-Mañana llevaré a Robertou a voular en la Clementina, (como el estanciero llamaba a su biplano).-

Ambas mujeres se levantaron del sofá como impulsadas por un resorte, furiosas con Jim, e indicaron que por ningún motivo dejarían que el joven hiciera eso…

Enojadísima la hija dijo: No crees Jim, que el pobre muchacho ya tuvo bastante con su accidente para que tú lo expongas a volar en ese vejestorio de biplano y se como tú vuelas, haciendo acrobacias como un maníaco…

El padre frunció el ceño, e indicó con sus dedos en forma muy fría:

-Primerou hija, más respetou con tu padre y cuidadou comou me hablas, nou me gusta que mi hija me llame Jim; segundou, Roberto es adultou y sabe lo que puede hacer; él es un de piloto de guerra, que ha sufridou un accidente, no por ser mal pilotou sino por no conocer bien esta área; y él decidirá si quiere ir a volar conmigou o no; y tercerou, fin de la conversación…-

Solange y su madre le dijeron en su cara que él era un testarudo imposible y que nunca iba a cambiar; juntas y muy serias salieron de la sala…; y dejaron a Jim hablando solo.

A la mañana siguiente el estanciero fue a la habitación del joven piloto y con cierto aire de misterio le dijo:

-Roberto: Acompáñame a un galpón para que veas algou que te va gustar.-

Cuando caminaban hacia tal galpón Solange se acercó a Roberto y le dijo que no le hiciera caso a su padre…

Al abrirse los portones del galpón. el joven piloto se sorprendió al ver un hermoso biplano pintado de rojo y con una nueva y barnizada hélice de madera, neumáticos nuevos, muy bien mantenido.

El estanciero orgulloso y con cara de diablillo le dijo: te presento mi peliroja Clementina, (Clementine was a green eyed redhead girlfriend of mine in England and she was very nervous and skinny but very maneuverable, just like this biplane), Clementina fué una novia pelirroja de ojos verdes que tuve en Inglaterra, que era muy flaquita y nerviosa, pero muy maniobrable, justo como este biplano…

Y Jim continuó, este es un avión De Havilland Gipsy Moth del añou 1926 y en uno de éstos hice mi primer vuelou solo en la RAF durante la Segunda Guerra.

-Una reliquia muy bien conservada,- aseguró Solange, -que mi padre insiste en volar…-

Jim dio a Roberto su maletín, mientras él desaparecía por un momento; el joven piloto se sorprendió al encotrarse con su uniforme de vuelo, gorro con antiparras, que era todo lo que le quedaba de su malogrado vuelo. Pronto el estanciero salió del cuarto ya vestido para volar y dijo:

-Teniente Conti, lo invitou a volar en mi biplano que creo gustarte muchou…-

Madre e hija insistieron en que no lo hiciera…

-Roberto, ya has tenido una mala experiencia con tu avión para volver a arriesgarte en esa antigüedad, ¿no te parece?-

Su enamorada le aseguró que había volado con su padre y que era un loco haciendo acrobacias…

El joven sonriendo, se puso más contento al escuchar tal comentario… y dijo: -parece que tu padre y yo tenemos los mismos gustos…, yo soy loco por las acrobacias…-

La joven furiosa e indignada con ambos hombres se dio vuelta y salió del galpón a pesados pasos, y mencionó:

-¡Uf! ¡no soporto estos machotes porfiados!-

-Mi amor, la realidad es,- dijo el teniente, -en voz alta, que debo salir a matar el chuncho, (matar el chuncho es una salida en avión que se hace cuando ha habido un accidente, para despejar los malos espíritus), ya que no he tenido la oportunidad de hacerlo, y no creo que mis compañeros de la base lo hayan hecho…- y se vistió con sus aperos…

El aparato tenía dos cabinas, pequeñas puertas daban acceso a ellas…

El viejo piloto le pasó a Roberto un paracaídas y una bufanda blanca de tela de paracaídas igual a la que colgaba de su cuello y sonriendo señaló: -Sin esa bufanda no puedes volar mi biplanou, yo llevaréi la Clementina todo el tiempou hasta yo hacerte una señal balanceandou el avión a izquierda y derecha y ahí tu tendrás los controles. Cuandou tú quieras que yo lo tome nuevamente, repites esa señal...-

Jim, como buen piloto y respetuoso de las reglas de seguridad, dijo a Roberto: -Debemous inspeccionar el Gipsy y chequear todo antes de volar…

Jim le pidió a Roberto que lo ayudara a empujar el biplano fuera del galpón, ya que era muy liviano. Jim agregó, -Robertou, dale un empujóun a la hélice, yo desde la cabina haré partir el motor.-

El motor tosió primero expulsando humo azul por el escape… luego tomó altas revoluciones.

-Cuandou estés bien amarradou me das una señal y salimos,- le gritó Jim.

Y agregó… -Despegamous por la carretera recta que va hacia al oeste, ya que tenemos vientou en contra y cuandou regresemos aterrizaremous en un campou de hierba cerca de aquí, donde el terrenou es más blandou.-

Roberto de un salto se introdujo en su cabina; se amarró las correas de seguridad y dio a Jim la señal del pulgar.

Madre e hija observaban cómo el rojo biplano corría velozmente hacia el oeste dando brincos y generando un alto zumbido seguido por una nube de polvo.

Jim aceleró a fondo y en segundos estaban en vuelo…

Roberto feliz sintió el viento helado en su cara, con todos los sonidos, vibraciones y silbidos en los alambres tensores de la alas con los crujimientos típicos de un antiguo biplano…

¡Era como estar vivo otra vez...!

Jim comenzó a ganar altura, el paisaje de la estancia dió a Roberto un veloz recuerdo de los últimos momentos antes de su accidente…; Sobrevolaron los galpones y ahí estaban, pequeñas, las dos mujeres que hacían señas con sus brazos; ellas podían ver las cabezas de los pilotos con sus bufandas blancas que coleteaban al viento. Algunas personas corrían a ver pasar el avión y animales se alborotaban al oirlo volar sobre sus cabezas.

Jim elevó el biplano lo suficiente como para hacer un par de rolls y luego levantó la proa del biplano, redujo las RPM del motor hasta que el aparato comenzó a vibrar al llegar a los cuarenta y cinco nudos…

Jim haló el bastón de comando hacia atrás y presionó el pedal derecho a fondo. El aparato inició un "stall", un espiral, una caída controlada hacia la derecha. Una vuelta, dos vueltas más cerradas y finalmente Jim inclinó la palanca hacia delante, centró los pedales; el biplano caía en perfecta vertical pasando los 200 Km/hora, Dentro de las cabinas los pilotos escuchaban el infernal ruido general del biplano esa velocidad…

Era su ambiente, ¡su pasión...!

Hasta ese punto, todo parecía ser igual a lo que Roberto ya había practicado mil veces y el biplano se comportaba como un aparato nuevo con toda su fuerza y respondía muy bien a los comandos de Jim; a lo mejor, pensó Roberto, si sólo fuera una persona en el avión, sería aún más maniobrable.

Desde esa altura se podían apreciar las espectaculares formaciones de las montañas y los cinco lagos del Paine hacia el oeste, a donde Solange había ofrecido llevarlo un día.

Jim hizo cuanta acrobacia recordaba de sus tiempos en la RAF durante la II Guerra e impresionó a Roberto por su pericia.

Destreza da confianza y seguridad, pensó Roberto, al ver como Jim piloteaba tan bien su biplano.

Roberto, acostumbrado a los aviones mucho más potentes que él volaba, sintió un gran aprecio por Jim, por su efuerzo a llevarlo a volar en su Gipsy; pero al comparar, el biplano era muy limitado por obvias razones.

Jim eventualmente hizo las inclinaciones izquierda y derecha y dio el control del biplano a Roberto, él hizo lo mejor posible de sacarle provecho a los cien caballos de fuerza del pequeño motor, y mostró cuanta acrobacia y maniobra sabía. Roberto balanceó el Gipsy a ambos lados y Jim lo tomó de nuevo…

El descendió en dirección a su estancia y sentó el biplano al aterrizar en la hierba del campo detrás del galpón; y se detuvo de donde habían salido…

Conversaron animadamente mientras examinaban el biplano después del vuelo; Jim dio unos palmotones en la espalda a Roberto, y le decía: -Hey, Robertou, que placer es volar, ¿no es así? No hay nada quei se compare a convertirse en un pájarou. Yo salgou siempre a volar y es mi terapia favourita… chei…-

Las mujeres en casa nou mei comprenden… chei. He queridou quei Solange también fuera pilotou; perou ella nunca tomou interés. Aunque la adorou, hubiera queridou tener un muchachou para que algún día compartiéramos el placer de volar juntous, perou mi esposa tuvou complicaciones después del partou al nacer Solange y no tuvimous más hijous… chei

-Mi amigou Robertou, quédate con nosotrous aquí en Chumanguitos,- dijo Jim, -y talvez con el tiempou compramos otrou Gipsy y hacemous verdaderous combates aéreous y volamous, ¿en formación?... chei, (una maniobra de aviones que vuelan cincronizados muy cerca uno del otro)…-

A Roberto, que le habían tocado su cuerda favorita, también le excitó la proposición; pero con delicadeza declinó la oferta…

Jim insistió que lo pensara muy bien, que después del juicio podía volver, y él le enseñaría todo lo relacionado con las múltiples tareas de la estancia y trabajarían juntos…

Y añadió, -mi hija está muy enamorada contigou, y que estaría muy feliz que volvieras… chei-

Roberto, agradecido, pero con un nudo en la garganta agradeció a Jim tan generosa oferta…

El teniente se encontraba ahora en una encrucijada sin poder argumentar,… y la tentación era enorme…

De corazón sentía pena desilusionar al buen hombre encariñado con él y que le estaba poniendo el futuro en sus manos; le fue difícil ser terminante con Jim, y afirmó que no era el momento para tomar alguna decisión sobre su futuro…

El sol de la tarde aun se filtraba a través de las ventanas en la gran habitación donde al final del día la familia se había reunido frente a la chimenea; elegantes paneles de madera cubrían las paredes mostrando cómo el abuelo Cameron no había escatimado gastos al construir una confortable y sólida "casa grande" de su estancia…

Era un amplia sala de techos altos, con hermosas vigas de madera expuestas, ventanas grandes orientadas hacia el este, por donde rayos del sol se volcaban en las mañanas; en la pared opuesta que daba al Oeste, de donde soplaba el constante viento, las ventanas eran más pequeñas, pero dejaban ver a lo lejos algunas de las cumbres del Paine.

Atravesada a lo ancho de la chimenea, una sólida repisa de madera exhibía múltiples fotografías en blanco y negro, con escenas de grupos de pilotos frente a líneas de aviones de la II Guerra; una de Jim muy elegante vestido de uniforme oficial de la Royal Air Force, así como una foto de una pareja, con una enfermera muy joven y bonita acompañando a un joven Jim cubierto de vendas, pero sonrientes, en la cama de un hospital…

Una foto muy especial mostraba los restos del derribado Spitfire de Jim; un cuadro de condecoraciones y medallas colgaba en la pared próxima a pequeñas banderas de Chile y del Reino Unido.

Después de una alegre conversación Marie preguntó: - bueno, y Uds, jóvenes, cómo se están llevando? los veo todo el día conversar y reirse sin parar.-

-Oh, mamá, dijo Solange, no te imaginas las divertidas anécdotas que Roberto cuenta…

…Y Marie, con una misteriosa sonrisa mirando directamente a Roberto le pregunta:

-Roberto, creo que es hora de que me saques de una gran curiosidad que tengo desde el día que caíste del cielo en Chumanguitos…-

Solange nerviosa, mira a su madre y pregunta…

-¿Qué quieres que Roberto te cuente?-

-Míralo, el pobre se ha puesto nervioso rascándose la cabeza…-

Bueno, dijo Marie, -resulta que el día del accidente yo le inyecté un calmante, (Roberto primero sonrojado, y luego pálido, ya sabía qué pregunta venía), y encontré sus nalgas con una serie de cicatrices obviamente producidas por un tiro de escopeta…-

-¡Ay... ! pobre Roberto… ¿que es eso…? ¡nunca me contastes nada así... !- dijo Solange…

Jim riéndose a carcajadas, también pregunta: -¿Robertou?-

-¿Tú tambien tienes cicatrices en tu traserou... ?- y agrega:

-Yo te muestro las mías y tú las tuyas… ¡ja ja ja ja!-

Nerviosa Solange se había llevado una mano a la boca y semi-sonriente miraba a Roberto con expresión interrogante…

Marie continuó diciendo que como enfermera tenía idea de cómo se habían producido las cicatrices y que era hora, de que si Roberto quisiera, les contara el origen de ellas...

Él, nervioso les preguntó: -¿Verdaderamente quieren oir esa historia?-

Los tres afirmaron con la cabeza, -¡sííiiiii!-

Especialmente Jim, que no cesaba de reír…

Roberto dijo: -Durante mi penúltimo año del secundario, yo tendría unos 17 años, y fui invitado a una fiesta de familia cerca de casa; cuando regresaba de ir a un baño por un obscuro pasillo, una linda joven casada, mayor que yo, me besó en los labios de un modo que jamás había experimentado y puso mis manos sobre sus pechos…-

-De ahí en adelante aquella joven me abrió las puertas a una sensualidad que no conocía; e iniciamos una secreta aventura que nos tuvo muy apasionados.-

¿Cual será la reacción de los Cameron a la romántica aventura de Roberto con una mujer casada?

…

Capítulo 4

CASA GRANDE
ESTANCIA CHUMANGUITOS
PATAGONIA, CHILE

Roberto continuó: -Es de creer que relaciones así no pueden durar. Como el patio de la casa de la joven y el de la casa de mi padre se encontraban relativamente cerca, era muy fácil para mí saltar un par de cercos y aparecerme en su casa cuando su esposo iba a trabajar de noche…-

Jim, Marie y Solange sonrientes con cara de expectación esperaban el desenlace de la situación…

Roberto continuó: -Una noche no escuché cuando el automóvil del esposo de la muchacha llegó sin hacer ningún ruido, ya que un celoso vecino lo había alertado de que yo estaba ahí con su esposa…-

-Sólo me di cuenta de que el esposo estaba ahí fuera de la casa, cuando oí el clic de la puerta del coche al cerrarla; con enorme rapidez corrí hasta el patio de la casa, pero cuando saltaba la parte más alta del cerco, ¡bang¡ un disparo retumbó en la noche, sentí un intenso dolor en mi nalga izquierda; … comencé a correr, y una cálida humedad se deslizaba por mi pierna, era sangre…-

-Corrí como pude por mucho tiempo, sin ir a mi casa; fui hasta la casa del padre de un amigo que era médico para que viera y me curara mi sangrante nalga. Él me inyectó un calmante y removió cuidadosamente los múltiples perdigones del cartucho de escopeta incrustados ahí; me llevó hasta su casa de campo, donde permanecí un tiempo hasta poder caminar bien otra vez…-

-Parece que el médico habló con mi padre, quien comprendió lo sucedido, sin jamás hacer un comentario conmigo al respecto… en fin, ya pasó…- dijo Roberto, que aparentaba estar afectado por la mala experiencia y la dura lección que había recibido…

Bueno, dijo Roberto, muy serio, -ya saben el motivo de las cicatrices, asunto cerrado ¡y punto!- … y él agregó…

-No es mi tema favorito, disculpen, pero es así como me siento al recordar. No estoy muy orgulloso de lo que hice.-

-Pobre Roberto,- dijo sonriendo Solange, -pero la verdad es que te la buscaste, ¿eh?-

-Bueno,- dijo Roberto, -yo solo tenía 17 años, Solange y la realidad es que me ayudaron a buscármela, ¿no?- Y agregó: -¿Alguna otra pregunta?-

Roberto mostró sensibilidad, al describir el mini-drama, así como un aspecto desconocido de su alegre personalidad. Para él no era un divertido evento de su vida.

Jim y Marie, habían reído mucho al ver la cara de Solange en la forma que miraba a Roberto, como que todavía no podía creer lo que había escuchado…

Jim agregó whisky al vaso de Roberto y dijo:

-¡Salud Robertou a nuestrous heridos traserous!...- todos alegres hicieron un merecido brindis.

Las heridas y cortaduras del accidente sanaron y Roberto ya podía caminar casi perfectamente; se sentía bien y en buen espíritu; Solange había contribuído altamente en su mejoría y la relación entre ellos iba en aumento, y cada vez que podían se abrazaban y besaban muy apasionados...

La orden que Roberto había recibido de su comandante de reportar su estado de salud a la Base aérea, sólo quedó en eso; nunca comunicó su estado de mejoría a sus superiores, siendo aquello otra seria falta en su hoja de servicio.

Jim, adoraba a su hija, aunque ella era de carácter fuerte y a veces tenían sus altercados, él analizaba seriamente la relación de su hija con el joven teniente; Jim había tomado cariño a Roberto, le agradaba que fuera piloto y que le gustara volar tanto como a él.

Jim consideraba a Roberto Conti como una persona de su mismo nivel de inteligencia.

Los padres de la joven estaban muy felices con la relación amorosa de su hija y si llegara el caso, aceptarían de todo corazón que se casaran.

Ambos opinaban que sería perfecto que Roberto dejara su carrera y viniera a Chumanguitos a participar con ellos del manejo de la estancia…

Eso ya se vería… pero no todos tenemos dedos para pianista…

Un sábado después de almuerzo mientras tomaban café en la sala y Roberto recordaba una de sus divertidas aventuras aéreas, de improviso desde el frente de la casa se escuchó un alto zumbido de motores… ¡Varrrruuummm…! ¡Varrrruuummm…! ¡Varrrruuummm…!

Sorprendidos Jim y Roberto corrieron a cerciorarse. Jim fue el más impresionado al encontrarse frente a su casa con el fuerte olor de los escapes de tres motocicletas que aún flotaba en el aire.

Roberto no podía creer la sorpresa de ver a sus amigos, muy sonrientes, cubiertos de polvo, aún con sus blancos cascos, sentados en sus motocicletas…

Ellos habían dejado Punta Arenas a la salida del sol, y atravesaron la Patagonia de sur a norte por 400 kilómetros por asperos caminos de tierra; solo se detuvieron en Puerto Natales para hacer combustible y continuar a Chumanguitos…

-¡Uf! ¡Qué empuje… chei!-

-¡Jim, sí son mis amigos… chei!- Gritó Roberto.

-¡Qué bueno que han venido!- Y Jim en su simpático lenguaje les dio la bienvenida:

-Muchachous, bienvenidous a Chumanguitous chei!...-

Jim, que de joven había sido muy aficionado a las motocicletas, se le iluminó la cara, les aseguró: -hey guys, I love your motorcycles!... ¡Hola chicos adoro vuestras motocicletas!…-

Roberto corrió a saludarlos con un fuerte abrazo. El gringo Jim no se reponía y parecía un muchacho más; de rodillas en el suelo, examinaba los motores, y hacía toda clase de preguntas…

Uno de los amigos de Roberto, Sergio Ferrer, quien no deseaba ser empleado de banco toda su vida, invertía todo su dinero y tiempo libre en salir a volar en los aviones PT-19 del Club Aéreo de Punta Arenas; él quería acumular horas de vuelo para presentarse a un curso de pilotos comerciales en una línea aérea. El adoraba su motocicleta plateada de 500cc, que el mismo había importado desde Inglaterra…

En otra de de las motocicletas se encontraba el alemán Martín Holtz, que trabajaba en el negocio de su padre, en una moto alemana de 350cc, y en la tercera motocicleta estaba el chico Jorge Noguera, quien era hijo de una acomodada familia estanciera; pero él prefería trabajabar en el mismo banco con Sergio, porque según él, participar en el trabajo de la estancia con la familia debía ser lo más aburrido del mundo…

La amistad entre Roberto con Sergio comenzó cuando ellos iban a la Sala de Comando de la base aérea; aviones del Club Aéreo se guardaban también en aquellos hangares, en Bahía Catalina...

A Roberto le había llamado la atención ver una motocicleta nueva estacionada al lado de un hangar y al averiguar, conoció a Sergio…

Ambos jóvenes eran pilotos y pronto hicieron amistad; Roberto llevó a Sergio al Casino de Oficiales, a unas heladas Pilseners patagónicas; tiempo después Sergio invitó a Roberto a su casa donde conoció a sus amigos, así como algunas simpáticas jóvenes.

Jim preguntó a Sergio si podía probar su Triumph Speedtwin; feliz Jim fue a dar unas vueltas por la estancia…

Roberto le dijo a Sergio, -no te preocupes viejo amigo por tu motocicleta, el gringo Jim es muy cuidadoso y cuando era joven también tuvo motocicleta, aparte que fue piloto de Spitfires durante la II Guerra en Inglaterra…-

Sergio, sorprendido del comentario de Roberto, se sintió orgulloso de que su querida motocicleta estuviera en esas famosas manos. Y Roberto agregó, -tú no te imaginas las asombrosas historias que Jim cuenta de sus experiencias de la guerra…-

Mientras el gringo Jim desapareció en la motocicleta de Sergio por su estancia, a los muchachos se les indicó que podían usar cuartos cerca del de Roberto si querían descansar o bañarse; después pasaron al comedor a una reconfortante “estanciera” colación;

Una animada conversación se inició mientras los muchachos comían; con el largo vieje habían llegado muertos de hambre…

Roberto y Solange acompañaban a los amigos, quienes no dejaban de “examinar” a Solange; ella vestía con sus eternos jeans y su rosado sweater favorito que dejaba vislumbar su gracioso busto. La joven, conciente de que estaba siendo observada con detención, participaba de la conversación como siempre muy natural, pero a ella, personalmente, le daba un delicado placer…

Ella impresionaba a los jóvenes; uno de ellos se acercó al oído de Roberto y le comentó discretamente… -Roberto, viejo, Solange es un bombón, que suerte tienes bestia de haberte accidentado aquí, ¿eh?…-

Sergio se dirigió en forma directa a Solange y le preguntó si ella y Roberto se habían conocido antes del accidente ya que era muy sospechoso que hubiera sufrido "su aterrizaje forsozo" precisamente ahí… en la estancia de ella…

No estamos muy seguros de lo que Roberto está diciendo, así que necesitamos que Solange confirme que es cierto lo que él dice…

-Nooo,- dijo Solange traviesa, -nunca había visto al individuo este en ningún lugar…-

Jorge mencionó que a él le parecía recordar las inolvidables facciones de Solange en un cine en Punta Arenas acompañada de un oficial de marina; pero que nunca más la había vuelto a ver. Ella indicó que a veces iba a la ciudad, pero que no se quedaba mucho tiempo. Y que el tal oficial ése estaba en esos momentos congelándose en una Base Antártica por un año y que ya no le interesaba…

Todos se rieron de los comentarios de Solange… y ella con su carita de pícara le hizo un comentario a Jorge…

-Sabes Jorge, me asombra que nunca me vistes…, ¡tu casa y la mía en Punta Arenas están solo separadas por el pasaje donde se encuentra la Cruz, del "Cerro de la Cruz"; … Jorge, siempre he sido tu vecinita… ¿Sabes?...-

Yo te he visto por años, pero de vez en cuando… Hasta te he hecho señas y tu nunca te distes cuenta… podríamos haber sido amigos muchachito,… desde hace muchos años…

El chico Jorge, nervioso, se sonrojaba de a poco… no sabía si sonreir o ponerse serio… eh…, -¿estás bromeando… Solange?- mencionó él, -¿No?...-

El suspenso había producido un silencio mientras todos los jóvenes se miraban unos a otros… y después les vino un ataque de risa general…

Sergio fue el primero en decirle…, -¿qué bestia chico Jorge? sencillamente debiste haber ido al oculista hace un montón de tiempo,…-

-¡Jorge…! ¿Cómo es posible que nunca, nunca vistes a tu vecinita tan linda?...-

Jorge, solo pestañaba rápido, pero no sabía que decir.

Básicamente Jorge era un poco retraído, ademas de ser el más bajo de todos y un poco gordito, se sentía apocado por el directo comentario delante de la guapa muchacha…

Solange se dio cuenta de lo que su comentario había producido en el joven Jorge. Ella pensó que a lo mejor había herido los sentimientos del joven,… ¡Qué pena! pobre muchacho…, ella muchas veces vió a Jorge desde su casa … y lo encontraba un joven de apariencia agradable, no muy alto, pero hasta cierto punto atractivo… Ella sentía pena por el joven, ya que nunca lo vió con muchachas, siempre solo, o con los amigos motociclistas…

Roberto se emocionó al ver cómo sus amigos habían venido a visitarlo; en un viaje tan largo, y se sentía apreciado por ellos…; ustedes están locos en hacer ese largo viaje para venir a verme y tener que regresar… ¿y repetírselo?...

Lo que Roberto no tomaba en cuenta que había una segunda intención en sus amigos; tenían al ir a verlo, querían conocer a la bella muchacha que el teniente les había descrito en la casa de sus amigos, y que cuidaba de Roberto en una estancia…

¿Una anticipada atracción animal?... ¿a lo mejor?... no solo la salud de Roberto era el motivo del duro viaje en motocicleta por ochocientos kilómetros…

¿No hubo en la historia del mundo una mujer que motivó el zarpe de mil barcos de guerra?... quizás con diferente motivación… pero mujer al fin, había sido la causante… ¿No?...

Sergio, comentó que supieron del accidente de Roberto, y estaban preocupados por él; -el personal de la base aérea se negaba a darles información de donde se encontraba el piloto accidentado… sólo indicando que se encontraba bien y en recuperación…-

-El noviecito de una amiga de los motociclistas era un joven teniente de la base aérea; y él les contó que había ido a rescatar el avión de Conti con el comandante Rodríguez; así que por él nos enteramos que Roberto estaba en la Estancia Chumanguitos y era cuidado por la buena familia, con una hermosa y joven hija, y que él personalmente la había visto, explicando lo bella que era…-

-Bueno mi amigo Roberto…, tú comprendes que quedamos con la tremenda curiosidad de conocer a la misteriosa joven, así como saber cómo estabas, dijo Sergio, e inmediatamente hicimos planes con estos dos locos para venir a visitarte…-

Roberto, -así que aquí estamos muy contentos de verte en tan buenas condiciones… y hemos verificado lo que aquel teniente había dicho… Solange es muy linda…-

Solange, un poco cohibida pero sonriente agradeció el comentario de Sergio…

Esa noche toda la familia y los muchachos hicieron una alegre reunión y el whisky corrió. Como uno de los muchachos tuvo la buena idea de traer unos discos 45RPM de rock'n roll y otros que estaban de moda, se divirtieron mucho y hasta muy tarde.

Era simpático ver al grandote de Jim con unos algunos whiskys tratando de imitar a los muchachos al bailar con Solange, que eran los rocks más alegres y movidos, y Jim comentaba, -"estous muchachous se mueven comou unos diablitous bailando,... chei"...-

Mientras Solange y Jorge bailaron un suave melodía esa noche, ella le dió una orden: -Jorge, tu vas a dormir en un cuarto solo, que ya te muestro, alejado de los otros. Yo quiero conversar contigo y te iré a ver. No te procupes por Roberto, el duerme profundamente y aquí no hay problema; te vas a dormir y yo te despertaré...- Jorge asombrado, solo dijo que estaba bien...

Un par de horas mas tarde Solange camina por un pasillo si hacer ruido, como ella sabe hacerlo...

La joven entra a la obscura habitación de Jorge, cierra la puerta por dentro con llave y se acerca a la cama y le pregunta,

-Jorge, ¿duermes?-

-No,- dice el, -no he podido dormir preocupado de cuando vendrías Solange-...

La joven se sentó al borde de la cama y le dijo, -por ahora no digas nada, solo me quiero disculpar por mi comentario a la hora del almuerzo, se que te hice sentir mal,... pero no era esa mi intención,... verdaderamente lo siento...

La hermosa joven se deslizó sobre las cubiertas de la cama junto a Jorge..., -¡pe... per... pero Solange...!- ...musitó Jorge... -ya te dije muchacho que calles...- murmuró Solange con una sonrisa...

Ella le acarició el cabello ... tomó la cabeza del joven en sus manos, buscó sus labios y lo besó apasionadamente por un largo minuto...

¡Jorge se quedó sin aliento!...

El sorprendido, pero excitado, respiró profundo y trató de recuperarse de la emoción de lo sucedido, estaba abismado, pero sonriente... dijo:

¡Qué beso más excitante... Solange! y gracias... entiendo porque lo hiciste, pero la verdad es que no era necesario... estoy acostumbrado que mis amigos hagan chistes y se rían de las tonteras que yo hago o digo... pero ha sido el beso de la muchacha mas bella que he conocido en mi vida, Solange...

Sonriente la joven se separó de el y con suavidad murmuró: -comprende una cosa aquí Jorge..., esto no ha sucedido, es todo un sueño... pero nunca, nunca, vayas a mencionarlo a nadie, prométeme...-

-Ha sido mi regalo...- ella susurró...

Y Solange aseguró:

Y por si tienes alguna idea, jamás hago esto, así que ya sabes... ¡no acostubro a hacerlo...!-

Jorge, emocionado afirmo: -Te entiendo mi amiga, cuenta conmigo... no soy el tipo que besa y cuenta... o que lo besan y anda contando por ahí... ¡En serio muchacha linda!...

¡Qué suerte tiene Roberto...!-

Jorge contento se fue a dormir con el sueño de su vida... pero pensó... ¡hay que ver como las jóvenes son, a veces!... uno no se imagina que algo así pueda suceder... ¡pero qué beso más largo y divino!... ¡excitante... hummmm...!

Al día siguiente muy temprano al desayuno Jim invitó a los tres amigos de Roberto a salir a volar en la Clementina; él les daría un tour por los lagous y montañas del Paine desde el aire, chei, -¿que les parece? muchachous, ok?-

Vamous, que Uds. deben comenzar a volver a Punta Arenas tempranou para que la noche no los tome en el caminou. No olvidar que son por lo menous cincou horas de carretera, y con mucho vientou… chei…

Roberto, Solange y Marie los acompañaron a ver el show de Jim; los amigos de Roberto no podían creer lo que Jim les había ofrecido. Puchas que buena persona es este gringo Jim, le dijeron a Roberto. -Sí dijo Conti, él es una excelente persona y recuerden que fue piloto de la Royal Air Force, así que estén tranquilos. El es un magnífico piloto, créanme, ya he volado con él, así que apretarse bien el cinturón de seguridad…, le encanta hacer acrobacias…-

A la hora del almuerzo, después de una movida mañana de tres vuelos, Jim y los amigos de Roberto conversaban animadamente intercambiando impresiones de lo que había sido para ellos su primer vuelo en un biplano…

Sergio, que ya era piloto, nunca había volado en un biplano; pero después de volar con Jim, se dió cuenta que él le había mostrado maniobras que no conocía…

Martín, el muchacho rubio aun no se reponía del primer vuelo de su vida, -ah, puchas que se me revolvió el estómago, decía, con tanta acrobacia.- Y continuó:

-El horizonte dejó de ser…¡horizontal! lo vi vertical y en diferentes ángulos.-

Y agregó…: -En una maniobra todo el mundo giraba a mi alrededor. ¡Ahh! así mismo volamos por un corto tiempo de manera que las llanuras y el horizonte estaban… debajo de mi cabeza… con el avioncito invertido… ¡qué locura!...-

Jim, con su pintoresco lenguaje le dice, -Martín, ¿vas a creer que todas esas acrobacias las aprendí cuandou yo era de la edad de Uds… chei? y comou se pueden imaginar, fueron maniobras que en combates aéreous me ayudaroun a destruir aviones enemigous, así comou salvarme la vida con acrobacias al evadir ser acribilladou por ametralladoras...-

El afirmó: -Pero, un experto pilotou alemán me disparóu al lograr posicionarse en 90 gradous a la dirección del vuelou de mi Spitfire, ametrallando el costadou de mi avión casi partiéndolou en dos e hiriendou mis posaderas....chei- y continuó...

-Comou pude..., chei...salí de mi destrozada cabina y salté en paracaídas... mientras caía lentamente, vi con horror a lo lejous venir al mismou avion alemán que había destruídou mi avión, en mi dirección... recé, ya que sabía que iba a morir, no tenía escape...-

-Lo que sucedióu a continuación me tomóu de sourpresa... ¡nou lou podía creer!.. chei-

-El pilotou alemán al acercarse a mi, inclinó su avióun de manera que pude ver su cara,... y me dio un sonriente saludou militar,... y desapareció a lo lejous en el cielou...-

Y Jim continuó: -Various pilotos aliadous durante la guerra fueroun testigous de eventos similares al mío... Pilotous alemanes prisioneros de los ingleses fueroun interrogadous sobre esas actitudes... Ellos explicaroun que aquellou era parte de un codigou moral que existía entre un élite grupou de pilotos de la Luftwaffe, donde no existía honor en destruir a un enemigou que no se podía defender... chei...-

-Caí en territoriou francés y fui transportado a un hospital, donde esta bella mujer, aquí, frente a ustedes, fue la enfermera que me ayudóu a sanar, ¿no es así mi lovely Marie? La esposa sonrió con mucha dulzura en sus ojos...-

Todos en la mesa quedaron impresionados con la descripción de Jim, felicitaron a un verdadero héroe, que gracias a Dios, había sobrevivido a esa terrible guerra...

Un sonriente Jorge dijo que él tenía experiencia en vuelos, pero siempre como pasajero en vuelos muy tranquilos a su estancia y de regreso a la ciudad. No conocía lo que eran esas maniobras que Jim le había demostrado….

De lejos, Solange y Jorge cruzaron sonrientes miradas… y ella pensó… ¡Qué bueno!... se ve más feliz que ayer…,

Jim llevó a los tres motociclistas a donde guardaban la gasolina y les llenó sus estanques con gasolina de aviación del Gipsy, les indicó que así tendrían mayor rendimiento y potencia…

Ellos dejaron la estancia… el alto sonido de sus motores retumbó por el valle de la estancia por un buen tiempo…

La familia se quedó fuera de la casa hasta verlos alejarse, pronto los blancos cascos desaparecieron detrás de una colina…

El sueño de Solange era ir a acampar con Roberto a la hermosa área de los lagos, a unos cuarenta kilómetros al oeste de la estancia antes de que él tuviera que irse…

Ella conocía esa región desde niña y cómo llegar a una pequeña cabaña abandonada que había detrás de una boscosa colina, protegida del viento; era una cabañita que estaba bien, frente a un pequeño arroyo y alguien le había construído una buena chimenea con trozos de roca de las montañas vecinas…

Solange era soñadora y tenía ideas… la noche anterior al viaje cargó su camioneta con frazadas, toallas, comestibles y utensilios, dos botellas de whisky,… su Winchester… y una caja de balas.

Solange era una muchacha muy especial, competitiva y con personalidad; con un gran concepto por su persona, sabiendo lo que ella valía, siempre quiso ser autosuficiente y no dejaba que nadie la ayudara; creció muy segura de sí misma y en la escuela era generalmente la mejor alumna de su curso, a lo mejor con más muchachitos amigos, que niñas.

Ahora era una joven sensual y con mucho interés por encontrar un buen compañero de juegos amorosos.

Había estado en Inglaterra, donde estudió administración de fincas ovejeras y contabilidad; fueron dos años de estudios que le servirían mucho en el manejo de la estancia.

Había tenido la oportunidad de establecer románticas relaciones con un par de jóvenes ingleses, pero llegó a desilusionarse de ellos, por sus arrogantes actitudes, donde opinaban que seres no nacidos en el Reino Unido, no valían mucho…

Solange estaba feliz de regresar a la estancia con sus padres…, Chumanguitos…, ahí estaba su vida, su futuro…

Hacía un tiempo que Solange había conocido a Marko, quien le gustaba físicamente, pero los descuidados modales del joven la dejaban sin mucho interés por él. Solange deseaba un hombre a su lado que la hiciera sentirse apasionada y romántica, no un payaso.

Pero por ahora todo su mundo se había dado vuelta, siendo Roberto su único interés…

Aquella mañana ya al salir el sol, los jóvenes viajaban con un día frio, despejado y con la fuerte brisa de siempre; Solange conducía su desteñida camioneta verde…

Desde la Casa Grande de la estancia, en su posición elevada sobre el terreno, era posible seguir con la vista el camino hacia el Norte por unos buenos kilómetros hasta que finalmente se sumergía detrás de una boscosa colina…

Pensativa y algo emocionada la madre de Solange observaba desde una ventana cómo el pequeño vehículo de su hija se alejaba en la distancia; Marie estaba feliz por la decisión de ella de ir a acampar por aquellos bellos parajes con su querido Roberto; su hija ya entraba en los 24 años y sabría como comportarse… de una manera u otra…

Marie suspiró y pensó: Jóvenes, jóvenes, que cosa más linda ser joven y experimentar nuevos amores…

Al costado del camino los jóvenes vieron una enorme tropilla de caballos en una vega; al verlos, Solange hizo un comentario a Roberto, -¿Ves todos esos caballos allá? Son para el trabajo de la estancia, si tienes en cuenta que en esta estancia hay miles de ovejas, es necesario tener un arriero, sus perros y dos caballos por cada mil ovejas… por eso hay tantos animales ahí…-

Continuaron por el buen camino un tiempo, pasaron frente a un grupo de casas y galpones de la estancia "Baguales", colindante con Chumanguitos. Perros ovejeros ladraron al paso del vehículo de los jóvenes…

Solange relataba a Roberto cosas que sucedían en la estancia; en ciertas estaciones del año, piños de ovejas son llevados a distantes campos de verano; ahí está mi oportunidad de unirme a los arrieros con mi caballo, en esa faena…

-Es una operación en la que vale la pena participar, se toma café antes de la salida del sol, en cocinas portátiles sobre ruedas; después comienza el movimiento; con los silbidos de los arrieros que hacen trabajar a sus perros ovejeros, alrededor de las ovejas; caballos a todo galope, relinchando; viento y mucho ruido, es una verdadera sinfonía de sonidos, es impresionante… y uno se siente feliz de ser parte de todo aquello…-

Prince, esbelto, brioso y de color castaño, es mi caballo, orgullosa afirmó Solange…

Ella acostumbraba silbarle a Prince; era simpático ver a Solange silbar alto y fuerte; ella introducia entre sus labios su índice y el pulgar y chiflaba como los arrieros…

Desde lejos Prince reaccionaba, ergía sus orejas, y daba pequeños brincos de felicidad, ya que Solange acostumbraba darle cubitos de azúcar en su mano, que él adoraba.

Con curiosidad Roberto preguntó: ¿Alguna vez tuviste asedio al ser la única mujer y tan hermosa en esa faena?...

A decir verdad, dijo Solange, pensé que podría suceder y cargaba mi Winchester con bala pasada a mi lado todo el tiempo, pero nunca sucedió nada…

Todos los arrieros eran muy respetuosos y solamente bromeaban conmigo a la hora del rancho…

Ella conducía y hablaba al mismo tiempo, hasta que Roberto le pidió que se detuviera por un momento; mi amor le dijo, sucede que no dejas de hablar, y quiero besarte… tienes los labios más besables de toda la Patagonia…

Solange que era la práctica muchachita de campo le dijo que estaba bien y accedió, pero añadió: -quizás fuera mejor esperar llegar a la cabañita y mantener los fuegos encendidos… ¿sí entiendes lo que te quiero decir?…-

Roberto no podía estar más de acuerdo, ella se recostó sobre su regazo y él la besó acariciando sus tiernos senos bajo su sweater.

El sendero pasaba al norte de las riberas de dos grandes lagos, Toro y Sarmiento y en la distancia, hacia el Norte, se veían cumbres de las las extrañas montañas Baguales; ellos comenzaron a internarse por campos sin cercos y abundante vida silvestre…

A campo abierto era posible presenciar tropillas de caballos salvajes correr a todo galope y relinchando; lagunas con caiquenes, (los culpables del accidentado aterrizaje de Roberto), y avutardas, rápidas liebres y algunos ñandúes en rápidas carreras por doquier.

El agua en aquellos lagos era virtualmente levantada por el intenso viento del Oeste creando verticales círculos de verdaderas trombas en espirales. Un formidable espectáculo de entrelazadas fuerzas naturales.

Entre colina y colina se dejaban ver, hacia el Oeste, por unos minutos, muestras de azules cumbres salpicadas de nieve, mofándose de Roberto, como anticipo a lo que vendría luego.

Pero a la vuelta de una pequeña colina algo muy especial sucedió…

Una manada de unos cincuenta guanacos se encontraba atravesando el sendero, con animales de diferentes tamaños y los pequeños chumanguitos, (pequeños guanaquitos), apegados a sus madres. Ninguno de ellos se inmutó por la presencia del vehículo…

Los jóvenes trataron de acercarse al grupo de guanacos; pero el más alto de ellos se ubicó frente a los jóvenes, como si quisiera confrontar a estos intrusos…

El bello ejemplar se detuvo a unos siete metros en frente de ellos, giró sobre si mismo y con sus patas traseras separadas; en un instante, un caudal de excrementos se vertió sobre la hierba con un especial sonido, como si un gran grifo se hubiera abierto, por suerte el viento soplaba hacia el guanaco y los jóvenes no percibieron el perfume…

Es un signo… -¡deténganse ahí!;… es la naturaleza con su lenguaje,- expresó Solange, -vámonos, no desean nuestra presencia…- Lentamente el vehículo se abrió paso por entre los esbeltos y elegantes guanacos… una bella estampa …

Solange siguió con sus relatos sobre esa área tan especial; todos estos campos de la pre-cordillera y miles de kilómetros cuadrados desde el Río Santa Cruz por el norte y la costa atlántica, eran territorios de los indios bravíos tehuelches, hasta la ribera norte del Estrecho de Magallanes, por el sur… y probablemente por cientos de años...

Aquellos indios eran personajes independientes, fabulosamente ricos en ganado y caballos… y todo aquel inmenso territorio libre para recorrer sin trabas ni obstáculos…

En la actualidad, continúa ella, es posible encontrar aún escondidos en algunos lugares especiales, grupos de ganado y caballos salvajes, descendientes de esos animales originales de los Tehuelches; no muy lejos de aquí hay una grupo de montañas llamadas "Baguales", tal vez nombrada así por haber acomodado algunos de esos extraviados animales…

Solange continuó: cuando yo era pequeña, en ciertos días domingo, amigos de mis padres venían a almorzar a nuestra casa y yo me aburría seriamente;… al buscar cosas que hacer un día subí al altillo y descubrí una colección de cajas cubiertas de polvo… estaban llenas de fotos, cartas de mis abuelos y más que nada un amarillento diario, amarrado con una viejísima cinta, escrito por mi abuelo, en su travesía, indicando el avance a estas tierras y los acontecimientos que sucedían… para mi encontrar eso fue un hallazgo increíble…

Guardé secreto y cada domingo pasaba tardes viendo desleídas fotos y leyendo esos recuerdos de mis antepasados…

El abuelo describía en su diario cómo a veces en un día, se avanzaba muy poco; el terreno era rocoso, otras veces con pantanos que era necesario rodear. Había oportunidades en que pumas mataban varias ovejas y desaparecían hasta que volvían a atacar. Ahora mi padre guarda esos recuerdos en un cuarto especial de la casa, iremos a verlos cuando regresemos…

-¿Qué te parece Roberto?...-

El impresionado, comenta: -Mi amor, por supuesto que me interesa, y muchísimo, debe ser algo asombroso leer sobre aquellos tiempos, prácticamente escuchar a tus antepasados contarte de sus vidas, sus anhelos y emociones del momento…-

Ella le comenta: -Yo te puedo leer las cartas, que ya he leído varias veces, y así entiendes lo que dicen… yo te puedo traducir y de seguro te van a encantar…-

-Mi abuelo, en su larga y ardua jornada hasta estos campos, se encontró con tribus indígenas, lidiando con ellos al comienzo, pero eventualmente fueron sus aliados y guías a cambio de ovejas, sus fuertes caballos de tiro, o por licor.-

-Los indios querían saber qué mi abuelo cargaba en sus vagones e intentaron robarle hasta que se enfrentaron en sus narices con el martilleo de las escopetas de dos cañones del viejo Cameron … y no volvieron a tratar de meterse en los vagones, y la voz se corrió por la tribu…-

Cuando regresemos a la estancia, dile a Jim, (mi padre se enfurece cuando lo embromo llamándolo por su nombre), que te muestre esas armas, él las cuida, las limpia y aceita para mantenerlas en perfectas condiciones, y todas funcionan… ya verás…

Aquellos indios estaban curiosos con las rubias mujeres, de ojos azules que venían en los carros y querían hacer trueque: -las blondas damas a cambio de grandes cantidades de ganado y apreciadas pieles de guanaco…, verdaderamente eran tiempos bravíos Roberto…-

-Pero jamás hubo trueque…-

Solange comentaba lo variada que era el área a donde ellos se dirigían, existen enormes glaciares, verdaderos congelados ríos de hielo, que se deslizan en forma muy lenta sobre los lagos; témpanos se desprenden de aquellos glaciares y es posible verlos flotando en medio de esos lagos.

La joven continuaba, en los veranos se puede oír el estruendo por estos valles de gigantescos moles de hielo que se desprenden de las congeladas cumbres del macizo Paine desde dos mil quinientos metros de altura, y que caen destrozándose por las laderas hasta llegar a la base de la montaña.

Roberto sonriente admiraba la soltura con que ella usaba los cambios al sacar provecho del motor y era adorable observarla de cerca. De vez en cuando ella también sonreía al encontrarse con los alegres ojos de Roberto, una simpática y muda conversación.

Finalmente, en lo alto de una colina, con una abrumadora presencia geológica, apareció delante de ellos el grupo montañoso del Paine y sus Torres asomadas por detrás de la cumbre de los Cuernos. Estos últimos de impresionante forma y contraste, de rocas azul violeta, ocres y grises recortadas contra un fuerte cielo azul. Y hacia la izquierda, el macizo del Paine con sus eternas cumbres congeladas...

Para Roberto fue un choque visual… quedó tan emocionado, que no sabía cómo expresar la sensación que sentía. Todo era tan asombroso, montañas de abruptas formaciones rocosas y de un colorido nunca visto; Solange detuvo el motor y caminaron hasta el borde del camino, donde la fría brisa patagónica que subía por la colina, les dio la bienvenida…

Y ella continuó:

-Al llegar a la cabaña compartiremos el trabajo, hay que buscar maderitas secas y medianos troncos para pasar la noche con la chimenea encendida. Tendrás que limpiarla para que el humo escape hacia afuera y no hacia el interior.- Bueno,- dijo ella, -tú recolectas maderas y yo iré al arroyo a buscar agua…-

Vas a ver Roberto que nunca en tu vida has tomado agua tan deliciosa. El arroyo además será nuestro baño aunque el agua es muy helada, no hay otra alternativa, pero tú eres libre de hacer lo que desees; no tienes que bañarte. He traído jabón, así como varias toallas…

Todo está en la parte de atrás de la camioneta; también hay una lámpara a kerosén, un hacha que servirá para cortar maderitas para el fuego; hay también un Winchester y una caja de balas que debemos tener a mano ya que con los pumas nunca se sabe, aunque ellos jamás atacan a un ser humano, un disparo al aire y desaparecen…

A todo esto Roberto no había abierto la boca, ni se reponía del comentario de la muchacha de “pasar la noche”… y él lo comentó con ella:

-¿Has dicho a tus padres que no volveríamos a casa esta noche?-

La muchacha comentó; con mis padres no hay problema de que yo disponga de mi vida… sácate cualquiera idea de tu cabeza y comparte conmigo este lindo paseo…

Además, Roberto, no eres mi primer amante. Ya tuve mis aventuras con otros jóvenes y aun no he encontrado alguien que me guste verdaderamente como me sucede contigo…

-Te adoro, me gustas muchísimo, me haces reír y conversas conmigo todo el tiempo sin querer meterme en la cama de inmediato, me siento confortable a tu lado… aparte que eres bastante mono…!-

-A decir verdad,- dijo Roberto, -se me ha pasado esa idea de meterme en la cama contigo sólo unas doce veces…-

-¿Verdad?- Preguntó Solange, -a mi también…,- contestó ella pícaramente...

Mientras conducía, dijo: -Déjame contarte Roberto algo que es simpático y que ni a mi madre le he contado, ni menos a mi padre…-

-Cuando iba al colegio yo tenía ocho o nueve años; gozaba compartir con otros chicos. Un muchachito rubio, al que más me gustaba molestar, y el que recibía más bolas de nieve en invierno en el patio de la escuelita, fue mi primera experiencia romántica…-

-Un día, jugando con él detrás del garage del patio de la escuela, me acerqué y en forma espontánea le di un inocente beso en los labios; el niño salió corriendo y me gritó si acaso estaba loca,… pero de ahí en adelante fuimos más que compañeritos de clase y cuando cruzábamos miradas … nos sonreíamos…-

-Siempre tratábamos de estar cerca y él también aprendió a besarme. Fue el primer "amor" de mi vida y con seguridad, la de él también,... Nuestro ingenuo contacto me hacía sentir una deliciosa sensación y en mi atracción por él, yo creía que era el único que me podría hacer sentir así…-

-Tiempo después descubrí lo equivocada que estaba, cuando otro muchachito me besó en un cumpleaños y me hizo sentir lo mismo, ahí supe para qué eran todos los muchachos…-

-Qué te parece mi amor?-

-¿Qué precoz fué la pequeña Solange, eh?-

Ahora cuéntame... -¿Cómo fue la primera experiencia con las niñas?-

El comentó: -cuando tenía ocho años, yo estaba en cama enfermo, vino a visitarme una prima mucho mayor que yo y me dijo que me iba a hacer algo que me iba a gustar y metió sus manos debajo de las sábanas. Cuando ella tocó mis partes privadas di un salto que casi llegué al techo del cuarto, pero de ahí en adelante también aprendí para qué eran las niñas…-

-¡Ayyy¡… mi amor,- muy seria afirmó Solange -sé que tienes que irte, que tienes tus responsabilidades y yo las mías aquí en la estancia. Te amo desde el primer momento que te vi boca abajo en la hierba, al lado de tu avión accidentado… te amaré siempre Roberto, no importa el tiempo que pase…-

Cuando pasen años, muchos años, Roberto llegará a la conclusión de lo verdadera y honesta que fue aquella afirmación…

El, sorprendido por la amplitud sentimental de su amada joven dijo: -eres lo más maravilloso que me ha sucedido en la vida y quisiera no desilusionarte… Pero no puedo quedarme mi amor...-

Ella suspiró y dijo, -bien teniente Conti, por ahora sólo somos tú y yo, nada más importa… y punto…-

Pronto los jóvenes se encontraron frente a la esperada cabañita al otro lado de un arrollo que era necesario cruzar…

Al llegar a un pequeño valle entre dos colinas, un arroyo había cortado un amplio y profundo surco de unos dos metros bajo el nivel del terreno y de unos 7 metros de orilla a orilla frente a una rústica construcción de grises troncos y de una base de trozos de roca…

Un pequeño bosque de troncos retorcidos por el viento protegían la cabaña de los ventarrones del oeste; por detrás de la cabañita una rústica chimenea de pedazos de roca se levantaba sobre el techo...

Una puerta que colgaba de oxidadas bisagras, y había sido clavada al marco de la puerta siendo imposible abrirla sin herramientas apropiadas; era compuesta de varios tablones verticales y uno atravesado en ángulo. Un sólido aro de fierro oxidado era la manilla que se colgaba sobre un hierro en forma de L para mantenerla cerrada.

La camioneta cruzó el arroyo por entre algunas piedras, y subió hasta el costado de la rústica construcción…

La joven sugirió a Roberto que buscara la caja de herramientas ubicada detrás del asiento para proceder a abrir la puerta. Después de mucho palanquear y extraer grandes clavos, la puerta giró hacia adentro sobre los oxidados goznes, ññññggghhhññññggggghhhhhh… quejándose tristemente…

El interior de la cabaña hacía recordar uno de los cómicos films de Carlitos Chaplin, pero no estaba mal, piso de tablones bien juntos; un par de literas, y un oxidado fogón de hierro.

Lo mejor en el interior era la amplia chimenea de piedra; tenía espacio para quemar grandes troncos. En la base de la chimenea una gruesa capa de cenizas despedía un acre olor a humo de algún distante fuego. Láminas metálicas frente a la chimenea habían sido clavadas al piso, con la buena intención de evitar incendios…

Roberto subió al techo de para remover un trozo plano de granito que cubría el hueco de la chimenea, que alguien había instalado ahí, posiblemente para que pequeños animales no entraran a la cabaña…

Conti hizo fuego para probar que el humo iba hacia afuera y no hacia el interior del cuarto. Funcionó perfectamente siempre que la puerta de la cabaña estuviera cerrada…

El joven entró pequeños troncos acomodándolos junto a la chimenea. Solange ya había entrado todo lo que traían… y ella fue al arroyo a buscar agua…

Solange regresó y encendió su radio portátil donde escuchaba música de una estación de Punta Arenas. Y dijo: me encanta el rock-n-roll; es un sonido nuevo, en Londres los jóvenes estaban locos con esa música tan contagiosa y alegre, ¡no te deja los pies tranquilos!

El hogar de la chimenea pronto tornó la cabaña muy confortable para los jóvenes…

Ella dió a Roberto la botella de whisky para abrirla; pero él la dejó a un lado y tomó a Solange por la cintura y la besó…

-¡Cómo me gustan tus besos!…- dijo ella; y adhirió su cuerpo al del joven, e introdujo una mano en su bolsillo y sacó unos cuadrados sobrecitos … mi amor:

-¡No podemos arriesgarnos!-

Roberto trabó la puerta por dentro y dijo a la muchacha: - déjate de explicaciones ya… y ven acá…-

El se acercó a la joven por detrás, le levantó la blusa de dentro de sus jeans y la deslizó sobre la cabeza y acarició la femenina espalda… Los labios del muchacho besaron el delicado cuello; ella cerró sus ojos e inclinó su cabecita hacia atrás susurrando algo. Las manos del joven palpaban los suaves senos de Solange; con un leve movimiento él la hizo girar sobre si misma, quedando los jóvenes frente a frente… quietos por un segundo…

De improviso a ambos le vino el ataque de arrancarse el resto de sus prendas uno al otro… Ahora con la cabaña iluminada sólo por la chimenea no era problema estar desnudos; se besaron apasionadamente y se acomodaron sobre las frazadas…

El tomó a Solange y trató de besarla, pero ella refregaba sus labios sobre los de Roberto ansiosa de él. Ambos se sumergieron en un desesperado y húmedo beso.

Solange no dejaba de gemir y vibrar. Roberto sujetó los hombros de la muchacha tratando de mantener control del cuerpo de la joven, quien no cesaba de moverse desesperada de pasión. Los húmedos cuerpos frotándose mutuamente intensificaban su éxtasis…

La mente del muchacho era un torbellino de sensaciones y nada más…, la felicidad de ella era increíble: -Roberto, mi amor Roberto… te amo, te amo…- y sus dedos apretaban a su amado como para que nunca se fuera a ir de su interior.

Después de un largo espacio de tiempo… Solange echó su cabecita hacia atrás, apretó sus dientes, su cuerpo se puso tenso y una enorme exclamación se pudo oír por todos los rincones del valle… Él, que esperaba ese momento explotó intensamente dentro de ella, besándola con gran ternura, y murmurando bajito… -¡cómo te amo Solange, mi amooooor!...-

Exhalando y con el aliento perdido, ambos jóvenes se envolvieron en el tierno entorno que prosigue a hacer el amor…, así abiertamente y sin limitaciones…

Solange aún sin poder respirar susurró: -mi amor, tu has sido el primero en hacerme sentir esa maravillosa sensación de placer… uf… hmmmm… ¡ay mi amor! creo que hemos esperado demasiado tiempo para esto. Me sentía como una desesperada…-

El mencionó que si lo hubieran hecho en una cama probablemente la habríamos desbaratado o caído de ella… ambos sonrieron…

Se besaron con mucha calma, el rostro de la joven resplandecía al cálido reflejo de la chimenea, sólo se percibían el crujir del fuego y el latir de sus corazones…

Ella se volvió y románticamente, dijo: -mi amor, creo que sabes cómo dejar a una mujer complacida… yo en mis pocos encuentros amorosos, nunca, había gozado así, eres un bichito sensual…!-

El joven insinuó: -Solange, es mejor que no hagas comparaciones; eres una mujer muy hermosa, excitante, que inspiras apasionadamente con tu sensualidad…-

La muchacha romántica y encantada le susurró al oido…, -tú eres un hombre y yo solo hice el amor muy pocas veces y con jóvenes rápidos en el gatillo y muy diferente a lo que ha sucedido aquí…-

¿Sabes Roberto…? creo que he descubierto algo muy especial y diferente en tu manera de ser…

-Tu no tomas el hacer el amor tan serio; siempre te sonríes, me haces reir, así me siento más relajada; no como me sucedió antes, todo muy serio, en silencio, en total obscuridad, y bajo unas frazadas… lo cual tampoco está mal… pero…-

Roberto, quien estaba de espaldas se dio vuelta y se inclinó sobre ella e insinuó, -es posible que no tuviste suerte con los muchachos, mi amor…; para mi amarte así es lo más bello de mi vida… ¿Porqué tiene que ser algo muy serio…? por el contrario… ¡es la vida…! ¡descubrirse, sentirnos…, palparnos mutuamente…, mi amor…!-

Con la textura de la piel de sus manos, él acarició la delicada espalda, hasta palpar dos deliciosos hundimientos, uno a cada lado, bajo la cintura, y sonriente persistió:

-Amor, acbo de encontrar las depresiones mas lindas del mundo, aquí, arriba de tus nalguitas, Solange, ¿Sabes…?-

-¡Espera, espera…! no te muevas, ¡qué debo besarlas!…-

Las palpitaciones del corazón de Solange aumentaron al sentir los labios de Roberto en su espalda... ella con rapidez viró su cuerpo y abrazó a al joven buscando sus labios otra vez...

Ella levantó la cabeza y observó por unos segundos un promontorio que sobresalía entre las piernas de él, y con su hablar natural de muchacha de campo, añadió: Mi amor, ¿ves a Robertito? ¡que cosa más linda! si parece el gatito de la bodeguita, durmiendo sobre un saquito...

El se volvió sobre las frazadas quedó boca abajo. Por un instante la muchacha dió una exclamación de horror...

-¡Roberto! ¿Qué te han hecho en tus nalgas? No puedo creer estas cicatrices de las que hablaba mi madre aquella noche..., ¿recuerdas? Pobre trasero, mi amor, qué cicatrices feas, ¡ay mi amor... pobre!-

-¡Cómo te debe haber dolido...!-

Y Solange aprovecha de la oportunidad, así como del tema y pregunta: -¿Y la muchacha... Qué fue de ella? ¿por favor... mi amor... dime?-

-¿No habíamos quedado en que el tema estaba cerrado?- mencionó el joven, -No me siento orgulloso de haber desbaratado un matrimonio...-

La joven argumenta: -Tú eras muy joven, sin experiencia y ella te buscó, ¿no es así? Bien entonces, no tienes por qué sentirte culpable de nada... es tan simple como eso...-

-Bien,- dijo Roberto, -ellos se divorciaron y él esposo se fue de la ciudad. Ella era joven y bella, después de un tiempo supe que casó con un oficial de ejército y a él lo trasladaron a otra ciudad...-

Afuera la tarde se alargaba con el ululante viento remeciendo los sufridos arbustos...

Conversaron largo y ella bebía su whisky a temperatura ambiente; y le comentaba, -sí deseas estropearlo, le pones agua o hielo, y arruinas sabor y su fragancia…-

Roberto insinuó -tomar whisky a tu lado de cualquier manera es delicioso… Y ella continuó, -a propósito de agua, ya verás lo fría qué es esa agua ahí afuera, si quieres lavarte o darte un baño de gato.-

-¿Tú sabes como se bañan los gatos, no? Con las manos tomas agua y te la pasas por donde desees y después te secas, lo único es que los gatitos se pasan la lengua, ¿claro, no?… -

Mi amor, dijo el: -tengo una mejor idea. ¿Por qué no te doy yo un baño de gato y te paso la lengua por todo tu cuerpo?-

Roberto se dio vuelta y ella quedó montada como buena jinete encima de su masculinidad que ya había comenzado a erguirse… Ella materializó otro sobrecito…

Esta vez la joven insistió que ella le haría el amor a él, excitando más aún a su amado; el sintió el suave cuerpo de la joven, como si estuviera en su montura,… y así, encorvada sobre Roberto lo besaba apasionadamente…

El joven acariciaba los aterciopelados muslos de la muchacha, mientras ciegos se envolvían en una nueva vorágine amorosa…

¡Pero de pronto un poderoso estruendo les estremeció su mundo!
¡Rooooooooaaaaaaaaaaaaarrrrrrrrrrrrrr!!!!

¿Qué habrá interrumpido el excitante "momentum"?

Capítulo 5

CABANITA CERCA DE LOS CUERNOS DEL PAINE, PATAGONIA, CHILE

Lo extraño del enorme ruido fue que se sintió por escasos segundos, pero fue muy intenso. Ambos jóvenes quedaron sobresaltados, siendo ella la más afectada…

Como paralizados cruzaron miradas; Solange asustadísima se abrazó a él... su corazón latía muy alto…

-¿Qué es eso? Mi amor, por favor dime... qué susto -

Situaciones similares le habían ocurrido a Roberto en sus tiempos de la Escuela de Aviación…; a veces, pilotos de una base aérea cercana venían en tres potentes aviones Thunderbolt P-47 que volaban rasantes, al máximo de velocidad a la hora de almuerzo, sobre en unos antiguos edificios de madera de un piso donde el personal de cadetes almorzaba, causando un tremendo susto y alboroto a todos…, y agregó…

Pero esto aquí ha sido un poderoso avión... posiblemente un bimotor, el sonido era muy intenso… sonaron como ásperos y potentes motores radiales, en eso no me equivoco…

El, veloz, saltó dentro de sus pantalones y salió de la cabaña... Al salir escuchó acercarse de nuevo el intenso sonido de los motores de un avión…

De improviso, como una enorme ave metálica y a pocos metros sobre la cabaña pasó velozmente un plateado avión Beechraft B-18; tenía dos timones verticales en la cola y dos gordos motores…

El joven pudo apreciar por un fracción de segundo en la ventanilla de la cabina de dicho avión, una cara contraída y con un puño sobre su cabeza...

Roberto no pudo contenerse, levantó ambos brazos y gritó:

-¡Josdeputaaaaaaaaaaaaaaaa! -

El aparato se alejó desapareciendo detrás de unas distantes colinas…

El joven teniente no se imaginaba que por una fracción de tiempo, había visto la faz de un enfadado Marco…

Roberto al entrar abrazó cariñosamente a Solange que continuaba asustada, con su corazón que latía a mil, aún sin reponerse…

Roberto comentó, -por un segundo vi una cara muy contraída en la ventanilla derecha del avión…-

La muchacha pensó por unos segundos y preguntó: -¿era un avión plateado, gordo y con dos motores?- El joven afirmó…

La muchacha muy perturbada y con expresión de rabia, dijo:

-Ya me imagino que sucedió. -Si es Marko el que estaba ahí, el avión es de Marcelo Massi, un estanciero muy rico que es el dueño de una estancia cerca de Chumanguitos.-

Y la joven añadió:

-Marko tiene un contrato de construir unas casas para trabajadores en la estancia de ese estanciero; es posible que haya ido a visitarme, y mis padres le habrán dicho que yo andaba en el Paine acampando contigo; y por supuesto que debe haber tenido un ataque de celos; es posible que persuadió a Massi para que vinieran a molestarnos con su bimotor, muy bonito... ¿no?...-

Y Solange con sus dientes apretados dijo, -espera Roberto que yo agarre al hijo de putita ese de Marko. Yo no tengo nada serio con él y nunca he aceptado sus sugerencias de dormir con él. No lo soporto. Para él todo es broma y se muere de la risa de sus propios y estúpidos chistes... ¡no lo soporto! ¡Qué rabia más grande me da!-

-Por otro lado me alegro que te haya visto, ya que así sabrá que he dormido contigo…-

Y sonriendo gritó, -ay mi amor, ¡¡¡¡que buenooooo!!!!-

-Me extraña mucho,- dijo Roberto, -que una persona como ese señor Massi se haya prestado para jorobarnos con el tipo ése; sí parece cosa de chicos de colegio….- y Roberto persistió:

-Y lo que encontré insólito fue que el avión al alejarse en su última pasada me hizo un saludo con el avión balanceándose las alas a ambos lados, ese es un saludo de cortesía…-

-¿El piloto está cucú o qué? Primero nos interrumpe cuando hacemos el amor y luego… ¿nos da un gentil saludo?-

Y la joven con su mirada romántica dice: -Marcelo Massi es un hombre distinguido, elegante, de cabellos grises, ya mayor… interesante; hay veces que lo he visto como me examina, sonriente y en forma muy detenida dando la impresión que le gusto más de la cuenta y lo peor es que me encanta cuando él lo hace…-

-Ay, mi amor, estoy muy aislada aquí en la estancia, ¿comprendes?-

-A lo mejor Massi también haya actuado como Marko, por celos…- y ella agrega:

-En fin… ¡qué problema ser tan deseada!...-

Marko se debe estar muriendo de rabia al no poder hacer nada, ya que mi padre no debe haberlo dejado pasar para venir por aquí a molestarnos en forma personal...-

-Mis padres ya nos contarán…-

Roberto que escuchaba pensó que tendría que enfrentar al tipo ese, pero no tenía ningún problema con ello.

Y en la estancia Chumanguitos…

Exactamente como describió Solange…, Marko había ido a visitar a la joven, y al enterarse del paseo de ellos a acampar al Paine, insinuó que iría a buscarla ya, a donde estaban y furioso salió de la casa a pesados pasos…

Jim, que consideraba a Marko su persona menos favorita, corrió al armario de armas, agarró una escopeta de dos cañones y varios cartuchos, y salió corriendo al frente de su casa…

Y como Jim vio a Marko que ya había comenzado a retroceder su camioneta, al tratar de avanzar por el camino hacia el Paine, dos altos disparos retumbaron delante del vehículo, haciendo que Marko se detuviera bruscamente...

Jim, insertó dos nuevos cartuchos en la humeante cámara de la escopeta y hablando seco entre dientes, amenazó:

-¡Malditou!... avanzas un metrou más y te quedas sin neumaticos... ten cuidado, pendejou, que esta es mi casa y nadie va a ir a donde está mi hija, nadie y puntou…-

-Ella es dueña de hacer lo que desee y no tiene ningún compromiso contigou…-

-¡Ah!... y no hay otro caminou para ir hasta allá así que comienza a volver por donde llegastes, ¡chei!...-

La esposa de Jim que había presenciado la escena soltó una carcajada y dijo...

-Perfecto Jim, Marko se lo merecía y ha salido con la cola entre las piernas...-

Marko, corrió su camioneta a toda velocidad, como desquitándose, por el camino de tierra, y apareció en la estancia de Massi, que no estaba muy distante de Chumanguitos…

Marcelo, que se encontraba en un galpón, vio venir desde lejos, primero la polvareda y luego el vehículo. Pensó:

-¿Pero qué le ocurre a ese individuo para correr así?-

Marko frenó su camioneta delante de Massi y levantó una enorme nube de polvo.

El estanciero tosió polvo y se acercó a la camioneta… y dijo: -¿qué carajos te sucede Marco para manejar así?…-

-¡Marcelo!- le gritó Marko. -¿Sabes lo que ha hecho la vecinita tuya esa joven Cameron?..-

-Ni me imagino,- dijo Massi….

Marko agregó: -Bueno, nada menos que se ha ido a pasar la noche con el tenientucho ese a una cabaña que dicen que hay allá al lado de las montañas del Paine…-

-¿Qué te parece?-

-Ella ha salido conmigo y no tiene que "pasar la noche con el nene ese"…-

-Ella necesita un hombre como yo...-

Marcelo, meditó unos segundos, y sonriente dio a Marko una tomada de pelo:

-¿Por qué me lo cuentas eso a mi? Creo que ella es muy linda y todo lo que tú quieras, pero ella es mayor de edad y puede decidir con quien dormir aunque haya ido al cine con un "hombre" como tú...-

-¿No te parece?...-

Y el alterado joven sugirió: -quiero ir allá a molestarlos y lo podemos hacer con tu avión, si volamos muy bajo sobre cabaña... ¿Qué te parece?...-

-Tu estás loco de celos Marko, ¿no es así?- contestó el estanciero y continuó..., -mi avión no está aquí a tu disposición y cuesta caro volarlo y se usa solamente para las necesidades de las estancias y mi familia...

El joven continuó, -bien, yo te pago por el vuelo y me lo descuentas de mi contrato de construir tus casas.-

El estanciero se detuvo un instante y le dijo: -hacer eso me podía traer consecuencias con el padre de la joven,- y continuó:

-Jim y yo somos amigos, así como pilotos y hemos traído a Mac, un mecánico de aviación desde Europa para mantener nuestros aviones; tenemos nuestros negocios juntos y hemos comprado equipo pesado de tractores y una motoniveladora para mejorar los campos de nuestras estancias...-

-¿Comprendes lo que podría envolver tu descabellada idea?-

Marko agregó, -Marcelo, sé que te encanta hacer esos vuelos rasantes y no me vengas con excusas ahora; he visto como vuelas muy bajo con tu avión sobre las casas de la estancia Chumanguitos, ¿eh...?

-¿No es cierto? ¿Cuál es tu idea? ¿También te gusta Solange?...-

-¡Qué estupidéz has dicho hombre! Por supuesto que me encanta ella, es una joven lindísima e inteligente. Pero no seas ridículo, soy casado y tengo cuatro hijos...-

Massi, después de pensar unos segundo, cambió su tono de voz y dijo:

-Bien, primero debemos ir por unas heladas cervezas y luego vamos al galpón por el avión y saldremos inmediatamente antes que comience a obscurecer,- aseguró Massi…

El estanciero sonriente se dijo para sí mismo, el vuelo le va costar más caro de lo que él se imagina...

Y pensó, que no era sólo el costo del avión. ¿Y el piloto qué?

Yo también soy muy caro… Pero me divierten estas aventurillas…

Al terminar las cervezas se embarcaron en el bimotor que en minutos rugía hacia el oeste; Marcelo había hecho vuelos de reconocimiento durante la II Guerra para la fuerza aérea italiana sobre las selvas africanas y estaba acostumbrado a volar sobre y bajo las copas de los árboles, sin mayor problema manobriaba sus veloces aviones con mucha soltura, como si fueran coches deportivos.

Marko, ya no tan contento, más por el vuelo bajo, que por el motivo, se apretaba más el cinturón de seguridad y miraba al piloto con cierto recelo, y dijo:

-Oye Marcelo, no tienes que tomar lo de volar bajo tan en serio. Ya viste lo que le sucedió al maldito Conti por volar bajo sobre estos campos…-

A lo que el piloto contesto:

-Marko, hay mucha diferencia entre mi experiencia como piloto y la del teniente Conti, quien no creo que haya volado por más de cinco o seis años; cuando él tenía diez años yo ya volaba el avión de mi padre sobre los Alpes camino a Suiza; sí reconoces delante de tu avión, bandadas de aves, te alejas antes de pasar sobre ellas, experiencia, mi amigo, experiencia y sentido común..-.

¡Sólo un gruñido de oso fue la respuesta de Marko!

Ya se encontraban alrededor del conjunto de montañas y lagos, cerca de la cabañita…

A medida que se acercaban a su objetivo, el corazón de Marko latía con intensidad, se imaginaba a su Solange y el joven teniente abrazados… eso le daba una ira insostenible…

El avión descendió y el piloto vio la colina que protegía la cabaña por detrás, aceleró y maniobró una inclinación a la derecha para observar fugazmente la cabaña…

Ahí estaban la desteñida camionetita verde de Solange y el arroyo al frente. Ni un alma había fuera de la cabaña, solo el viento removía el humo que salía de la chimenea. Marko pegó su cara al plexiglás de la ventana derecha tratando de ver lo más posible…

Marcelo se alejó del área de la cabaña e hizo un amplio círculo con el avión. Y se dijo para sí mismo: esos pobres en la cabañita se deben haber llevado el susto de sus vidas y es posible también… ¡con un coitus interruptus incluído!...

El atormentado joven, como mascando un cable comandó al piloto que hiciera otra pasada ya que quería ver al tenientito y maldecirlo en su cara…

Él no te va a oír Marko, insinuó el piloto, los mil doscientos caballos de fuerza de los motores son muy ruidosos...

-Hazlo otra vez… dijo Marko agresivamente. -

-Y callas… estoy pagando por el vuelo...-

El piloto muy serio dijo en voz alta… -¿Ahhhh? ¿síiiii?... hacer eso al comandante de una aeronave en vuelo puede considerarse como un motín a bordo, así que se te ha doblado el precio del vuelo…-

-¡Y ojo cómo me hablas Marko!…-

-Y si sigues con ese tono, va a subir aún más... recuerda que yo escribo los cheques por las casas que construyes, así es que más cuidado…-

-Y lo que has dicho quedará escrito en la bitácora de este vuelo y mis palabras como comandante, son irrefutables, aún en una corte de justicia…-

-¿Capice figlio?- agregó Marcelo, como buen italiano…

El piloto hizo una pasada más y vieron a Roberto sin camisa frente de la cabaña que gesticulaba con sus brazos y con un semblante no muy contento diciendo algo...

Marko, que lo vio, levantó un brazo con el puño apretado sobre su cabeza y le gritó...

-¡Ya te cogeré por el cuello maldito desgraciado y me vas a tener que oír cuando nos veamos!-

El agresivo joven no se podía imaginar que jamás se llegarían a encontrar…

El estanciero, alejó su avión rumbo a su estancia, y en secreto para él mismo, hizo el típico balanceo a ambos lados con el bimotor dando un simpático saludo de piloto a piloto a Roberto, quien veía el bimotor alejarse…. Marko no podía captar lo que Massi maniobraba con el avión…

El piloto se sonrió para sí mismo y presumió que quizás su compañero de vuelo sentía en ese momento una diferente sensación, algo así como ser el cornudo más grande de la Patagonia…

De vuelta a la cabañita…

-Mi amor,- dijo ella: -¿No crees mi amor que una interrupción tan horrenda se merece un whisky?-

Roberto bebió de la botella y derramó unas gotas sobre su amada que yacía recostada…

Ella sintió ardor y frío en sus senos al ser salpicados por unas gotas del fuerte licor… la joven de emitió un gritito…

-¿Roberto mi amor, por favor sécame el whisky del pecho con tus labios?, ¡ay mi amor… apúrate!… ¡Ay… que me hace cosquillitas! dijo sonriendo con pícardía… rápido… apúrate!-

Con placer Roberto absorbió el whisky acomodado sobre los delicados senos de la joven…

La reacción de la muchacha al sentir el roce de los labios de Roberto sobre sus pechos, fue tan inesperada, que ella con mucha fuerza abrazó la cabeza de Roberto hacia ella entre sus pechos,… y dejó a Roberto sin poder respirar por unos segundos…

A él, sorprendido, le vino un loco ataque de hacer el amor de nuevo…

Sonrientes y románticos, se dejaron llevar por la dulce sensación de amarse así… abiertamente…

El ambiente no podía ser más confortable al resplandor del fuego que se consumía con lentitud...

La muchacha le aseguraba al joven que ese era el día más completo y feliz de su vida y que era una lástima que tuviera que irse…

Dijo ella que esos recuerdos le durarían para siempre y que vendría a visitar la cabaña cuando él se hubiera ido…

Pese al frío ventarrón, los jóvenes salieron a caminar por el bosque hasta el lago que estaba detrás de la colina que protegía la cabaña y se encontraron frente a frente, tanto que debían mirar hacia arriba para apreciar la impresionante colosal montaña que son los Cuernos del Paine…, ¡era algo abrumador!…

Rodearon la cabaña y se sentaron al resguardo del viento al lado de la cabañita a ver cómo el cielo enrojecía hacia al oeste a la caída del sol.

Existía esa luminosidad que a veces impresiona a esa hora, en que los colores se tornan más intensos…

-Mi amor,- dijo Roberto, voy a tener que enfrentar a Marko cuando lo veamos y creo que va a ser una pelea seria; él seguramente te ama y lo que hemos hecho con este viaje le debe doler mucho...-

Y ella añadió: -mi padre le debe haber sugerido que no vuelva por la estancia y él no aparecerá.... Con mi padre no se juega… y él lo sabe…-

-La joven agregó, a lo mejor cuando vaya a dejarte a la ciudad él estará por allá y yo tendré que encararlo. Tú en cambio estarás en la base aérea y no lo verás...-

Y Roberto dijo: -en cuanto llegue a la Base me enviarán a Santiago en el primer avión para que comparezca al juicio que me debe estar esperando, no creo que tendré oportunidad de ir a la ciudad.-

Ella, que lo escuchaba, le dijo:

-Mi amor, mi padre ha ofrecido entrenarte para que juntos manejemos la estancia y tendrás las puertas abiertas para que regreses cuando desees... la estancia y yo siempre estaremos aquí..., por favor, ¡no dejes de volver…!-

Unas lágrimas se habían acomodado en los tristes azules de Solange…, la realidad se acercaba. -Será mejor que dejemos que los eventos sigan su curso y veamos qué sucede al final,- dijo ella.

Ya había caído la noche, y era hora de entrar a la cabaña. Ella pidió a Roberto que cargara el Winchester y fuera con ella al arroyo a refrescarse un poco…

Entraron y el trabó la puerta y agregó otro madero a la chimenea; pidió a Solange que se acostara a su lado, sus labios volvieron a encontrarse...

Finalmente, con el cansancio de un día excitante, buenas dosis de whisky, y lleno de mezcladas emociones… los jóvenes terminaron por dormirse…

Sólo quietud... el crujir del fuego... y el suave resplandor de la chimenea envolvían la cabañita...

Fuera de la cabaña el fuerte viento del oeste remecía los achaparrados arbustos, quienes porfiados querían detenerlo en su persistente marcha hacia el este...

Durmieron profundamente…

Solange despertó llena de felicidad, al sentir a Roberto a su lado y recordó su noche de sueños.

Cuidadosamente ella se escurrió del cobertor; el sol ya pintaba las cumbres del Paine con los colores del amanecer... la muchacha, caminó hasta el arroyito bajo la esplendorosa amanecida y pensó... ay, mi amor que bicho sexi eres mi amor y se sentó por unos segundos en la heladísima agua...

Ella volvió a la habitación y sacó los implementos para hacer café y los acercó a la chimenea… ¡de pronto exclamó…!

-¡Horror! ¿y el filtro del café? Se dio cuenta que no lo había traído. ¿Qué hacer ahora? Miró por la pequeña habitación sin hallar nada que le sirviera, pero vió los zapatos de Roberto y sus calcetines...

-¡Idea,- pensó…! -Un calcetín de Roberto será el filtro…

¡Qué sorpresa va a tener! Después se lava y lo ponemos cerca del fuego para secarlo.- Llevó el calcetín a lavarlo en el arroyo, regresó y lo introdujo en la cafetera y le agregó café y agua...

En pocos minutos la cabaña olía deliciosa al buen café y a tostadas, hechas con el pan casero de la estancia…

El joven despertó imaginando que estaba en la cocina de su casa…

-Hummm, qué fragancia más deliciosa,- dijo.

Solange ya se había arreglado y le dijo, -mi amor, no vas a creer, pero he usado uno de tus calcetines para colar café, ya que olvidé el filtro, ¿qué te parece?-

-¿Qué? ¿quéeee?- dijo frunciendo el ceño. Roberto aún no había despertado bien y no sabía de qué hablaba ella. -He usado uno de tus calcetines para filtrar el café,- dijo Solange…

-Oye, cómo eres de engañosa…- contestó el joven -¿Qué haré ahora con sólo un calcetín?- Ella le sugirió que probara las medias de ella y el le aseguró que aún no usaba prendas femeninas.-

Y la muchacha continuó: -Después del café se lava y lo secamos al lado del fuego y... voilà!... calcetín seco. Es posible que va a oler un poco a café pero nadie se va a dar cuenta…-

Al terminar el desayuno el fue al arroyo por un baño de gato.

Pronto cargaron todo en la parte de atrás de la camioneta y lo cubrieron con una lona, dejando todo ya en condiciones de regresar a la estancia…

La joven insistió en no dejar nada ni dentro ni fuera de la cabaña…

Debemos respetar a los próximos visitantes para que encuentren todo en orden y limpio.

Ella comentó que ya se hablaba de que esta maravillosa área del Paine iba a ser en el futuro un gran parque nacional y era necesario cuidarlo.

El comentó que tal vez con esa idea mejorarían los caminos de acceso sin tener que pasar a través de vuestra estancia con tráfico de vehículos para venir hasta aquí…

Ambos decidieron ir a caminar por los alrededores y llegaron hasta otro lago un poco más al sur de la cabañita llamado Lago Peohé, donde frente a ellos, a unos cien metros de la orilla había una pintoreca islita con una colina al medio poblada por un pequeño bosque. Se veía un lugar lindísimo…

Desde donde estaban podían ver en todo su esplendor al otro lado del lago, una de las más extraordinaria formación montañosa del mundo...

Los Cuernos del Paine; de un color azul añil, con unas enormes franjas ocre claro en los cuernos propiamente; la montaña parecía consecuencia de un gigantesco hachazo, que por inimaginables fuerzas telúricas habían separado aquellas cumbres en forma de dos propios gigantescos cuernos. Por detrás se asomaba la cumbre de una de las famosas Torres del Paine, de color beige; y tan difíciles de escalar por la frágil y quebradiza textura de sus altas y verticales paredes… siendo un reto a los expertos escaladores de todo el mundo…

El gélido viento del oeste levantaba un acelerado y corto oleaje sobre aquel lago. Ese viento raramente deja de soplar helado ahí, ya que viene de pasar sobre los extensos hielos eternos de los Campos de Hielo Sur, ubicados más allá, al oeste, detrás de los Cuernos y las Torres del Paine, haciendo ese frío algo propio de ese bellísimo sector cordillerano de la Patagonia…

A Roberto le tentaba quedarse ahí con su amada y esa salvaje belleza, para explorar esos campos… pero de pronto sus serios compromisos pendientes, lo hizo cambiar de parecer…

Ella insinuó al joven que era mejor regresar ya que se habían alejado bastante de la cabaña.

Ellos pusieron todo en orden dentro de la cabañita, y Roberto llevó algunas cosas más a la camioneta…

El sol cruzó el cielo de la Patagonia… ya era hora de comenzar a dejar la cabañita, la chimenea limpia, y regresar…

Roberto puso la piedra de granito nuevamente sobre el tope de la chimenea, en la forma que la había encontrado…

Ya comenzaba a obscurecer cuando Solange descubrió que la llave de contacto del motor había quedado encendida desde el el dia anterior,… ¡y no tenían batería!… ¿Que haremos ahora…?

Llamó a Roberto y se lo dijo… Exasperado Roberto dio vuelta alrrededor del vehículo buscando alguna solución…

Y dijo: -No veo espacio para poder empujarlo para que el motor arranque y más aún, es un terreno en subida... Si lo empujamos hacia atrás, puede deslizarse al arroyo...-

-Mi romántica y apasionada Solange…-

-¿Algún Plan B?...-

Solange como avergonzada , dijo… -eh, eh… tal vez…-

-¿Tal vez… caminar, eh?... -

La joven, el día antes, con la excitación de haber llegado, olvidó completamente el vehículo…

-¡Gravísimo error!- Comentó ella…

Roberto, con su jovial espíritu le ofreció un buen “jogging” de 5 horas antes de dormir...

La muchacha no lo encontraba divertido ya que sabía lo que el ventarrón de la noche les causaría; y ciertamente la fría brisa no cesaba, que al caer la noche enfrió aún más.

Guardaron todo lo que habían traído en la camioneta y comenzaron a caminar… Al llegar a lo alto de una colina, la joven se detuvo; y pidió a su amado que mirara hacia atrás. A lo lejos, ya en la penumbra estaba el nido de amor de ellos. Una pena tener que dejarlo…

Ella, comentando dijo, -mi amor, podríamos venir a visitar la cabañita y pasar los fines de semana aquí todos juntos, si no tuvieras que irte. Nos podríamos casar y traer a nuestros pequeños a divertirse por estos lados, ¿no sería hermoso?-

Los jóvenes caminaron rápido por un largo trecho sin decir palabra…

Solange, muy seria, después de pensar mucho, habló… y dijo: -está bien y acepto tu partida; pero aunque te vayas, yo te voy a esperar por mucho tiempo, sí por alguna razón cambias de parecer; me concentraré en mi trabajo de la estancia que me tendrá ocupada y de esa manera no me daré cuenta del paso del tiempo…

Ambos, con paso acelerado caminaban acompañados por el triste silbido del viento en los arbustos.

Afortunadamente, si cabe decir así, el fuerte viento les soplaba por la espalda en dirección al este, hacia donde deberían caminar, haciéndolo más soportable, que si hubiera soplado en sentido contrario; iban bien abrigados con chaquetones de cuero de oveja con la lana hacia dentro.

El joven, con sus pantalones anchos, sentía el viento subir por sus piernas. Mejoró un poco su situación al introducir sus pantalones dentro de sus calcetines…

Era una larga caminata hasta la estancia Los Baguales, más de 20 kilómetros hasta llegar a ella, eran las casas que habían encontrado en su camino a la cabaña el día anterior con aquellos perros ovejeros que ladraron al paso de la camioneta…

Roberto llevaba el Winchester cruzado sobre el pecho en caso de que algún puma tuviera alguna idea con él o con Solange…

Por esos parajes los pumas buscan de pequeños guanacos, recién nacidos… fáciles presas para los feroces leones de montaña…

Ella en cambio, de acuerdo a su "gran espíritu", cargaba algo muy importante para el frío, lo que quedaba de la segunda botella de whisky y lo llevaba muy bien acomodado en el bolsillo interior de su chaquetón.

El muchacho insistió en mantener una marcha acelerada ya que deberían caminar por lo menos cuatro o cinco horas y eso los mantendría en calor. Hemos comido bien todo el día, dijo el… así que a caminar se ha dicho...

Roberto comentaba sobre el hecho especial de estar así, en contacto tan directo con el universo; y alejados de cualquier posibilidad de asistencia civilizada…

Muy poca gente capta la significancia que tiene una oportunidad así; a veces al mirar el cielo nocturno no se toma conciencia de lo insignificante del ser humano en este enorme concierto del que todos somos parte…

Pero aquí, y ahora, Solange observa bien el cielo mi amor y aprovechemos esta posición en que nos encontramos, caminando bajo la inmensidad del bellísimo firmamento de la Patagonia, así como sobre nuestro sólido planeta, para dar gracias al Creador por su magnífica obra…

Al obscurecer, la asombrosa bóveda azul, saturada de billones de titilantes estrellas, se había hecho presente…

Roberto comentó de lo seca y fría que estaba la noche, tanto que al poner su mano con la palma hacia arriba, las estrellas la iluminaban sutilmente. La Via Láctea resplandecía por excelencia en aquella oscuridad.

Y Roberto añadió al extender su brazo hacia el noreste, allá puedes ver claramente la Cruz de Sur con sus cuatro estrellas…

Pero por ahora lo mejor que podemos hacer es mantener nuestras manos en los bolsillos del chaquetón; y lo único que ya Roberto no sentía eran sus orejas que se le iban a caer congeladas en cualquier momento…

Después de un par de horas se acomodaron bajo un puente seco, protegiéndose del ventarrón y descansaron por unos minutos con su respectivos traguitos de whisky…

Continuando la acelerada marcha, el contó cómo participó con un grupo de pilotos en un entrenamiento en el desierto de Atacama, al norte del país, en el que los abandonaron por unos días para experimentar sobrevivencia en lugares inhóspitos, en la eventualidad de aterrizajes forzosos…

Previamente habíamos participado en cursos teóricos donde explicaban diferentes sistemas de cómo sobrevivir en el desierto en caso de emergencias y poder utilizar los restos de un avión, paracaídas, etc., y cómo conseguir agua, qué plantas comer, cazar animales y cómo protegerse del frío en las noches y del sol durante el día…

Según Roberto, cuando los dejaron en el desierto, al principio hubo un poco de pánico y luego se comenzaron a poner en práctica las técnicas y no fue tan malo como se habían imaginado, excepto conseguir agua; aquello fue largo, muy largo, pero con las teorías escuchadas finalmente obtuvieron suficiente agua…

Ella propuso un traguito de scotch a la salud del estrellado universo Patagónico…

Solange soñaba en voz alta y decía lo bueno que sería ver luces de un automóvil acercándose hacia ellos en la oscuridad; y la joven preguntó qué diría él si el chofer del imaginario coche solamente quisiera llevarla a ella…

-¿La dejaría ir?-

-Roberto comentó que todo tiene precio y se puede negociar… de alguna manera…-

Solange curiosa y seria dijo… -¿Cómo así? No tenemos con dinero que yo sepa.-

-Bueno,- insinuó el, -es cosa de estirar el tiempo, tratar de negociar la situación y ofrecer algo increíblemente bueno a cambio, aunque no lo tengamos, ya que la curiosidad es algo que atrae la atención…-

Y ella, ya media sospechosa, comenta, -¿tú no estarías pensando en ofrecer a tu amada para nada?… ¿no?...-

El largo silencio de Roberto inquietó a Solange…

-¿Robertoooo?-

-¿Qué estás pensando?..-.

-Contesta rápido o te voy a dar un golpe con una rama, machote, igual a Marko...-

Roberto después de unos largos minutos contesta:

-¿Sabes? Eso ya me pasó por la mente, pero...-

-QUÉ, ¿QUÉEEE?-

Dijo muy ajitada Solange…

-¿Negociarías a tu adorable Solange?...-

-Solange,…- dijo él, -en una situación así, ofrecer es una cosa, pero no quiere decir que precisamente lo vas a dar….-

-¡Tú machista!-

-Por favor no me vuelvas a hablar, ¿OK?...--

-Estoy indignada con tu actitud, te pareces a mi padre y creo que has reaccionado como Marko actuaría,-

-¡Qué horror… no te conozco!...-

-¡Vete, vete de mi lado, ya!... -

-Solange,- dijo él, -Uds. las mujeres no tienen ningún sentido del humor, ni cuando se trata de usar un poco de lógica en una imaginaria situación como ésta. Yo no estaba mencionando de venderte ni nada parecido...-

-¿Ves lo que has hecho con tu sueño del coche?..-.

-Has creado nuestra primera discusión y sin necesidad has inflado algo que ni existe…-

Y el agrega:

-Ahora mi amor, por favor, sonríe, dame un beso y me pides disculpas...-

Solange, escandalizada ante tal solicitud,… exclama!...

-¡Tú estás loco!... que me voy a disculpar de ti, machista empedernido imposible…-

-¡Mantente lejos de mí!... por favor, que ya no te aguanto...-

¡-Vete, vete, muy lejos de mí!-

-Aquí, el único que tiene que disculparse eres… ¡Tu!... por lo impertinente que has sido con tu pobre Solange...-

-¡Hazlo ya!... O te vas a arrepentir... por favor dilo ahora…-

-¿Robertoooooooo?...-

El muy serio, como analizando la situación en voz alta dice, -bien, aquí hay dos lados bien definidos, mi amor, y si ambos que dicen amarse tanto, se juntan, se piden disculpas mutuamente con un largo y dulce beso…-

-¡Y voilà!...-

-Todo se arregla y se besan dulcemente una vez más, prometiendo nunca repetir nada de lo dicho…-

Roberto saltó por detrás de Solange la abrazó con sus brazos con fuerza y la apretó fuertemente hacia él.

-Mira,- dijo ella, -eres un tremendo engatusador y tal vez por eso te amo tanto…-

Después de cuatro horas caminando a paso acelerado, por instantes se escuchaban muy distantes ladridos de perros…,

Ambos comenzaron a caminar más rápido aún.

De improviso, siluetas de las casas se vislumbraron en la obscuridad delante de los jóvenes; se dieron cuenta que habían llegado...

Se dieron un abrazo y saltaron de felicidad gritando a toda voz... -¡¡Hemos llegadoooooooo…!!-

Desde una de las casas, en el umbral de una puerta se iluminó, recortando la perfecta silueta de un hombre con sombrero, botas y un rifle en una mano… El hombre caminó hacia portón, calmó los perros y en voz alta dijo: -Soy Belardino Pérez, y estoy cuidando la estancia.-.

Ya más cerca del porton de entrada, el hombrte pudo ver a Solange y un joven junto a ella …

-Señorita Cameron. ¡Qué bueno verla otra vez…!-

¿Conseguirán los jóvenes que este hombre los ayude?

Capítulo 6

ESTANCIA BAGUALES
PATAGONIA, CHILE

Solange y Roberto siguieron a don Bela y explicaron que estaban con su camioneta sin batería al lado de la cabaña, y que deseaban usar su teléfono para llamar a su padre para que viniera a ayudarlos.

Don Bela, sin titubear les ofreció inmediatamente ir en su vehículo, a ayudarlos con la batería. Pero antes de ir...chei... dijo, deben venir a la cocina a tomar café y comer algo... chei...

-Don Bela, Ud. ha dicho palabras mágicas, dijo el joven... ¡estamos muertos de frío y de hambre!- Y agregó...

-Caminar al frío por cinco horas verdaderamente abre el apetito... chei...-

Solange presentó a Roberto, -mi novio,- dijo ella a Belardino...

El joven se sorprendió mucho de saber que de improviso, ya eran novios, las cosas andan rápido en esta Patagonia, se dijo para sí mismo,... -¡ni siquiera yo sabía!-

Pero él, dadas las circunstancias, siguió la corriente a la joven, sin mencionar nada acerca del nuevo noviazgo con ella; pero quería saber cuándo sería el matrimonio, no puedo esperar, se dijo el sonriente...

Belardino los llevó a una gran cocina, donde a pesar de ser pasada la media noche, aún se sentía temperada; sobre la plancha de la cocina había un enorme jarrón de café.

Roberto, después de haber caminado al puro viento de la noche, su despejado olfato pudo captar ahí, el típico olor de una cocina de campo, con una indefinida combinación de olores…

Solange pasó al baño. Roberto siguió y se detuvo muy junto al fogón que radiaba un agradable calor…

Del horno, el buen hombre sacó una fuente con costillas de cordero que olían deliciosas; sirvió café a cada uno de la enorme cafetera y cortó unas gruesas tajadas de pan que puso a tostar sobre de la plancha de la antigua cocina de fierro…

El aroma de las tostadas anunció que estaban listas, don Bela las sirvió en un plato donde ya había agregado una porción de mermelada de ruibarbo…

Roberto mencionó cómo era de bueno el espeso café caliente que le había servido… Don Bela afirmó que usaban una mezcla especial para hacer el café; y agregó -mi esposa usa un paquete de café de higos en polvo junto con la medida de café normal… y añadió muy orgulloso… -¡por eso este café es tan sabroso… chei…!-

El joven insistio: -Don Bela, este café es sencillamente delicioso… y viene muy bien después de recorrer media Patagonia al frío…-

Fue una deleitable sorpresa para los jóvenes, que devoraron todo muy rápido…

Básicamente, la acogedora actitud de Belardino Pérez era una costumbre en las estancias de la Patagonia; donde ayudar, aceptar y recibir a una persona en necesidad, no era una excepción, sino una norma de vida.

Más aún, existían otras costumbres, en circunstancias especiales, a un individuo se le permitía sacrificar una oveja de cualquier estancia en medio del campo para sobrevivir, condicionado sólo a dejar la piel del animal… y la otra era que era normal dar comida y alojamiento a un persona en tránsito por tres días…

En media hora más, los jóvenes ya iban sentados en la camioneta del buen hombre,… rumbo a la querida cabañita…

Don Bela manejaba en la oscuridad con mucho cuidado conversando sobre su vida…

De cómo había dejado su pueblo de Achao, en Chiloé, y se había ido a trabajar de ovejero a Coyaique y de ahí llegó a la provincia de Magallanes; había trabajado en varias estancias hasta establecerse finalmente con su esposa en esta estancia Baguales del señor Miguel Matic y su familia, unos buenísimos croatas… chei…

-Y Ud. señor Roberto,- le dijo don Bela, -está visitando a la señorita Solange?-

El joven piloto relató a Belardino de su accidente en la estancia de la muchacha y algunos detalles de su estadía en Patagonia

-¡Ohhh! Ud. es el joven piloto del accidente, ya habíamos oído por estos lados de su aterrizaje forzoso, Ud. sabe que aquí las noticias corren como el viento; qué bueno verlo así tan bien y sanito,- dijo Belardino, ¡y felicitaciones!-... chei…

Roberto, sonriente, y silencioso, también se felicitó a sí mismo, por su inesperado noviazgo… pero pensando un poco más, llegó a la conclusión… -¿quien dijo que yo quiero casarme?... así… ¿tan rápido…?-

-Más que casarme quisiera primero poder volar de nuevo… y después… ¿A lo mejor después…? chei…-

Cuando llegaron a la cabaña hicieron andar la camioneta; Belardino Pérez se despidió y Solange muy agradecida le dijo que en unos días le harían una visita a la estancia Baguales con sus padres...

Y ahí quedó por última vez la pequeña cabañita saturada de los románticos recuerdos...

El joven piloto, muy silencioso pensaba que ya debía dejar Chumanguitos y que en la mañana diría a Jim que lo llevaran de vuelta a la base aérea; le dolía el corazón pensar que debería estar lejos de su amada, no sabía por cuanto tiempo...

-¿Cambiaría él de idea y regresaría a la estancia si su carrera de piloto de guerra terminara después del juicio?....-

El analizó también que Marko insistiría en seguir saliendo con Solange y tenía el pálpito de que a pesar de la antipatía que ese joven le causaba, ella sentía algo por él; la joven había dicho que lo encontraba atractivo,... ¿y si él cambiara?... ¿Ella lo aceptaría? Todos hablaban que era alto, atlético, y un buen profesional, además de ser muy trabajador...

Básicamente, Marko tenía todas las buenas condiciones para ser esposo de Solange, y si ella se comprometiera con él, los padres de Solange tendrían que aceptarlo...

Roberto se dijo a sí mismo que tenía que tomar una decisión luego antes que otros eventos envolvieran a Solange...

Ella le preguntó a Roberto, mientras regresaban a Chumanguitos, qué le parecía ese clima y si creía que pudiera adaptarse al tiempo al viento frío y a los largos inviernos de la estancia; la estancia nos tiene constantemente ocupados y algunas veces debemos salir a cuidar las ovejas y otros animales, con cualquier tiempo, ya sea viento frío, nieve, hielo o el barro del deshielo... -¡lo que venga!-

A propósito de hielo, mencionó la joven, en los inviernos aquí hay a veces dos semanas de cielos despejados, pero muy, muy fríos y todo se congela; cerca de casa hay unas lagunitas que usamos para patinar en hielo y nos divertimos toda la familia; llevamos grandes termos con chocolate caliente, que mi madre prepara con una deliciosa y espesa receta francesa, para reponernos y es muy divertido mi amor, creo que te encantaría y quisiera enseñarte a patinar…

-¿Lo has hecho alguna vez?-

El joven agregó: -De muchacho patiné mucho en patines de 4 ruedas y me imagino que el patinar en hielo no debe ser muy diferente, ¿no?-

Y Solange afirma: -no lo creas, el hielo es tan resbaladizo como un cubito de hielo y hay que tener mucho cuidado para no pasar todo el tiempo con tus nalgas en el hielo…-

-De todas maneras mi amor,- dijo él, -me encantaría aprender. Y siempre estoy bien dispuesto a cualquier cambio de tiempo, no te olvides, soy piloto, ¿recuerdas?, siempre dependemos de los cambios atmoféricos…-

Al llegar a la estancia,… ella mencionó a Roberto… que le encantaría dormir juntitos otra vez, pero que tal vez sus padres no lo aprobarían, ya que ella nunca había traído jóvenes a dormir a su casa, así que es mejor calmarse y esperar hasta una próxima oportunidad…

Además ya era de amanecida y estaban agotados después de una increíble noche llena de inesperados eventos...

El joven insinuó que por ahora guardaran el vehículo en el galpón y volvieran a casa y más tarde le ayudaría a descargar la camioneta… El tenía mucho dolor en su pie del accidente y debía descansar…

Corrieron por el pasillo cubierto desde el galpón hasta la Casa Grande; aún chubasqueaba fuerte…

Muy de la mañana Marie Cameron fue donde su hija y a enterarse de la llegada tan de amanecida; Solange aún dormida pidió a su madre que la dejara dormir ya que tenía mucho sueño… y se sentía muy adolorida, después conversamos y te cuento todo…

-¿Muy adolorida? ¿de qué?- pensó su madre, -mejor que no me imagine nada, y espere que Solange me cuente-. Y se fue a desayunar con su esposo en la cocina, que olía divina a su delicioso café…

Jim preguntó qué era de los jóvenes y ¿por qué habían llegadou casi al salir el sol? Marie prefirió no comentar y dijo que ellos dormían y que cuando se despertaran averiguaría sobre la inusitada llegada…

Roberto dormía profundamente. El pie herido del accidente le había dolido mucho durante la noche; tal vez por el esfuerzo de tanto caminar al frío.

Una vez que su madre dejó su cuarto, la joven se puso a pensar que no debía haber comentado que estaba adolorida sin dar mayor explicación; su madre se podría estar imaginando quizás qué cosa, se dio una rápida ducha y fue a la cocina…

La alegre joven besó cariñosamente a sus padres, La joven estaba radiante y con su cabello aún mojado; se sirvió un café bien fuerte, embadurnó dos tajadas de pan tostado con mermelada y se sentó a conversar…

Como su padre estaba ahí la hija sólo comentó lo bien que lo habían pasado; y lo horrible que Marko y Massi habían hecho; finalmente comentó su gran error de dejar la camioneta encendida por 24 horas; y agregó el enorme esfuerzo de Belardino Pérez en ayudarlos durante la noche, y a esas horas... y cómo los había atendido…

Jim Cameron se recordó que Belardino Perez era un experto trabajador, y cuánto sintió que se fuera a trabajar a Los Baguales, él es un hombre de múltiples talentous y puede hacer faenas muy largas sin quejarse… chei…, insistió el...

La muchacha les dijo que debían visitarlo y llevarle algún obsequio por su bondadosa actitud con ellos, la verdad es que don Bela se excedió…

El padre se levantó de la mesa diciendo que ese día iba a estar muy ocupado y que no lo esperaran para almorzar. Debo hablar con Massi esta mañana… chei…

Las dos mujeres se miraron y sonrieron con alivio al oír aquello, ellas debían conversar, y conversar mucho y… a solas… chei…

Marie comentó a su hija que se veía reluciente y contenta; -me preocupé cuando dijiste que estabas adolorida, bueno ahora sé que caminaron por tantas horas y no acostumbran a hacerlo; pobre Roberto, debe estar con su pie imposible de dolor, mejor que lo dejes dormir.- Y continuó…

-Espero que hayan usado protección, durmiendo juntos, ¿no?-

-¡Mamáaaa! Respondió la joven, ya no soy una nena, ¿ok? y conozco muy bien mis responsabilidades…-

Mamá, dijo ella, tú no sabes, pero he encontrado al hombre de mi vida. No debería comentar esto contigo, pero eres mi madre y sabes de qué hablo. Es un bichito sensual que no te imaginas, dijo ella, con sus pícaros ojos…

Marie estaba muy contenta de ver que su hija finalmente podría ser feliz; le dijo que ella “sabía” que Roberto podría ser su pareja perfecta...

-¿Cómo asi?- Dijo la joven…

Querida hija, -no sé sí alguna vez me has visto metida en mis libros de astrología, cosa en la cual me intereso mucho; tu abuela, en Francia, me inició en eso hace muchos años y es un tema fascinante para mi... hay muchas personas que no creen en aquello… pero ¡qué equivocadas están!...-

Y ella continuó: -tu signo, es el signo del amor, Libra y el mejor socio o pareja para ese signo es el del fuego, Sagitario, y tu amado según tengo entendido, nació a comienzos de Diciembre, en el medio de ese período… ¿No? Uds. son la perfecta combinación para ser felices en el dormitorio y estoy seguro ya lo sabes, hija, ¿estoy equivocada?-

La joven con la cara de enamorada más sonriente del mundo no pudo estar más de acuerdo. La madre vió la felicidad en su hija y dijo: -no hace falta que me cuentes nada más, te felicito, tienes mucha suerte de que él y su triste avión cayeran del cielo en medio de nuestra estancia... chei…

-Tu padre y yo,- aseguró Marie, -somos también otra perfecta combinación, él es Aries y yo igual que tú, Libra. Podemos tener muchas diferencias con tu padre, pero en lo que a sensualidad se refiere, aún, después de todos estos años, nos llevamos de maravillas…-

Tu padre y yo estamos contentos de que tú y Roberto comenzaran esta verdadera relación amorosa. El es un encanto de persona y lo quisiera aquí contigo. Jim lo encuentra el hombre perfecto para ti y no ese estúpido machote de Marko.

Tu padre se ha encariñado con Roberto como sí fuera un hijo y adora la idea de que sea piloto y comparta su amor por volar y adore a su hija… chei…

Lo único que falta es que él decida volver y seríamos felices todos juntos aquí…

-¿Has hablado seriamente con él sobre eso?-

La muchacha hizo una pausa y seria expresó lo que el había dicho. Él debe viajar a su juicio y después vería su decisión, si quedarse allá o volver con nosotros…

-¿Sabes mamá lo que nuestro querido vecino Massi y Marko nos hicieron cuando estábamos en la cabañita?- Marie dijo que habían escuchado el avión de Massi esa tarde volar cerca de Chumanguitos y se había imaginado que habrían ido a donde ustedes estaban…

Tu padre ya ha llamado a Massi y han tenido una gran discusión por teléfono; Jim irá a la estancia de Marcelo para aclarar ciertos asuntos, estoy seguro que van a salir muchas chispas de esas conversaciones; -tú conoces a tu padre…-

-Tendrías que haber visto a Marko ponerse rojo cuando le dijimos que tú andabas de paseo en el Paine con Roberto…-

-Tu padre tuvo que deterner a Marko con dos disparos de escopeta delante de su camioneta para que no fuera por el camino a los lagos para ir a buscarte; imagino que Marko no volverá por estos lados por mucho tiempo. Si vas a ir a dejar a Roberto a la ciudad, tengan cuidado con él, ya que parece muy violento…-

La joven afirmó que no quería ver más a Marko, pero cuando se presentara la oportunidad, tendría que decirle un par de cosas…

A la hora de la cena Jim tenía otra sorpresa que darle a Roberto. Ya cenaban y los jóvenes comentaban sobre el viaje y se rieron nuevamente del "asunto del calcetín".

Jim, recordando, contó cómo él y Eduardo Conti, el padre de Roberto, se habían conocido hacía muchos años, cuando Conti padre vivía en la ciudad…

El estaba de paso en Punta Arenas y una noche había ido a cenar al Club Inglés, donde los ingleses compartían tertulias "arreglandou el mundou"...

Ese club no era solo para ingleses, hombres de negocios y algunos profesionales de la ciudad que simpatizaban con la colonia inglesa también lo visitaban.

Había grandes partidas de cartas y esa noche Jim estaba con dos amigos que necesitaban otro "partner" para un juego de Bridge.

Casualmente ahí estaba Conti padre, que era un experto en Bridge y se unió al grupo. Bien, jugaron por horas y Jim comentaba que pocou menous habían perdidou hasta los "calzoncillous" con el padre de Robertou... chei...

Roberto siempre se reía oyendo a Jim hablar su simpático castellano y agregó que alguien debía "haberlous avisadou" que su padre raramente perdía y era uno de los mejores jugadores de aquel juego de cartas...

Jim comentó que tenía buenos recuerdos del padre de Roberto y un tiempo después de esa partida de cartas, compartió un vuelo en un Sikorsky anfibio con el señor Conti por muchas horas; y que gustaba oírlo hablar ya que era muy viajado por el mundo, y fue un agradable compañero de viaje...

Más aún comentó Jim, -años atrás su hermano Chuck aprendió a volar en un Gipsy Moth con el mismo instructor que tenía el padre de Roberto quien también estaba aprendiendo a volar y se habían hecho muy buenos amigos.

Por desgracia un dia de mucho viento, Chuck estrelló el biplano del Club Aéreo local con un árbol al tratar de aterrizar en una estancia, y fallecio en el intento... chei...

De mañana, los jóvenes desayunaban conversando animadamente y él le sugirió que era su hora de partir aunque le dolía mucho su pie izquierdo después de la caminata, pero aparte de eso se sentía bien.

-Creo que tienes razón y debemos enfrentar la realidad después de estas lindas semanas que hemos compartido,- dijo Solange...

-Yo arreglaré para que preparen la camioneta más nueva para el largo viaje a Punta Arenas. Cuando lleguemos allá, puedes pasar la noche en nuestra casa y al día siguiente te puedo ir a dejar a la base. ¿Qué te parece?-

El insinuó que todo sonaba muy bien y esperaba que sus superiores no se enteraran que había llegado.

Después de largas horas de carreteras patagónicas llegaron a casa de los Cameron en lo alto del Cerro de la Cruz; una agradable pareja de ingleses, ya mayor, que tomaban cuenta de la residencia, los recibieron; la casa se encontraba confortable, con sus cuartos bien arreglados y una deliciosa cena los esperaba en el comedor. Solange guardó su camioneta en el garaje bajo la casa.

Los jóvenes se dieron un buen baño, después del largo viaje; luego en la sala al terminar la cena, era hora de ver la colorida puesta de sol desde las ventanas que miran sobre la ciudad; era una amplia vista del Estrecho de Magallanes; sobre horizonte resaltaba la silueta de la Isla de Tierra del Fuego.

Los muchachos se entretuvieron mucho, con sus cabezas juntas, mirando a la distancia por un telescopio frente al ventanal…

El joven piloto, muy impresionado con el lugar tan confortable, pensó que podría acostumbrarse a vivir así, después de todo. Ella le hizo el comentario de que esa casa la había construído su abuelo y ella pasó ahí sus años de escuela en el colegio ahí cerca…

Y Solange insinuó que esa podría ser la casa de ellos si es que algún día él decidía regresar...

Una botella de whisky estaba en una mesita junto a dos vasos de cristal; ella sirvió un poco para ambos; Solange se acurrucó al lado de él.

-¿Qué opinas mi amor, dijo ella al oído del joven?-

-¿Dormiremos juntitos esta noche?...-

-No sé, dijo el, me preocupan tus cuidadores…-

-Mi amor:- dijo la joven, -los cuidadores son muy discretos, jamás se han inmiscuido en lo que yo hago y viven en una casita adyacente a esta… ¿sabes?-

Entonces no hay problema dijo él, al hacer un brindis, y abrazó a su querida joven…

La muchacha preguntó si podían salir a dar una vuelta por la ciudad en el pequeño autito inglés de los cuidadores y pasear un rato antes de irse a dormir.

No quiero que Marko nos vaya a estropear la noche sabiendo que estamos aquí, al ver nuestra camioneta. Creo que él no asociaría el autito de ellos conmigo, así que podemos salir, dijo ella.

-Yo le avisaré a Claire y a su esposo que saldremos en su Hillman, verde, que es muy mono… y huele muy rico a cuero por dentro… ya lo verás…-

Era una noche calma, sin viento, y pasearon por el camino al lado del mar hacia el sur de la ciudad, que era muy bonito. El tráfico era más bien reducido y pocas personas circulaban a esa hora.

Al doblar una esquina, Solange, perdió el aliento de susto, y muy bajito susurró…:

-¡Roberto!... ahí viene la roja camioneta de… ¡Markoooo!...-

Ella casi se desmaya… y por suerte en ese instante Marko miraba hacia su derecha, así que no los vio pasar en el autito al lado de su camioneta, la joven poco menos que se sumergió detrás del volante, su corazón que latía a mil…

-¡Mi amor! dijo el, qué casualidad, Marko estaba conversando con una mujer y no alcanzó a verte…-

-Será mejor que subamos a casa, que ya hemos pasado bastante susto por una noche…- dijo Solange.

Ella no se podía imaginar que esa sería la última vez que vería a Marko…

Aquella fue una noche más de amor, no tenían idea de cuándo ni dónde se volverían a ver. Hicieron el amor muy en silencio, no querían que nadie los oyera. También lloraron juntos al conversar sobre su partida. Muy de amanecer él se fue a su cuarto.

Unos golpecitos en la puerta del cuarto de Roberto anunciaron la llegada del desayuno, él dormía profundamente.

-La señorita Solange me ha recomendado que lo despertara, ya que dice que Ud. tiene que viajar esta mañana;- dijo el simpático gringo que portaba una bandeja con un suculento desayuno con café, tostadas, un huevo pasado por agua montado en un vasito de plata muy elegante, mermelada, un pote con café y otro de crema….

Roberto, que no estababa acostumbrado a tales servicios a su dormitorio, despertó al perfume del conocido café; agradeció y se levantó. Como el joven no se ubicaba aún en esa casa, esperó que su amada viniera a su cuarto antes de salir de la habitación.

El desayunó y se bañó. Al salir del baño ya vestido se encontró con su Solange en su cuarto; ahora ella estaba de elegantes pantalones azules y una casaca de cuero roja que la hacía ver muy linda y se abrazaron en un cariñoso buen día.

-Bueno, esta es la hora, así que ya salimos, se dijeron ellos-…

Roberto no estaba bien seguro de cual sería su decisión final sobre su relación con ella y su familia; habían muchas situaciones y variantes de por medio, de las cuales él no tenía control.

Optó por lo más sano y le dijo a Solange que tuviera paciencia y que le avisaría el resultado del juicio…

Solange detuvo su camioneta, se despidieron con un largo beso y el se bajó en dirección a la entrada a la base…; el joven teniente caminó hasta una caseta donde un sargento lo saludó con un enérgico saludo militar y le dijo: -¡Mi Teniente Conti!... qué gusto verlo nuevamente, se ve muy bien... y en muy buena compañía...-

El típico sonido de motores de aviones llenaba el aire y recordó a Roberto que era la hora de encarar la fría realidad.

Roberto se dio vuelta, y vió a su Solange de pie al lado de la camioneta, como le decía adiós... Se veía bellísima de rojo y azul, con el viento removiendo su cabello; ella se encaminó a casa. Roberto la siguió con la vista por unos minutos y agradeció al guardia por sus atentas palabras, y fue a ver a su comandante Rodríguez que se sorprendería al verlo...

El comandante se escandalizó al ver a Roberto vestido de civil, y en su acostumbrado alto vozarrón, dijo:

-¿Qué se cree Ud teniente Conti, que ha llegado vestido así?-

-¿No sabe los reglamentos y que debe venir vestido de oficial de la Fuerza Aérea y no como un pobre civil?-

-Otra falta a su lista, teniente Conti, se da cuenta que nuevamente le ha faltado el respeto a la institución?-

-Y además teniente, Ud. no nos ha reportado su estado de salud en las semanas que ha permanecido en la estancia del señor Cameron, como habíamos quedado de común acuerdo...-

-Otra seria falta Conti. Suma y sigue...-

Roberto explicó, que lo único que tenía después del accidente para vestirse era su buzo de vuelo que estaba en su maletín y que había viajado directamente desde la estancia a la base sin pasar por el Club de Oficiales para cambiarse.

El oficial aceptó la excusa, pero las faltas fueron debidamente anotadas y recomendó al teniente que fuera a vestirse de uniforme;

hay un DC-3 que está siendo preparado para viajar a Santiago; Ud. teniente que puede usar mi Suburban para ir al Club de Oficiales por sus cosas, lo más rápido que pueda... dijo el oficial…

-El avión estará listo para despegar en un par de horas, teniente Conti, así que mueva su trasero ya…-

Mas tarde el comandante Rodríguez observaba al teniente Conti subirse al avion que lo llevaba a su juicio… y pensó que nunca más lo volvería a ver…

Pero con las vueltas que tiene la vida, el superior se sorprenderá un día muy, muy lejos en el futuro, al encontrarse de nuevo con Roberto Conti, en especiales circustancias…

Luego, en vuelo en la cabina del DC-3…

El teniente Conti, sentado en el asiento de copiloto observa el paisaje delante del avión…

Roberto escaneaba la Patagonia que se desenvolvía delante de él; todo era muy conocido ya que al viajar hacia el norte lo llevaba a volar sobre el área de la estancia de su amada y quería ver lo que había dejado el día antes. Se ubicó mentalmente en donde se encontraría la estancia y sus casas.

Por un minuto pudo ver pequeños los techos rojos de la estancia y al lado izquierdo del avión podía apreciar los lagos y las montañas del Paine…

Era una mañana con cielos despejados y el zumbido de los motores tendían a apagar sus sentimientos sobre lo que estaba observando; pudo ver una mínima construcción próxima a un lago color esmeralda al pie de unas añiles montañas: ¡su adorada cabañita! Allí estaba, solitaria, llena de increíbles recuerdos…

Suspiró y de ahí en adelante decidió ayudar a su amigo piloto si deseaba que él llevara el avión para no pensar en nada. Era todo un día de vuelo, con dos escalas, una en Balmaceda y luego Puerto Montt hasta llegar tarde al aeropuerto de Cerrillos en Santiago.

Su amada Solange, en el intertanto, regresaba a Chumanguitos en su camionetita acompañada por un operario de la estancia que llevaba unos repuestos para arreglar una de las maquinarias de la estancia...

Ella deseó regresar inmediatamente a la estancia y no quiso buscar ni llamar a Marko, no deseaba profundizar su precario estado de ánimo, por la ausencia de Roberto…

Al pensar en él deseaba llorar, pero ella era una muchacha fuerte y de carácter, que sabía controlarse. Se interesó en el momento; el mecánico iba de regreso a la estancia con un gran repuesto y él explicó que era una pieza de uno de los tractores que había que reemplazar, entrando en detalles…

La joven, que había aprendido a operar tractores, sabía de qué hablaba él. El joven le peguntó si ella se quedaría en la estancia trabajando con su padre; ella le explicó que ese era su futuro y que con su padre ambos manejarían la estancia. -¿Qué harán entonces con Mac, el capataz de la estancia?- preguntó el joven.

-Bueno,- dijo ella, -él seguirá haciendo su trabajo, además de mantener el biplano de mi padre y el avión de Massi; yo haré la parte administrativa, pagos, compras, provisiones y todo eso, y cuando sea necesario, ya me verán en mi montura también arriando ovejas a pastoreos de verano…-

Él contestó que era bueno para los que trabajaban en la estancia que ella ayudara a su padre, aparte de que daba gusto verla porque era tan bonita. Ella finalmente encontró algo por qué sonreír y agradeció al muchacho por tan simpático comentario…

Ya se acercan las nevazones, dijo la joven, los tractores deben estar en perfectas condiciones, así es que está bien que cambien ese gran disco de embrague lo más pronto posible. El mecánico le aseguró que ese sería el primer trabajo que haría al día siguiente.

Jim había ido donde Marcelo a pedirle cuentas por su actitud de ir a molestar a su hija y a su novio a la cabaña en su avión, con Marko...

El padre de la joven le comentó a Massi que ese vuelo había sido un acto de muchachitos de colegio, y que su actitud ponía en peligro su asociación con él; Marcelo, solo si tú me aseguras que no habrá en el futuro arranques de locura como aquél, podemos seguir de socios... y Jim continuó...

Yo aprecio mucho tu esfuerzo por ayudar a mejorar nuestras tierras y nuevos pastos, pero me has asustado y quiero tu palabra que nunca sucederá nada así. Debes controlar a Marko que parece tener influencia en ti.

Massi dijo que cuando Marko termine sus casas, no volverá a darle trabajo; el es una persona difícil y un poco desequilibrada. No creo que Solange debería volver a salir con Marko, él está loco de celos y hay que tener cuidado con gente así Jim, dijo Marcelo...

Al volar sobre la cabaña, me dio pena ver a Roberto fuera de la cabaña sin camisa, y le di un saludo de cortesía... Roberto debe haber pensado que yo estaba cucú, primero les doy un tremendo susto y luego... ¿le doy un saludo?...

¿Qué nuevos acontecimientos esperan al joven teniente Conti? ¿Volverá a Chumanguitos?

Capítulo 7

JUICIO AL TENIENTE CONTI
FUERZA AEREA DE CHILE
MINISTERIO DE DEFENSA
SANTIAGO, CHILE

Dos banderas de Chile, una a cada lado del retrato del Presidente de la República, don Jorge Alessandri Rodríguez son los únicos adornos emplazados detrás del juez que preside el juicio; un elegante general de cuatros estrellas. Sobrios y barnizados paneles de madera decoran la sala del juicio.

Está por comenzar el juicio al teniente primero Roberto Conti por las concecuencias del aterrizaje forsozo durante su vuelo de patrullaje en un avión NA T-6, en la Provincia de Ultima Esperanza.

Roberto Conti, de impecable uniforme de teniente de la Fuerza Aérea se encuentra a la cabecera de una enorme mesa; en el lado opuesto, se encuentra el general Gustavo Ferrera; y dos uniformados abogados, forman la comisión.

Un denso aire envuelve la sala, Roberto aparenta estar totalmente seguro de sí mismo y calmo.

Uno de los abogados lee los cargos y modula con cuidado cada palabra y espacio, como si quisiera ampliar las faltas cometidas por el joven teniente, y dice:

-Teniente Primero Roberto Conti, póngase de pie y en posición de atención, mire directo al juez, General Ferrera. Una vez leídos los cargos podrá tomar asiento.-

El teniente, muy serio, acata la orden e indica al abogado que prosiga.

Primero.- Absoluta irresponsabilidad y desconsideración por lo que la Fuerza Aérea de Chile representa en el país.

Segundo.- Falta de respeto a la propiedad ajena y destrucción de campos especiales cuidados por el estanciero, el señor Jim Cameron..

Tercero.- Riesgo de haber herido a personas y/o animales.

Cuarto.- Falta de espíritu de conservacion de un oficial poniendo en peligro su propia vida.

Quinto.- La extrema falta de abandono del área de contención en el vuelo dispuesto por el comandante de su Base Aérea.

Sexto. -Desconectar en forma intencional la comunicación por radio de su avión con la Torre de Control de tráfico aéreo en Bahía Catalina.

Séptimo.- Incumplimiento de notificar a su Base del progreso con referencia a su salud, que había sido solicitado específicamente por su comandante, Rolando Rodríguez, al dejarlo al cuidado del señor Cameron.

Octavo.- Destrucción de propiedad de la Fuerza Aérea de Chile, con altos costos de transporte, reparaciones y reemplazo de importantes secciones del fuselaje, flaps y motor del avión.

Noveno.- Presentarse al Comandante de su unidad, Base Aérea de Bahía Catalina, vestido de civil, sin el debido uniforme de la institución después de su recuperación.

Dados estos serios cargos y después de haber sido analizados por el Comando de la Fuerza Aérea se ha llegado a la decisión de separarlo en forma permanente del servicio con esta fecha, con grado de Teniente de Reserva y dado de baja honorable. Sueldos pendientes serán pagados.

Si el Teniente Roberto Conti considera que ha sido acusado injustamente en algunos de los cargos, puede apelar dentro de treinta días y se volverá a revisar todo el caso si fuera necesario.

El abogado que leía dió los documentos a Roberto para que él los leyera y los firmara. Y preguntó:

¿Tiene el Teniente Roberto Conti alguna defensa sobre los cargos leídos?

Roberto tomó su tiempo pensando mientras los presentes esperaban. Aun de pie, pensó que eran nada menos que nueve cargos y todos auténticos y no veía, por mucho que le diera vuelta al asunto, cómo salir de ellos.

Al final de unos cinco sudados minutos se dirigió a los presentes con voz alta y calma e indicó que verdaderamente estaba arrepentido de sus acciones y las consecuencias; que no tenía argumentos válidos para discutirlos, y que se declaraba culpable y que aceptaba la decisión del Comando de la institución.

Al instante, se llevó una mano a sus sienes, escuchó en su cabeza un sonido como si estuviera en una sala de operaciones; escenas rapidísimas pasaban por su mente como en un film. El vuelo de su avión; el blanco caiquén que destruía el parabrisas; el ruido; la desesperación de aterrizar; como avión daba tumbos sobre la hierba y el golpe final; todo obscuro por unos segundos; la sonrisa de Solange y los primeros días de recuperacion sin poder moverse…

Los oficiales presentes se preguntaban qué le sucedía al teniente; finalmente alguien en la sala se acercó, le tocó el hombro y le preguntó si se sentía mal, ya que no abría los ojos…

-No, no dijo Roberto, solamente que desde el accidente a veces quedo así por unos minutos, pero ya pasa...-

-¿Teniente Conti, quiere que lo llevemos al Hospital para que un médico lo examine?-

El teniente declinó la oferta y dijo que ya estaba bien.

Después del final del juicio, el general que lo presidía solicitó al todo el personal que abandonaran la sala, ya que el debía hablar con el teniente.

Para Roberto Conti fue una experiencia escuchar a dicho alto oficial.

Roberto de nuevo era un civil, dada su irreflexible motivacion de ignorar órdenes de sus superiores durante aquel desafortunado vuelo de patrullaje; al momento su futuro se había obscurecido y debía pensar bien y rehacer su vida profesional. Pero por ahora su obsesión con Solange absorbía su vida por completo…

Se dirigió a una oficina de la compañía de teléfonos para hacer una llamada de larga distancia a la estancia, donde su adorada Solange. Su corazón latía muy rápido…

La madre de Solange contestó y cuando Roberto pidió hablar con su hija, hubo un silencioso espacio de tiempo de parte Marie, ella como que tomó aliento, y le dijo muy calma que Solange había ido a Punta Arenas para ver a Marko quien había sufrido... un ataque al corazón…

Un balde de agua helada no le habría causado tanta impresión como lo que la madre de la joven acababa de decir, frase que se repetía en su oído…; Roberto…, Roberto…, decía Marie, tratando de que Roberto contestara al otro lado de la línea; pero Roberto querido…, hombre…, contesta…, dí algo, insistía ella muy asustada…

Era demasiado para Roberto, dos fuertes golpes en un par de horas.

Bien, Roberto reaccionó y se disculpó; dijo que él llamaría más tarde a Solange, esa noche. Marie, por favor avísele a Solange que la llamaré esta noche a su casa y que esté ahí por favor, debo decirle algo muy importante, que preferiría decírselo en forma personal... Marie dijo que comprendía y que no sabía del estado de Marko…

Roberto sumió en un estado de depresión bastante grande y trataba de analizar todo lo que ocurría al mismo tiempo.

Pensó mucho, que a lo mejor, al día siguiente podría ir a líneas aéreas y solicitar que lo aceptaran como piloto explicando que había sido despedido como piloto de la Fuerza Aérea y que deseaba entrenarse como piloto comercial.

Al analizar la situación, pensó que tal vez era demasiado pronto ya que aún no tenía la documentación necesaria para presentar a líneas aéreas.

Pasó a visitar a su madre y compartió con ella por muchas horas. Ella quedó muy contenta de saber que su hijo no volvería a volar aviones de guerra; Roberto contó también sobre Solange y las posibilidades de vivir y trabajar con los padres de ella y a lo mejor, un día pronto, podría recibir la noticia del matrimonio de su hijo...

-¿Tu Roberto, trabajador de campo?- La señora le comentó que no se imaginaba a su hijo, energético y joven de ciudad, que fuera a trabajar en una estancia, pero, a lo mejor el amor de ustedes es más grande que lo que yo pienso; así que adelante hijo querido, que Dios te de paciencia…, pero eso no es para ti Roberto… tu eres libre y te gustan las cosas modernas, nuevos aviones y siempre has deseado volar y nada más… De todas maneras ella quedó muy contenta de volver a ver a su querido Roberto…

Y al final, la señora se dijo -¿Roberto casado?... hummmmm….-

Como conclusión el decidió esperar, haría saber a su amada de su decisión esa noche. Probablemente ella estaría preocupada con la situación de Marko y a lo mejor no estaría en condiciones de hablar mucho.

Antes que nada debía calmarse y pensar bien cómo rehacer su vida; Roberto fue esa tarde donde sus primos favoritos, quienes lo recibieron muy contentos de verlo.

Ellos habían crecido juntos y tenían gran confianza entre ellos para conversar de cualquier cosa. Les contó lo que le sucedía, les habló de Solange, del accidente y del despido de la Fuerza Aérea y de sus posibles planes.

Todos quedaron encantados con la idea de que se casara con esa muchacha tan maravillosa que les había descrito y con la posibilidad de poder trabajar con la familia de ella.

-¿Qué esperas bobo, le dijeron, que vaya otro oficial vagabundo como tú y te la levante? Vuela mañana y no pierdas un segundo de estar con ella…-

Roberto les pidió usar su teléfono para llamar a su adorada joven esa noche; y que él cubriría los gastos de la llamada, que sería larga, muy larga...

Esa noche, aún en casa de sus primos, llamó a Solange a su casa en Punta Arenas... Solange contestó con voz triste, dejando un espacio…

-Roberto, mi amor: Marko falleció esta mañana...- sollozos de ella. El joven preguntó: -mi amor, ¿pero… pero qué le sucedió? El solamente era unos años mayor que yo, ¿no?-

Solange habló muy calma y explicó que Marko había tenido una ruptura en el corazón, según el médico, y que hasta no haber una autopsia no sabrían exactamente qué le había ocurrido.

Solange le contó cómo había conocido en el hospital a una muchacha muy bonita que había tenido una seria relación amorosa con Marko y que no dejaba de llorar, y daba mucha pena…

La joven contó a ella que Marko había sido atleta, deportista de joven; la noche anterior se habían excedido haciendo el amor y él no había despertado a la mañana siguiente…

Solange comentó, es sabido que a veces atletas tienen el corazón ensanchado y talvez eso le puede haber ayudado a causar una ruptura. El corazón le había fallado mientras dormía y no se percató de nada. La muchacha estaba deshecha al sentirse culpable de la muerte de Marko…

Solange comentó a Roberto que había consolado a la joven, al comentar que era un accidente y que no se sintiera culpable de nada ya que Marko era un hombre y lo que habían hecho era con consentimiento mutuo…

Solange recordó que Marko había consultado con un médico sobre ciertos malestares que sentía a veces en el pecho, pero él no había dado mucha importancia y creía que eran solamente gases…

Tatiana, que era el nombre de la joven, le había contado a Solange que Marko a veces le hablaba de esta bella muchacha llamada Solange que no quería nada con él y que le gustaba muchísimo.

Solange le contó a la joven que ella y Marko habían salido varias veces y que ella no sopotaba su manera de ser, en que nada era en serio y se reía de todo haciendo chistes de cualquier cosa. Yo no deseaba un payaso a mi lado insinuó Solange…

Tatiana contó que Marko era juguetón, pero quizás se había comportado con ella así por nervios, o algo parecido, lo cual a veces sucede. Anda a saber dijo Solange, para mi era un amigo y nada más y últimamente se había portado mal con ella y su novio; Solange le explicó lo del mentado vuelo de Massi y Marko sobre la cabaña…

Roberto sólo escuchaba la suave voz en el auricular y deseaba decirle lo ocurrido a él. Comprendo como te sientes y de vedad me da pena el pobre joven, Solange, créeme, dijo Roberto… y él agregó…

Mi amor, habla el civil Roberto Conti. Me han dado de baja de la Fuerza Aérea; en el juicio no tuve la más mínima alternativa de argumentar nada, ya que todo estaba en blanco y negro y muy claro mostrando mi culpabilidad…

Tuve una experiencia con el juez del juicio. Cuando la sesión terminó, el general pidió a todo el mundo que dejara la sala... Para mí fue emocionante ver a este general, abrirse conmigo; señaló que trató de ayudarme, pero dijo que no fue posible, ya que mi culpabilidad estaba latente en todos los cargos. Él es un viejo amigo de mi padre y se veía que sentía no haber podido hacer nada en mi favor…

Roberto hizo una pausa y cambió a una voz seria, le dijo, -querida, he tomado una decisión que no sé sí te va a gustar...-

-¡Mañana vuelo a... Punta Arenas…! en un vuelo comercial al nuevo aeropuerto… No más vuelos militares...-

El grito de felicidad de la joven fue tan alto que hasta los primos lo pudieron oír. Mi amor que cosa más buena, cómo te amoooooo, gritó ella en el teléfono. Su voz había cambiado de la tristeza por la muerte de Marko a una voz llena de felicidad…

-Roberto, me tomaré un whisky a nuestra salud mi amor, ahora mismo…-

-Solange, le dijo Roberto, el DC-6 llega a las cuatro de la tarde, ¿estarás esperándome? ¿No? Ya que no tengo donde ir a parar en esa ciudad. No más Casino de Oficiales de la Fuerza Aérea…-

-¿Me alojarías en tu casa Solange?- Ella contestó, -tú sabes que aquí tienes nuestra casa todo el tiempo que desees quedarte. ¿OK?-

-Oh, Roberto, añadió la joven, -no hallo la hora que sea mañana, quiero besarte y abrazarme contigo bien apretados…- y el joven añadió…:

-Yo también te amo Solange, mucho más de lo que te imaginas. Al diablo con la Fuerza Aérea, ahora soy libre… -

-Estaré con ustedes en Chumanguitos hasta que se aburran de mi…-

-No digas eso Roberto,- insistió ella, -estaremos felices de que te quedes todo el tiempo que quieras…-

Roberto agregó… -Bueno, mañana nos vemos Solange y un gran y largo beso. Ella se despidió cariñosamente…-

Las felicitaciones de sus primos terminaron con una botella de champagne en honor a Roberto…

Como una enorme ave prehistórica plateada, con sus flaps como grandes plumas asomadas detrás de sus enormes alas, el DC-6 se posó en la flamante pista recién construída del Aeropuerto Carlos Ibáñez del Campo…

Al deterse el avión, se abrió la puerta, el frío sorprendió a Roberto… desde lejos vió la airosa figurita de su amada, vestida muy elegante con esa casaca de cuero rojo y slacks azules, hummmmm, ¡qué muchacha más linda!

Y se dijo para sí mismo... -¡si es mi Solange!...-

El viento arremolinado, desordenaba el cabello de Solange que caía sobre su frente…

Al acercarse, ambos se observaron por segundos… Roberto con cariño tomó a Solange por la cintura y la levantó en sus brazos y besó a su adorada joven. Ella que no podía hablar, trataba de decirle algo pero el beso fue tan largo que al final se rindió.

-Cálmese ciudadano Conti,- insinuó ella, -debemos guardar algo para después,… esta gente nos mira Roberto,… no dejan de mirarnos... por favor…- dijo toda sonrojada y acomodó su casaca que él había se la había desarreglado toda… el joven sugirió:…

-Por ahora vamos al restaurante del aeropuerto por un café y conversamos.- Ella estaba lindísima y él se sentía orgulloso con ella a su lado. Verdaderamente la gente los miraba, - juntos hacían una atractiva pareja, ella de rojo y azul y él, en una nueva casaca corta de piel de napa y elegante pantalones grises…

-Solange,- dijo él, -estoy aquí para quedarme, no volveré a irme de tu lado mi amor. Nuestra separación me deprimió tanto que no quiero que nos vuelva a suceder. Por ahora sólo te ofrezco mi compañía y buenos deseos de aprender de todo y ayudarlos en Chumanguitos…-

La hermosa joven lo abrazó, y dijo: -eso es lo único que deseo, estar contigo y el resto se arreglará por el camino…-

Ella, un poco triste, le mencionó, -esta mañana acompañé a Marko al cementerio,… después de todo yo sentía cariño de amiga por él y me da mucha pena el fatal golpe que el destino le ha dado a su joven edad…- y Roberto comentó…

-La vida es así Solange, nunca se sabe nuestro futuro y hay que hacer lo mejor que se puede de cada día, siento mucho lo sucedido a Marko, te lo digo de corazón, mi amor…-

-Hablemos con mis padres,- insinuó ella -y le decimos que deseamos vivir juntos hasta que estemos completamente seguros de que eso es lo que queremos para el resto de nuestros días y, un día nos sorprendes y me pides a ellos en matrimonio. ¿Qué te parece?-

Era demasiado simple y muy hermoso lo que Solange le acababa de expresar… el dijo, -me das espacio para que si tu y yo no nos entendernos como pareja, ¿me puedo ir?-

-Jamás Solange, tu estás loquita o ¿qué? pero seguiré tu sugerencia y hablaré con tus padres...-

Con el tiempo, Roberto, dada ciertas circunstancias, va a volver a re-examiar esos deseos de quedarse en aquella estancia...

-Mis padres están en casa,- dijo ella, -ya que Massi los trajo en su avión para rendirle un tributo a Marko al venir a su funeral. Tú y yo, si quieres podemos volver en mi camioneta a Chumanguitos y dejamos a los viejos que vayan con Massi, ¿quieres?...-

Y Roberto continúa, -tú dices que tus padres están ahora en tu casa aquí en la ciudad?...-

Ella afirmó y que si él deseaba quedarse en la ciudad unos días se alojarían en casa. Roberto continuó, -tal vez sería bueno, así puedo arreglar mis finanzas en el Banco y recoger algunas cosas que dejé en mi habitación en el Casino de Oficiales de la Fuerza Aérea…-

Y Solange agrega, -hasta podemos ir al cine esta noche. Hay un film que a lo mejor te gustaría ver... es con Brigitte Bardot… ¿te gusta ella? ¿no? ¿eh?...-

-Oh, sí, dijo Roberto, yo aún no la he visto, pero he oído hablar de ella y dicen que es muy sexi... y se desnuda en tres tiempos,…- la joven, no perdiéndose una, le dijo: -un momento aquí, Roberto Conti, ¿más sensual que tu amada?...-

Roberto con su cara de diablito le dice, -eso es imposible mi amor…-

-Brigitte Bardot está en celuloide y tú eres mi realidad, mi dulce, bella y apasionada Solange, nadie es como tú, nadie… y desnuda, eres la mujer más bella de mundo…-

Y ella pregunta: -¿ha visto muchas de mujeres sin ropas en tu vida Roberto Conti?-

-Tengo mi colección, pensando…, puedes estar segura…-

-¿Y no tienes vergüenza?.. Por ahora aléjate de mi que no quiero verte, eres un pervertido… y se lo contaré a mis padres…- y el joven persiste…

-Ellos se van a morir de la risa de tu cuento, te lo aseguro…- y él prosigue…

-Solange, otra vez has comenzado una discución que no tiene sentido, y tu la has iniciado… No hacia falta que preguntaras por mi recuento de jovenes sin ropas que he conocido en mis años, y que yo te contesté en forma cortés…-

-¿Es esto un juego de preguntas y respuestas?-

-No Roberto, no es un juego, pero tu mencionastes que ahora tu Solange desnuda está incluída en tu repertorio, ciudadano Conti, y has sido rudo con tu pobre Solange… asi que debes retractarte y pedirme disculpas…-

-¿Debo disculparme de algo que tu comensastes?...- pregunta Roberto…

-Solange, te recomiendo que terminemos esta conversación ya…-

-O la cosa se va a complicar… ¿No te parece queridita…? No quisiera tomar el mismo avión de regreso a Santiago…-

De inmediato gruesas lágrimas aparecieron en los azules de Solange… y agregó, -crei que te conocía Roberto Conti, pero me has sorprendido con tu actitud…- pero ella se quedó pensando unos minutos…

-Nunca tuve en mente hacer una discución y tal vez tienes razón, no tengo derecho en inmiscuirme en tu pasado, perdón Roberto, olvídate lo que dije… y dame un beso y olvidemos…-

¡No, no dijo el…!

No vas a salir tan fácil de esta Solange… como castigo ahora das la vuelta a esta mesa y vienes aquí… y te sientas en mi regaso y tu me besas… y ¡voila…! asunto resuelto… ¡Roberto feliz de nuevo…!

¿Olvidas que soy tu novio?... como me presentastes a Don Belardino en la estancia Baguales….

La joven añade… -pero Roberto… toda esta gente aquí me van a ver y que van a pensar de tu amada Solange…-

-¿Vas a comenzar de nuevo Solange?- insistió el joven…y persistente continuó…

-Mi amor si no vienes ya…, te voy a coger del pelo y yo me voy a sentar en tu regaso…- y comenzó a levantarse… pero ella fue mas rápida que el y se acomodó en la falda de el y le dió un beso larguísimo, interminable… y ella, al separase de el, un poco cohibida miro a su alrrededor, para ver si alguien los estaban observando… pero no, cada persona estaba en lo suyo y no vieron a Solange Cameron besar a su novio…

Y ella agregó…

-Bueno Roberto, si nos quedamos un par de días más podemos ir otra vez al cine ya que anuncian otro film, con Gary Cooper, que me encanta él como actor, el film es Friendy Persuation, y dicen que es excelente, ya he escuchado su música en la radio y es lindísima…

-Por supuesto mi querida Solange,- dijo Roberto, -es bueno ir ahora al cine ya que estamos aquí y no volveremos por un largo tiempo de la estancia, ¿no es así?...-

Bueno dijo ella, yo siempre estoy viajando sola, talvez ahora podemos venir juntos y hacer las compras para la estancia y así romperemos la monotonía de la vida campestre.

¿Está bien?

Y Roberto agregó, si, pero ahora debemos ir de compras ya que no tengo ropa de trabajo, y necesito de todo…

Más que nada quisiera una boina vasca como la que usa tu padre para el viento y el frío. Ya con eso pareceré el verdadero campesino trabajador, con un suave estilo provincial italiano, dijo sonriendo…

Yo te acompaño, dijo ella, e iremos a las buenas tiendas que yo conozco y te ayudo a escoger, quiero verte en uno de esos blue jeans americanos y se te va a ver un trasero muy mono, que verdaderamente tienes y adoro…

Y nos divertiremos. ¿Qué te parece? y Roberto dice:

¿Crees mi amor que podría encontrar un par de botas de cowboy?

Solange con mucho énfasis responde:

¡Eso nunca!... no seas anormal Roberto, parecerías un caso mental al tratar de imitar a esos retardados cowboys... ¡que yo no los soporto!

En la Patagonia nadie es diferente, y así somos…

El viaje a Chumanguitos por carretera es un viaje de horas; que depende de los chubascos tan communes en otoño, y se hace más corto o más largo…

Solange, aprovechando el viaje, cree que debe hablar con su amado Roberto y explicar el trabajo en la estancia y le da una conferencia general de lo que involucra...

Roberto muy interesado escucha con atención…

Mi padre administra la estancia, hace su trabajo y generalmente sale a recorrer distintos campos y secciones de la estancia, en su caballo o en uno de los vehículos.

También está Mac, que ya conoces, un señor que mi padre y Massi trajeron de Europa y su especialidad es la mecánica de aviación y mantiene todo lo que es mecánico funcionando todo el año; Mac vive en el "Comedor Chico".

A veces cuando nieva mucho, mi padre sale en el Gipsy a volar sobre la estancia para ver que todos están bien …

Mac ha entrenado a unos jóvenes mecánicos para que sean sus asistentes expertos en todo lo que sean máquinas de la estancia.

Después está Solange, la contadora de la estancia; ya me has visto desaparecer durante días cuando estoy en la oficina llevando control de todas las compras y pagos que se hacen y debo atender las necesidades no sólo de la estancia sino también las del personal que trabaja con nosotros.

En ciertos meses del año se venden animales que no están a la altura de la calidad que hemos establecido y también se venden los corderos machos, una norma en este negocio de la ovejería.

En verano, cuando viene la esquila, la estancia es un gran conjunto de personal trabajando a toda máquina; algunos esquiladores son tan expertos que esquilan ovejas a razón de una oveja en dos minutos.

Además viene de Australia un experto clasificador de lana que también aloja en el "comedor chico"; él analiza la lana de cada oveja una vez esquilada…

Cuadrillas de esquiladores van de estancia en estancia trabajando todo el verano en la Patagonia; nosotros los acomodamos en un campamento especial para ellos, con comedor y cocina donde se alimenta bien a estos esforzados esquiladores y otros trabajadores, por semanas.

Si lo piensas bien Roberto, esto es nuestro futuro si decides finalmente establecerte con nosotros en Chumanguitos, yo te adoro y sé que puedes aprender. Como dices que me amas tanto, como yo a ti, un día nos casamos y todo esto sería nuestro y de nuestros hijos…

Y Roberto en forma socarrona dice, Solange, ¿tenemos que casarnos? Me encanta así amancebados… Solange no puede creer lo que oye, y le aplica uno de sus famosos pellizcos en el brazo a Roberto…

¡Ay! Solange, ¿Qué es eso con tu amado…?

Han pasado meses y los jóvenes han regresado para las compras de la estancia en la ciudad y caminan por un costado de la plaza conversando animadamente… sin saber que a la vuelta de una esquina los espera una sorpresa…

El joven recuerda que debe llevar su reloj a reparar y cruza al lado opuesto de la calle, y dice a Solange que la encuentra en el nuevo mercado en unos minutos…

Roberto entra a una relojería en una esquina y por unos segundos examina relojes expuestos en una vitrina, al levantar la vista, ve a través de una ventana que un individuo de uniforme de marina y con una gorra blanca se ha aproximado a Solange por detrás, la ha dado vuelta y besado en los labios…

La joven escandalizada, se limpia los labios y rechaza al individuo quien termina en la vereda del fuerte empujón…

A Roberto le hierve la sangre al ver a su amada agredida y corre donde ella, quien asustada lo abraza en busca de protección…

El individuo es un oficial de marina, quien sentado en la acera no se recupera de la reacción de la joven y de ver su blanca gorra de marino que ha ido a parar al medio de la calle y bajo el embarrado neumático de un automóvil.

El oficial, de cuatro patas en la vereda, mira a su alrededor donde curiosos ya han comenzado a juntarse; desde el suelo, el hombre balbucea y dice, -p… p... pero mi bella Solange, que te ha s... s… sucedido, ¿no te recuerdas de mi?... ¿eh? eh… he estado más de un año en la Antártica soñando con tus, tss… labios, mi amor…-

Ella, indignada, responde, -sí, bien recuerdo quien eres, pero no tienes derecho a tomarte la libertad de besarme… aparte que tienes un insoportable olor a vino, típico de ustedes los marinos… ¡siempre borrachos!…-

Roberto enfrenta verbalmente al oficial le dice: -será mejor que te levantes miserable desgraciado y te disculpes con Solange ya, antes que yo te meta un par de patadas en el culo y vueles de aquí…-

El embriagado marino tambaleándose se levanta y dice que a él nadie le habla así y trata de asestar un derechazo a Roberto, pero el golpe yerra el objetivo y otra vez el joven marino va a dar a la vereda… Roberto lo enfrenta :

-Si yo fuera Ud., "mi teniente"-… dice Roberto, mientras mira al hombre que trata dificultosamente de levantarse, -dejaría de dar espectáculo con su uniforme y me iría a dormir la tremenda mona que tiene encima, estúpido insolente…-

-Creo sería lo más cuerdo que puede hacer… "mi teniente"…-

Roberto toma a Solange del brazo y dejan al individuo que hable solo…

La joven nerviosa se apega más a su amado, explicando que no puede creer cómo su ex pretendiente cambió de gentleman a un borracho y mal educado oficial de marina…

Roberto tiende a calmarla y le dice:

-Nada mejor que un poco de excitación y adrenalina de vez en cuando mi amor... ¿no es así?..-.

-¡Ay mi amoooor! ¡Qué vergüenza!..-. suspira ella…

Y muy contentos entran de la mano al enorme supermercado recién inagurado.

Roberto en forma despreocupada pregunta, ¿crees mi amor que me podrías enseñar inglés? Solange con su cara de diablillo sonriente contesta, hum… lo voy a pensar…

Roberto también sonriente dice, -creo que es mi turno de aplicar uno de tus famosos pellizcos. ¿No?-

-Ayyy, ¡Robertooo! ¡Nooooo! ¡Eres un monstruo!... Mi padre lo va a saber… pobre Solange…-

Los meses han pasado raudos como el viento patágonico y Roberto se envuelve más y más en las faenas de la estancia; acompañado siempre por Jim, su nuevo mentor, y recorren los altos campos de primavera.

Más tarde Jim recibe una invitación de Marcelo Massi para volar en su avión Beechcraft B-18, a una estancia llamada Laguna Azul en la Provincia de Santa Cruz que está en venta al noreste del Lago Cardiel, Argentina, a unos 250 kilómetros al noreste de la estancia Chumanguitos… y que Massi tiene interés en comprar…

Jim acepta e insiste que Roberto lo acompañe, Marcelo muy atento, accede en llevar a Conti, quien está loco por probar los controles de ese avión bimotor; él había sido piloto en los bimotores DC-3 de Fuerza Aérea de Chile, pero no el bimotor Beechcraft B-18. Avión de uso exclusivo del Comandante en Jefe de la institución, como avión del alto comando para visitar las distintas bases distribuídas a lo largo del país y que era muy confortable, de 7 asientos, hasta con un pequeño baño...

Roberto explica la situación a Solange; ella no muy contenta dice que casualmente debe viajar a la ciudad de inmediato, a buscar urgente unos repuestos para una máquina descompuesta que está atrasando el trabajo de la estancia y es algo que no puede esperar…

Roberto sabe que ella está acostumbrada a esos viajes, pero que Solange va a estar sentida con el, si no la acompaña, pero, por otro lado, la idea de un largo vuelo en el avión de Marcelo de co-piloto le atrae mucho más... ¡es volver a volar!... finalmente...

Solange no puede creer la motivación de Roberto. Y dice, Roberto Conti, -¿tú vas a dejar que tu pobre Solange vaya solita por 800 kilómetros en dos días? ¿Acaso no crees estás siendo un poco egoísta?-

Roberto, argumenta, -no se si te acuerdas que antes que nada soy piloto y no he podido volar desde hace mucho tiempo... ¿cuándo voy a tener esta oportunidad de volar el Beechcraft con Marcelo Massi otra vez?-

-Solange, por favor, no te enojes, es sólo por unos días. Aparte que será bueno para la experiencia en mi trabajo con tu padre y más que nada, él ha pedido específicamente que lo acompañe, ¿no te parece bien, mi amor?-

Por primera vez los jóvenes tienen este intercambio de palabras y la más afectada es ella, que no puede creer que Roberto vaya a hacer algo así...

Ella finalmente, siendo una persona fuerte le dice muy seria al joven, está bien, que él vaya con su padre y ella irá sola a su encargo...

Roberto junta algunas cosas y las pone en su maletín y va con Jim a la estancia de Massi...

Frente a un galpón se halla el avión y están Mac, Jim y Marcelo, inspeccionándolo; Ellos ya han averiguado la extacta posición de la pista de aterrizaje en dicha estancia en Santa Cruz y la disponibilidad de combustible para el regreso...

El viaje será de un poco menos dos horas; asímismo han llamado a la base de la Fuerza Aérea en Bahía Catalina para enterarse del pronóstico del tiempo para las próximas 48 horas; El reporte del tiempo les da dos días de fuerte viento oeste, frío y algo de nubosidad.

También han indicado el plan de vuelo para que el avión civil registrado en Chile pueda cruzar la frontera desde Chile a la Argentina…

El coronel, el oficial que comanda la base aérea de Bahía Catalina, encarga al ya conocido comandante "Mr. Simpatía" Rodríguez que se comunique con la base de la Fuerza Aérea Argentina; y solicite autorización, radio frecuencias de la Torre de Control del aeropuerto de Río Gallegos para que el Beechcraft de Massi pueda volar en territorio argentino al área del Lago Cardiel, dando el número de registro del avión, el nombre del piloto, Marcelo Massi y del copiloto Roberto Conti…

Rodríguez no puede creer que va a tener que requerir un permiso para que su ex teniente y expulsado oficial, Roberto Conti, pueda viajar de paseo a la Argentina… No lo puede creer y se le hace dificil de tragar…

-¡Si es el maldito Conti de nuevo, creí que me lo había sacado de encima para siempre!...-

La idea lo pone furioso, y habla solo en su alto vozarrón: -¿qué hace ese individuo por estos lados otra vez?-

-¿De copiloto?-

-¿Habrá pasado a ser parte de esa familia Cameron?-

-¡Ahhhhh! Ahora recuerdo, en esa estancia había una jovencita muy bella...-

-¿Será que Conti se enganchó con ella el muy sinvergüenza y aún sigue ahí, viviendo la gran vida?-

Y en su frustración continúa…, -muy interesante… y uno tiene que seguir aquí marcando el paso en esta miserable base aérea, en el culo del mundo.

-¡La suerte de algunos!...-

Y Rodríguez muy molesto dice, -¡Uf... cómo odio al boludo de Conti!..-.

Es obvio que el comandante Rodríguez ignora por completo el romance de los jóvenes y la excelente aceptación que su ex teniente ha tenido con la familia Cameron...

Mientras tanto, en la estancia Chumanguitos...

Marie ha dado a Solange un canastito con un termo de café, agua y unos sandwiches, para su viaje a Punta Arenas; Solange enfila su camioneta hacia el áspero camino, con rumbo sur...

La joven se entretiene escuchando la radio y no quiere pensar en Roberto y ni en su actitud, pero lo disculpa ya que prácticamente ha sido obligado a ir con su padre a Argentina, pero lo echa de menos...

Ella hace un recuento mental de los hechos de su relación con Roberto y no puede dejar de pensar en lo bien que hacen el amor y como ella se siente cuando lo hacen. Nunca me imaginé, piensa Solange, que una relación entre dos personas pudiera ser tan satisfactoria... ella adoraba sentir a Roberto dentro de ella... -¡Ayyy! ¡Qué calentona estoy al pensar tanto en él!-

Detiene su camioneta al borde del camino para refrescarse al helado viento que sopla por el angosto cañadón entre Cerro Castillo y Puerto Natales...

A 80 kilómetros por hora el vehículo de la joven sobre el áspero camino es bastante ruidoso, así como se siente también la vibración en el volante; Solange se esfuerza para manejar y mantener el control; analiza que no puede ir más lento ya que no llegaría nunca y decide mantener esa velocidad...

Ella se imagina que algún día irán a pavimentar esa ruta y este viaje será más suave.

Continúa su camino y lleva cuenta de lo que viene después de cada hito, así el tiempo pasa más rápido; ha hecho ese camino tantas veces que se lo sabe de memoria. Es una mañana de sol y su desteñida camionetita verde funciona a maravillas.

Va abrigada con su chaquetón de cuero y al registrar los bolsillos, se encuentra con varios cuadrados sobrecitos plásticos y se ríe al verlos.

-¿Para qué me sirven ahora?-

Ni se puede imaginar cuan pronto los va a usar…

Y Solange continúa sobre el mismo tema pensando que debería visitar a su médico para que la examine y le recomiende el otro tipo de protección más eficiente y que ahora se está poniendo de moda para las mujeres, lo llamará mañana para una cita.

Mientras tanto el avión de Massi se prepara para despegar rumbo a Estancia Laguna Azul en la provincia de Santa Cruz, Argentina…

Roberto sintoniza la frecuencia de radio de la torre de control del aeropuerto de Río Gallegos, Argentina, usando la fraseología que se usa en las comunicaciones entre aviones y torres de control y dice:

- Río Gallegos Torre, buenos días, el Beechcraft Charlie-Charlie-Bravo-Cero-Tres-Seis-Cinco.-

Pasan unos minutos y…

-Río Gallegos Torre, buenos días, Charlie-Charlie-Bravo, prosiga.-

-El Beechcraft Charlie-Charlie-Bravo despega área Cerro Castillo, Chile, a proceder plan de vuelo a Estancia Laguna Azul, Santa Cruz, Argentina.-

-Río Gallegos Torre, Beechcraft Charlie-Charlie-Bravo, recibido, autorizado 2500 pies por radial 20.79 hasta 30 millas al norte Lago Cardiel, notifique en el sector, altímetro 1015, buen vuelo.-

-Y Conti repite lo indicado a la torre de control…

Marcelo, indica que se pongan los cinturones de seguridad, e indica a Roberto, yo tengo los controles y ya despegamos.

Marcelo acelera al máximo y despega fácilmente hacia el oeste, tomando altura, y orienta el Beechcraft al rumbo establecido. El fuerte viento no tarda en hacerse sentir con fuertes rachas y turbulencia, que baja de intensidad al alcanzar la altura del plan de vuelo…

Roberto, dice Marcelo, tú tienes el avión y mantén ese rumbo y altura. Massi podría haber conectado el piloto automático, pero quería probar la mano de Roberto manteniendo las condiciones de vuelo del momento; el joven finalmente toma los controles del avión y siente que es muy suave en responder; hace con su vista una pasada panorámica al tablero de instrumentos, que indica que todo está en orden…

Roberto entra en la radio la frecuencia de la base en Bahía Catalina e informa lo que la torre de control de Rio Gallegos le ha indicado:

La torre de control de Bahía Catalina repite la informacion recibida y le desea buen vuelo.

Jim, sentado detrás de Marcelo habla muy alto, el sonido de los dos motores hacía difícil entender lo que hablaban; pero comentan el hermoso paisaje que se presentaba delante de ellos desde 2500 mil pies sobre las llanuras adyacentes a la pre-cordillera; lagos y glaciares por doquier, campos con estancias y sus casas, hacia el este se extendían las grises planicies patagónicas hasta la costa atlántica.

Sobre la detallada carta de navegación Jim va en un constante chequeo de los hitos más importantes una vez que los sobre vuelan....

Un ventoso y hermoso día casi despejado los acompañaría hasta su destino…

Y a unos 150 kilómetros más al sur…

El pequeño vehículo verde de Solange avanzaba por el camino cerca del cruce a Puerto Natales, con el impresionante cerro Dorotea a su izquierda, donde comenzaba la subida hacia las Llanuras de Diana.

-¡Uf! ¡Qué largo es este camino!-

Pero por lo menos hoy está seco y ya se ve el sol. Ella, contenta, a pesar de todo, manejaba muy bien, con sus manos dentro de sus queridos guantes de cuero negro de napa, bien ajustados, como una corredora de autos de carrera, aparte que olían muy bien a cuero…

Solange no bajaba de los ochenta kilómetros por hora; a esa velocidad de vez en cuando la cola de la camioneta viraba un poco sobre el ripio del camino, de lado a lado; Solange corregía la dirección y mantenía el vehículo centrado en el camino.

Continuó así hasta pasado el puente sobre el Río Penitente y finalmente se dio cuenta de que esos movimientos de la camioneta no eran normales…

Detuvo la camioneta al costado del camino; al bajarse, el fuerte viento le trajo el olor a goma de neumático recalentada; dio vuelta por detrás observando la rueda trasera derecha; casi no había neumático estaba completamente destrozado.

-¡Ay mi Dios! ¡Qué traba ahora! Espero que Mac haya puesto aire en la rueda de repuesto,… yo se, él es muy cuidadoso;-

El repuesto se encontraba a un costado en la camada del vehículo; Buscó en el cajón de herramientas el medidor de presión, además del gato y la herramienta para sacar los pernos de las ruedas, y varios trozos de madera, para trancar cada rueda, para que el vehículo no fuera a moverse con el fuerte viento del momento...

Rápidamente encontró la válvula para tomar la presión. El neumático tenía el aire necesario…

Con un poco de esfuerzo deslizó el grueso cajón de herramientas sobre el terreno, y lo puso junto a la rueda destrozada; la camioneta tenía un lugar exacto donde se ponía el gato, Solange lo colocó en la posición y comenzó a conectar las varas metálicas.

Ella desatornilló un poco cada pernos de la rueda y se arrodilló para hacer girar las varas; resopló un poco escupiendo algo de arena del camino; y continuó su labor boca abajo casi sumergida bajo la camioneta…

El destino le ha traído un evento que le cambiará su vida seriamente…

Lo que vino a continuación fue más bien divertido, pero al comienzo ella no lo halló así...

Al lado opuesto del que ella se encontraba, debajo del vehículo, pudo ver unas botas de hombre que se movían alrrededor de su camioneta; sorprendida pronto vió aparecer una cabeza invertida, de la que colgaban unos tostados cabellos rubios, y también unos interrogantes ojos azules que con fuerte voz masculina ofrecieron: ¿Lo puedo ayudar en algo señor?...

-¡Uf!… resopló ella molesta… ¿Señor yo?- Dijo Solange en voz alta. -¡Mire, quien Ud. sea, soy mujer!-

La cabeza desapareció y hubo un corto silencio… esta vez la persona se arrodilló en el suelo y la cabeza apareció de nuevo...

-¡Perdone señora!- dijo la voz…

…Solange, que con mucho esfuerzo hacía girar las varas para levantar el costado derecho del vehículo, muy agitada gritó… -¡Tampoco soy señoraaaaaaa!...- y continuó con la voz más alta que podía… en las condiciones que se encontraba…:

-La verdad es que no necesito su ayuda, así que siga su camino… Me las puedo arreglar sola,… no insista ya que estoy bastante cansada, quiero cambiar la rueda y continuar mi camino... por favor váyase... ¡ya!... ¡ya!...-

La voz masculina, esta vez un poco más alta, dijo:

-Señorita, resulta que reconozco su vehículo y creo que es una de las camionetas verdes de la estancia Chumanguitos,- y agregó:

-Pensándolo bien, ¿no será Ud. "señorita", la hija de Jim Cameron?-

Solange ya agotada, de haber activado el gato lo suficiente como para sacar la rueda, se desliza hacia atrás por el suelo y con polvo del camino en su cara, se levanta.

Al otro lado del vehículo ella ve a un joven un pie más alto que ella, de cabellos tostados, de piel bronceada y ojos azules que sonríen... y en que forma burlona le preguntan:

-¿No será Ud. por casualidad, la "señorita" Solange Cameron?...-

Ella, mientras se sacude el polvo de su ropa, aún irritada por el esfuerzo que ha hecho para levantar el vehículo, le dice al individuo que ya le ha dicho que siga su camino, que no sea insistente y que la deje en paz... No estoy para chistes en este momento...-

El joven insiste y le dice que él sabe su nombre,... -Ud. es Solange Cameron.-

-Yo soy John Wilkinson,... y Ud. señorita, y yo fuimos al British School cuando eramos niños.-

-Un día Ud me dió mi primer beso y yo salí corriendo de susto...-

-¿No recuerda?...- Sé que su nombre es Solange, reconozco los cabellos sobre los ojos azules, así como la naricita tan mona que siempre tuvo... -

Pese al fuerte viento frío y a lo agotada que estaba, a la joven le dió un ataque de risa…

Y ella dice:

-John Wilkinson. ¿De dónde has salido muchacho?... ¡Qué casualidad!...-

-Como puedes ver no estoy muy compuesta en este momento y estoy muerta de frío y tengo que terminar de cambiar esta rueda a la que le destrocé el neumático por ir demasiado rápido por estos simpáticos caminos…-

-John… que alegría verte. ¡Cómo has cambiado!...- y agrega…

-Muchacho, no nos veíamos desde hacen muchos, muchos años…-

John dió la vuelta y la abrazó con mucho cariño. El tomó con su mano la cabecita de la joven y le dio un gran beso en la mejilla.

-Hummnnn…- dijo Solange sorprendida por la actitud del joven…-

-¡Qué efusividad, Dios mío!...-

El insinuó que ella se sentara en su camioneta que tenía el motor y la calefacción andando; vé, le dijo, que él terminaría de cambiar la rueda…

John contó que su padre lo había dejado a cargo de la estancia mientras iban con su madre a Santiago por un tiempo; y el agregó que si a ella no le importaba, podían pasar a su casa que estaba muy cerca y podrían almorzar en media hora más ya que los cuidadores siempre preparan almuerzo para mi…

Son gente buena que viven cerca de la casa grande y cocinan lo típico de las estancias, que creo te va a gustar…

A Solange le encantó la idea y aceptó la oferta, que era muy buena; será interesante compartir y recordar…

Solange ha quedado impresionada cómo ha cambiado su primer romance, es un muchacho enorme, y muy atractivo…

Ella se siente chiquita a su lado y mientras él reemplazaba el neumático pudo observar sus enormes y fuertes manos...

Y piensa… -¿Dónde has estado metido todo este tiempo, John Wilkinson?...- y continúa para si misma:

-¡Estás, muy mono!- Ella no sabe lo que le sucede… pero pensando en las manos de él, se le ha erizado la piel de la nuca…

-¿Qué está sucediendo Solange se dice a sí misma?-

¿Qué habrá en el futuro para Solange con este encuentro? ¿Qué sorpresa esperan a Jim y a Roberto en estancia Laguna Azul?

Capítulo 8

**EN VUELO, APROXIMANDO
A LA ESTANCIA LAGUNA AZUL,
PROVINCIA DE SANTA CRUZ,
PATAGONIA ARGENTINA**

Aquella mañana, alrededor de las 10:30AM desde 2500 pies de altura, Marcelo divisa en el horizonte, la silueta azul del Lago Cardiel; y avisa que iniciará el descenso y que ubiquen la pista de aterrizaje de la estancia, con una camioneta roja en el cabezal oeste; en unos quince minutos después del lago, y que deberían ver la silueta de un avión Cessna 195 plateado y rojo, estacionado junto a una casa de formato de estrella de tres puntas, una de las punta está orientada hacia el oeste.

Instruye a Roberto que de reporte a la torre de Río Gallegos que están en el sector de estancia Laguna Azul.

Massi toma los comandos del avión.

Roberto, con calma dice por la radio que se aproximan a la estancia Laguna Azul y que reportarán cuando estén aterrizados.

-Río Gallegos Torre contesta:

Recibido, notifique aterrizaje y término vuelo.-

Roberto dice, miren, miren... ahí está... es una casa de tres alas con un avión al lado. Así mismo localizan una larga pista de aterrizaje al norte de la casa, orientada de este a oeste con los cabezales pintados de blanco...

En vuelo de inspección Marcelo vuela con el B-18 sobre la pista a 100 pies de altura, con sus motores radiales que roncan al máximo y reconoce la camioneta roja al final oeste de la pista, como Gerardo O'Brien había indicado; baja el tren de aterrizaje; vuelve hacia el Oeste y baja los flaps, en su aproximación final contra el viento. A 100 mph se acerca al cabezal, baja a 50'... 30'... 10'... el avión flota en el aire por unos segundos...

Massi sube un poco de flaps para levantar la proa del avión; con mucha suavidad las tres ruedas del tren de aterrizaje rozan la corta hierba de la pista y ejecuta así un perfecto aterrizaje de tres puntos; dada la constante brisa del oeste, el B-18 corre sólo un corto trecho y se detiene en el medio de la pista. Los tripulantes del Beechcraft respiran el refrescante aire al deslizar las ventanas de la cabina hacia atrás y se sueltan los cinturones de seguridad...

-Uf!... qué alivio...-

Roberto y Jim felicitan a Marcelo por el perfecto aterrizaje...

Massi se hace el gracioso, levanta las sejas y dice, -experiencia chei... experiencia...-

La camioneta roja de la estancia se aproxima al B-18 que se encuentra detenido, con sus hélices circulando al mínimo.

Roberto comunica a Río Gallegos, aterrizado en Laguna Azul y terminado, buenas tardes.

Roberto cambia la frecuencia a la base de Bahía Catalina e indica su aterrizaje y término del vuelo. La Base Aérea le contesta recibido y buenas tardes.

El chofer de la camioneta hace señas a Marcelo para que su avión lo siga...

Marcelo acelera un motor y el avión gira sobre sí mismo y va detrás del rojo vehículo…

Recorren la pista en dirección a las casas y galpones; frente a la casa principal se encuentra el avión de O'Brien, Massi hace girar su avión para dejarlo con proa al viento durante la noche, detiene ambos motores y queda estacionado paralelo al lado del Cessna, que indica en su fuselaje LV-0385, Lima Víctor 0385, su registro.

Los tres hombres bajan del avión; un arrachado y helado viento oeste les da la bienvenida, ellos caminan alrededor del avión, para ver si todo está bien…

Un pequeño camión tanque se aproxima y estaciona frente al B-18 de Marcelo. El conductor estira una gruesa manguera negra, y activa un ruidoso compresor, Marcelo indica al operador donde están los estanques de combustible…

El joven chofer saluda a Marcelo y le dice:

¡Hey… chei Marcelo!… yo sé donde están los estanques, ya ha venido por aquí un avión iguales al de vos… chei…

Marcelo con su usual sonrisa contesta… ¡Hey, qué bueno chei!... y le alcanza algunos billetes y le dice: chei pibe,… un poco de biyuyo pal bailongo y la griseta,… chei… ¿eh?…

El pibe le agradece y comenta… hey che…, los otros bacanes que han aterrizado por aquí no son como vos… chei Marcelo… gracias, chei…

Roberto acompaña al chofer y carga un extinguidor de incendio. Ambos llenan todos los estanques, es un lugar peligroso, con intenso olor a gasolina de alto octanaje pero removido por la fuerte brisa.

El chofer del camión lee a Massi la cantidad litros de Avgas/130 octanos con que llenaron los estanques.

El avión queda así preparado para regresar al día siguiente. Marcelo termina de escribir en su bitácora.

Marcelo y sus tripulantes se admiran al ver cómo desde lejos el dueño de la estancia, acompañado de dos jóvenes de cabellos revueltos por el viento caminan hacia ellos… ignorando el ventarrón…

Gerard O'Brien, de elegante joqui inglés para el viento; con una amplia sonrisa, sus brazos abiertos, y de fuerte voz los recibe:

-Jóvenes… ¡bienvenidos a nuestra estancia Laguna Azul!...-

Es un hombre de distinguida apariencia, alto, erguido, de ojos claros y cabellos grises, felicita a Marcelo por su perfecto aterrizaje....

Él presenta a sus dos bellas hijas Kelly y Wendy. Ambas jóvenes, a la usanza europea, besan en las dos mejillas a los tres hombres… Son una enorme cantidad de besos…

Roberto impresionado examina las jóvenes... él, al saludarse con Kelly, no le suelta la mano de inmediato y se la besa, en forma elegante…

Los sorprendidos ojos de la joven sonríen…

Alegres ambas pibas se miran, y dicen al unísono...:

-¡YEAAAH!...-

y se encantan con Roberto… el alto y buenmozo joven piloto vestido con su chaqueta corta de cuero, que le sienta bien…

Kelly le dice a su hermana que el joven piloto es un churro y que ella lo vio primero…

La menor, Wendy, frunce el seño y comenta a su hermana:…

-Che, Kelly cheeeei!… vos siempre hacés lo mismo… ¿eh che?... sos una zorra imposible che…-

Kelly en forma sarcástica le comenta,… -No olvidés che Wendy… soy más alta, más atractiva y mayor que vos… así que más respeto con tus mayores, che pibeta… ¿Eh?-

Wendy, con mucha razón masculla… -¡sos insoportable hermanita querida!-

Ellas se acercan a Roberto e inician una alegre conversación...

Kelly se roba al joven, lo toma de la mano y dice que quiere enseñarle la estancia…

El se deja llevar por la suave, cálida mano de la joven...

Muy contenta, la linda muchacha le cuenta que están por volver a la civilización en Buenos Aires y esa es una de las razones de la venta de la estancia… por lo menos eso es lo que ella cree…

La joven cuenta que a su padre se le está complicando manejar la estancia y dejarlas solas en la gran ciudad al mismo tiempo; dice que su madre murió cuando aun eran “pibetas” de 10 u 11 años y el padre las ha criado….

Cuenta que “el viejo” es un estanciero muy rico, pero que está un poco cansado che… y desea compartir más con sus “pibas”…

Marcelo y Jim, acompañados de O’Brien y Wendy recorren la estancia; que se ve muy bien, cercos pintados de blanco, se ve calidad, de cuidadas verdes praderas, rodeadas de álamos. Grandes campos con tropillas de caballos y un pequeño parque con una laguna que refleja el azul del cielo.

En otra de las amplias bodegas ellos observan una gran cantidad de maquinarias, tractores y equipo motorizado de agricultura y se ven en excelentes condiciones, todo muy ordenado sobre impecables pisos de cemento.

Existen además, varios galpones más y uno enorme, con muchas guías, de apariencia nueva, para la esquila. También se ven casas para los trabajadores, se nota que se han tomado el tiempo y cuidado con la estancia no sólo por estar en venta…

Kelly y Roberto entran a una bodega donde se guardan los aperos de montar; un fuerte olor a cuero y un leve perfume a bosta y a paja seca envuelve la atmósfera del amplio cuarto muy próximo a unas cuadras donde descansan caballos de raza.

Roberto comienza una buena conversación con la joven, y le cuenta de su carrera de piloto y que ahora vive y trabaja con Jim y su familia en la estancia Chumanguitos.

Roberto nunca menciona su relación con Solange.

La joven menciona sobre el nombre de la estancia de Jim, que cosa más simpática,… che… C h u m a n g u i t o s… che…

Ella se acerca a Roberto y le pregunta si cree que ella puediera ir a visitarlos ya que desearía conocer Punta Arenas; que su padre ha comentado que tiene planeado ir en su avión hasta allá…. Ya veremos si resulta…

Kelly mira a Roberto con románticos ojos, y le pregunta…

-¿Dormirías conmigo esta noche, che piloto?... che…-

Sos tan lindo como tú no te imaginás; no sabés cuanto tiempo que estoy sin dormir con un joven, voy a cumplir 25 pronto y te podés imaginar como estoy de necesitada…

Roberto echa su cabeza hacia atrás, respira profundo y se sonríe, hummmm…

Por un segundo se queda sin habla, pero disimula, y le dice:

-¿No creés que tu padre se pudiera enterar?...-

La joven le asegura. -¿Mi padre?...-

-Cuando mi padre va a dormir… duerme… y punto…- con Wendy a veces conversamos y escuchamos música hasta muy, muy tarde… y jamás lo hemos visto…

Roberto dice que no esperaba un recibimiento tan provocativo y le sugiere que no tiene ninguna protección con él.

Ella le dice que la última vez que fue a Buenos Aires encargó a alguien que le comprara docenas de profilácticos… y continúa…

Roberto, no tenés idea lo que es estar aquí tan lejos de la civilización; no hemos querido meternos en líos con los gauchos, ni con los empleados, así que ya sabés… bromeamos con ellos y nos enseñan malas palabras, pero eso es todo…

-Espero que no me desilusionés... che…-

-¿Sos un buen amante Roberto?...-

-¡Uf¡ Kelly, sos tan bella, que… ¡hummmmm!...-

Roberto trata de no mostrar su reacción... el se calma y se controla… che…

Roberto que no se ha repuesto de la oferta de la joven sencillamente no puede decir que no… y pobre mi Solange…

-¿En qué andarás?-

Mientras en la estancia de John Wilkinson…

Roberto nunca podría imaginar lo que su Solange tenía en mente para esa tarde…

El no habría esperado algo así de su Solange…

John, de manera inocente después del almuerzo pregunta a Solange si le gustaría ver el resto de la casa, que era enorme y confortable, dada la calefacción central…

Ella, con delicadeza le comenta, -pensé que nunca me lo ibas a ofrecer…-

John sin captar bien el comentario de Solange, pregunta:

-¿Ofrecer qué?...-

-¿Un whisky a lo mejor?- explica la joven…

-¡Ooooh!… síiii,…- contesta el muchacho, vamos a la sala y hacemos un "salud" por nuestro encuentro…

Después subimos al segundo piso, donde también hay una salita de estar con grandes ventanas y ahí conversamos…

John no estaba en la misma frecuencia de su amiguita de infancia, sencillamente la sensual muchacha estaba un millón de leguas más avanzada que el…

Solange, intencionalmente y con lentitud… se saca su chaquetón y deja a la vista su atractivo físico, tan facil de observar...

John se impresiona con la fina estampa de la joven…

-¡Cómo Solange se ha convertido en una mujer bellísima!...- se dice a si mismo…

Ella se ve muy bien, con sus botas, su cabello castaño claro, que cae sobre sus chispeantes ojos azules; sus facciones y delicada naricita que él adora desde hace mil años; los sensuales labios; ella posa muy erguida con sus ajustados blue jeans y una blusa que realza sus bien formados hombros y su busto de jovencita…

John después de observarla bien, suspira, y se dice así mismo…, -¡qué mujer más hermosa! ¡Cómo nos ha cambiado la vida! ¿eh?-

John vierte el whisky en sendos cristales. Conversan un poco; pero ella toma la iniciativa y camina hacia la escala al segundo piso; seguida por el joven…

El le muestra las habitaciones de la casona…; menos el suyo….

Ella insiste en que deseaba verlo.

John indica que esta desordenado…

La joven dijo que le encantaban los cuartos de hombre, precisamente por eso.

Bien, entraron…

El cuarto aún se encuentra con las cortinas semi cerradas; hay una pequeña chimenea sin fuego y lo primero que vieron fue una gran cama desarreglada…, -ya ves,- dijo él…

-Pero es muy cómodo,- mencionó ella, -con ese sofá ahí y esas alfombras tan lindas…,- Solange quizo saber dónde estaba el baño…

El apuntó y la joven se aproximó y cerró la puerta con mucho cuidado detrás de ella…

Aprovechando la ausencia de Solange él muchacho estiró su cama, se sentó al borde de ella de espalda a la puerta del baño…

Minutos después aparece Solange en todo su esplendor, solo con su scotch en la mano, sus pícaros ojos azules… y totalmente desnuda...

John, quien no la escuchó al salir de baño, seguía sentado y hojeaba un libro…

Ella se subió a la cama y acerca a John por detrás; suavemente le murmuró en el oido…

-¡Soy Solange, tu gatita por esta tarde!-

Y mordisquió su oreja lo suficientemente fuerte para que John saltara de susto e hiciera a Solange irse de espalda sobre la cama…

Los ojos de John se abrieron de par en par al ver a su amiguita desnuda de espalda sobre la cama, se veía bellísima con sus senos y rosagos pezones de niña…

John, en su mente, no podía creer lo que sucedía en ese momento…

Ella, con una seria mirada y su suave voz le murmura:

-¿Qué esperas amiguito? Sácate la maldita ropa… y hazlo, ¡ya…!-

¡Fué una orden…!

El no se pudo contener, tomó a Solange de las piernas y la deslizó hacia él… y se zambulló de cabeza entre los suaves senos de Solange…, ella sorprendida sólo atinó a dejarse llevar y cerró sus ojos de placer…

-¡Joooohhhhnnnn! ¡Qué delicia lo que me estás haciendo!- Él no cesaba de acariciar la tersura de las piernas y muslos…

John, con una mano se arrancó su camisa, soltó su cinturón y pateó sus pantalones al piso, y también quedó completamente desnudo…

Ella le dio una pequeña orden y le dijo…

-Ve a mi chaquetón y trae unos prácticos sobrecitos… tu sabes qué hacer con ellos… ¿no…?-

El desnudo muchacho fue y tomó un puñado de sobrecitos. Ella mientras admiraba las pequeñas nalgas del joven le dice...

-Para..., para..., John, para... espera un momento...- insistió ella...

-¿Por qué no bajas..., traes la botella de whisky..., y así pasamos el resto de la tarde envueltos en un delicioso ambiente escocés...?.-

-¿Qué crees John...?-

El va y piensa que la muchacha está completamente loca..., pero se vislumbra una deliciosa tarde...

Y piensa, ay, Solange, sí supieras que hace mil años que no hago el amor... y continúa para sí mismo..., -¿cuánto tiempo voy a durar dentro de ella...?-

-Quizás el whisky ayude a relajarme y así puedo tomar las cosas con calma...-

-¡Ella parece imposible de apasionada...!-

¡Uf...! La joven espera el regreso de John analizando que Roberto había errado al ir con su padre a la Argentina; pero piensa que la tarde tiene definitivamente algo de expectación...

-John es muy hermoso y hay que aprovecharlo ahora;- ella no volverá a tener una oportunidad así, ya que las cosas van a cambiar una vez que Roberto y ella se casen...

John, regresa con el scotch y pregunta, -¿Estás casada o qué?- Ella le cuenta que por ahora es soltera, pero que está por casarse. La joven no menciona a Roberto...

Y Solange pregunta..., -¿dónde estabas metido John Wilkinson? Me hubiera gustado conocerte mejor y tal vez habría pensado en casarnos...- y agrega, -pero me daría miedo, no debe haber mucha tranquilidad para una esposa tener un marido tan bello como tú John...-

-Me causarías tremendas angustias si anduvieras suelto por ahí y solo…-

-¿Comprendes?-

Y tú, John, -¿ninguna noviecita?-

John le dice que existe la posibilidad de una muchacha muy linda yugoslava, pero que al ver a la madre, no cree que se vaya a mantener delgada y hermosa por mucho tiempo, no sé, dice él… y continúa…

-Solange, siempre te tuve en mente, con tus besitos de niña y tu actitud y me imaginaba que un día te encontraría; tenía curiosidad de saber cómo habrías cambiado de los 8 años de edad a los 25 que tenemos ahora… estás increiblemente bella,…-

Era especial para ambos conversar, así, desnudos con sólo un vaso de whisky en sus manos. John tomó a la hermosa joven por los hombros y la acercó a él…

Se besaron apasionadamente, ella acarició la fuerte espalda y John con sus labios poco menos que se comía los suaves senos de Solange…

John le murmuraba lo bella y sensual que era al hacer el amor… -Ay, Solange cómo siempre soñaba contigo desde que eramos chiquitos…-

John, encorvado sobre ella, refriega sus labios al mismo tiempo que recorre el húmedo y cálido interior de Solange, que le produce un inmenso placer …

John susurra cómo la ha amado toda su vida desde que eran pequeños… ambos se quejaban; Solange adoraba sus palabras en ese momento y la excitaban más aún…

Ella comenzó a vibrar e inclinó su cabecita hacia atrás… ambos se pusieron rígidos…, y exclamaron al mismo tiempo en un increible éxtasis… ambos jóvenes, sudados se acariciaban sin decir palabra…

Ella se recostó encima de John besando el fuerte torso…

Solange le susurraba lo excitante que habían hecho el amor... algo que nunca había experimentado… -¡eres un montruo sensual!-

Él le murmuraba al oido que la adoraba, que ella siempre había sido el sueño de su vida…

-¡Uf…! exclamó John…- la verdad es que he estado por mucho tiempo sin hacer el amor, pero nunca alcancé este punto de placer, eres para volverse loco muchacha querida… ¡y qué linda estás…!-

Solange al separarse de John dijo que eso se merecía otro whisky, y así lo hicieron… la tarde avanzaba y ya comenzaba a obscurecer. Él no encendió luces para no llamar la atención con la casa iluminada.

Solange sentía esa sensación deliciosa que se prolonga al hacer el amor así por horas… y se abrazaba más a él y no quería irse de su lado, pensando que John era para amarlo y hacer el amor así todos los días… para siempre…

Solange recordaba lo que Roberto le había dicho una vez. "No puedes hacer comparaciones Solange, porque todos somos diferentes"… ella ahora, en ese momento había encontrado algo distinto, pero no era suyo y tendría que dejarlo…

La delicada desnuda figura de la joven dejó la cama; John admiraba la esbelta muchacha caminando por la habitación… y él repitió otra vez… -Ay, Solange…¡cómo eres de bella!...-

Ella piensa, y dijo para sí misma… ¡Ay Roberto…!- Cada uno por su lado… qué lástima… te insistí que vinieras conmigo… mira lo que ha sucedido por el maldito neumático…

Marie no va a creer esta historia que su hija le va a contar. Se va a poner furiosa, pero ya lo hice y no me arrepiento; aun soy soltera y muy dueña de mí misma, he gozado con John plenamente… pero, hasta la vista…

Solange no analiza ni por un segundo lo que ha pensado; es una frase que la perseguirá por muchos, muchos años…

La joven pregunta… -John, ¿dónde tienes el teléfono? debo llamar a nuestra casa en Punta Arenas para que me esperen. Ya son casi las 7 de la tarde y aún me quedan dos horas de carretera…-

Ella se veía muy linda con sus mejillas muy sonrosadas, sus azules chispeando de felicidad, y con los cabellos sobre su frente…

Explicó a John que debía seguir su viaje, ya que en la estancia esperaban los repuestos muy temprano al día siguiente; debo ir al distribuidor antes de las 9AM y volver a Chumanguitos inmediatamente.

Y ahora tengo comprar un neumático, ya que el otro lo destruí y que lo monten en la rueda… Así que eso me tomará tiempo extra…

John, dijo ella, había pensado que a lo mejor nos podíamos ver de nuevo mañana en mi regreso y almorzar juntos, pero el tiempo va a ser demasiado corto…

El le dice que tiene una mejor idea. La estancia tiene una camioneta igual a la de ella y si Solange quiere, puede dejar la rueda con el neumático destrozado con él y ella se lleva el repuesto de su camioneta. Algún día pasas por aquí e intercambiamos ruedas y así mañana no tienes que perder mucho tiempo... y ¡voilà! problema resuelto…

-¿Qué te parece?-

Eres un genio John, vamos al garage ya. Ahora tengo llamar a los cuidadores de la casa… -¿Puedo usar el teléfono?…-

La joven habla la cuidadora de la casa, quien le dice que su madre ha llamado dos veces desde Chumanguitos y quería saber de ella; Solange le cuenta, lo del neumático y era dificil que alguien la ayudara ahí en medio del camino…

Por suerte el señor Wilkinson me auxilió; él tenía en su estancia una rueda extra de repuesto y me la ha prestado, estaré ahí en un poco más de una hora, más o menos, si Dios quiere Claire. …

La señora le contesta que llamará a Marie a Chumanguitos para contarle lo sucedido y así estará más tranquila... -Maneje con cuidado señorita Solange, por favor, cúidese…-

La joven, deja a John, con la esperanza de compartir con él al otro día e inicia su viaje en la oscura y ventosa noche hasta llegar a su casa después de las nueve y media de la noche. Come algo y se va a dormir agotada, ha sido un día dificil de describir… y menos aún de analizar… ella se duerme…

Mientras tanto en la estancia laguna Azul…

Sentados, O'Brien y sus visitantes conversan en una amplia sala donde enormes vigas de madera labrada cruzan el techo de pared a pared y el sol de la tarde se filtra por las grandes ventanas.

Los dos estancieros aún no llegan a un buen arreglo sobre la venta de la estancia; Gerardo dice que hay otros compradores que han hecho atractivas ofertas y que sería bueno que Massi no se demorara mucho con su oferta…

A la hora de la cena, la familia O'Brien conversa animadamente con sus visitas sobre los planes de las jóvenes cuando lleguen a Buenos Aires y puedan participar del Club, del cual los miembros de la familia del señor O'Brien han sido socios por generaciones y todo el mundo los conoce, especialmente a las bellas jóvenes... por supuesto…

Roberto sonríe con Kelly, él aún no se repone del pedido de la joven, pero la piba apasionaría a qualquiera… chei…

Roberto no ha notado que Jim ha visto el "tipo" de mirada entre los jóvenes, y para si mismo piensa… cuidadou Robertoouuu… creo que no sabes en lo que te estás metiendou…

Después de una la cena Jim se acerca a Roberto para prevenirlo, y le asegura, la piba es una muchacha muy joven, Robertou chei... quei puede acabar contigou, cachorro metidou a Casanova; Roberto expresa que está bien, y que no hay problema...

Marcelo y O'Brien caminan a su oficina lejos de la sala para conversar sobre la estancia.

Roberto, Jim y las dos jovencitas quedan conversando alegremente en la sala y gozan con el castellano patagónico de Jim, que las divierte muchísimo.

Pasado un tiempo, Roberto y Kelly se cambian a conversar a otro sofá...

Kelly ha quedado impresionada con Roberto, su carisma que la atrae, su contagiosa sonrisa, piel tostada por el viento, su fuerte mirada... ella acercándose a él, le susurra que le acaricie su cabello; Roberto se zambulle en los abundantes cabellos de Kelly y aprovecha la proximidad para decirle en voz baja lo bella que es; Los ojos de la muchacha sonríen chispeantes, quizás por el whisky o por la mano de Roberto acariciando su muslo, y él agrega... -sabés che Kelly, tenés una piel muy suave...-

Ella suspira profundo y le insunúa, -vos, chei, estás actuando como un simple pibe de mi edad, ¿sabés che? ... sos muy atractivo ¿eh?...- y con su romántica mirada agrega:

-No sólo mis piernas son suaves... soy toda suave..., Roberto... che...- ella se acerca a él y roza sus labios y le comenta lo lindo que es... -sos para enamorame de vos mi piloto Roberto...- y continúa:

-¿Sabés que me gustaría aprender a volar el avión de mi padre, pero no con él como instructor, no tiene gracia, necesito a alguien como tú, y así aprendería románticamente,... ¿no creés?-

El joven asegura, -dime cuando desees comenzar y hablamos con tu padre ... creo que a él le gustaría que una de sus hijas pudiera llevarlo y traerlo por los cielos argentinos, sería como una aventura para ti.. ¿No?...-

Y Kelly pregunta, Roberto, -¿tendría mi licencia de la Aeronáutica Argentina?...-

-Kelly O'Brien, Piloto de Cessna 195...-

Roberto piensa en el simpático comentario de Kelly y se dice asímismo... nunca me imaginé eso de... -¿aprender a volar románticamente?... ¡mujeres, mujeres!...-

-Kelly,- insinúa Roberto, -volar un avión no es como conducir un automóvil...-

-Probablemente vos tenés licencia de conducir... ¿No? ¿No fue difícil el examen...?-

-No Roberto, sabés, aprendí todo lo necesario muy rápido y di el examen con todas las respuestas correctas... -

Y Roberto indica que para poder ser piloto del Cessna 195 se requiere serios estudios, y toma tiempo, aparte de mucha práctica de vuelo, despegues y aterrizajes. Hay materias que estudiar y aprender antes que comiences a volar con instructor, así que es mejor que lo pienses Kelly...

-¡Ay Roberto...! che... ¿por qué me asustás?, no seás malo...-

-No es asustarte Kelly, es la realidad de encarar la responsabilidad de algo tan serio como ser piloto...-

-Bien, nos vemos luego...-

Jim se acerca a donde Massi y O'Brien están reunidos, y les da las buenas noches. Desde lejos las dos jóvenes también se despiden y desaparecen. Los dos estancieros permanecen conversando.

Kelly le ha contado a Roberto que su padre duerme en otra ala de la casa, lejos de ellas y que no es problema caminar de noche por los pasillos.

Y la muchacha le ha dicho que el plano de la casa tiene 3 alas y que todos esa noche estarán muy lejos unos de los otros… aquí nadie oye a nadie… y agrega:

-Por las noches Roberto che, se sueltan unos enormes canes guardianes alrededor de la casa, que cuidan, así que no se les ocurra salir, no es recomendable, che…-

Roberto entiende perfectamente…

Pronto él sale en busca del cuarto de Kelly por un pasillo y se encuentra con cuatro puertas todas iguales; la piba había mencionado que cada una de ellas tenía su propio cuarto y baño, pero nunca mencionó cuatro puertas… -esto no está fácil… chei…-

Roberto con mucho cuidado abre la primera puerta y encuentra a Wendy que lee en su cama, él pide disculpas…

Se dirije a la siguiente puerta… es un baño… Roberto piensa que esa no es su noche de suerte… El cuarto de Kelly debe ser el que sigue. Ve la hora y ya son las 11 y media de la noche…Bueno, aun hay tiempo…

Continúa y entra al cuarto que él cree es el de ella… no, es otro baño… esto cansa… y prueba la última puerta…

En una habitación semi-obscura, parece que alguien ya está en una cama. Con gran cuidado se desviste y ruega que la persona que está ahí sea su romántica Kelly… tiene miedo de meter la pata…

Se desliza en la cama… un cálido y suave cuerpo de mujer se pega a él; ellos se besan y se acarician... Roberto trata de ver algo en la obscuridad, pero está un poco desubicado con las sábanas y la cubierta, al darse vuelta termina en el suelo, la muchacha sorprendida le grita, -¡sos un bestia...che! creo que sólo habés tenido sexo con animales...! ¿pero, me querés matar, che? ¿qué hacés en el suelo? estoy desesperada y no puedo esperar más…-

Ella finalmente se dada vuelta y se acarician… pero él le comenta que no está acostumbardo a hacer el amor en la obscuridad…

Ella, enojadísima salta de la cama y enciende todas las luces del cuarto… -¿está mejor así...?-

Roberto no se había imaginado como era de linda Kelly de pie toda desnuda; pero ahí está de carita sonrosada, con el cabello que se desliza sobre sus pechos, una delgadita cintura y piernas muy largas; un montoncito de vellos rubios adornan bajo su vientre… -qué hermosura de mujer… ¡Hummmmmm…!-

-Vení acá bella Kelly… y comencemos de nuevo…- Ella muy dulce se acerca a él y lo besa y frota sus senos sobre el velludo torso; Roberto la toma en brazos y la deposita con mucha suavidad sobre la cama, y le susurra dulces palabras al oído que la excitan muchísimo…

Ellos finalmente hacen el amor y ella es un torbellino de movimiento, diciéndole a él que se mueva rápido ya que necesita mucha estimulación…

De repente Roberto se detiene… la muchacha sin aliento, casi se desmaya…

-¿Y ahora qué… che…?- Él comenta… -faltan los sobrecitos Kelly…-

-Cierto…,- dice la joven, indicando que están con su hermana; muy acelerada va a donde ella…

Kelly entra en puntillas al cuarto. Wendy semi dormida le muestra una cajita decorada con corazones y rosas sobre una mesa, donde ella guarda los deseados sobrecitos, Kelly desesperada agarra un puñado y corre a su cuarto…

Finalmente Kelly y Roberto hacen el amor y casi desbaratan la cama de la joven… y se duermen…

A las seis de la mañana suena el despertador de Kelly...

Ella, con cara de felicidad remece al muchacho… -despertá ya che, amor… despertá…;- él aún sin saber dónde está y medio dormido le dice a ella que lo deje dormir que no va a hacer el amor de nuevo…

Ella romántica se acerca al oido del joven y le murmura -es mejor que te levantes, che… y que camines hasta tu cuarto;… mi padre tiene por rutina venir a ver a sus hijas dormir todas las mañanas y siempre carga su escopeta… de dos cañones…-

Roberto impulsado por el resorte del recuerdo de sus heridas nalgas salta dentro de sus pantalones y termina de vestirse mientras camina medio sonámbulo por un pasillo con ventanas … por donde ve que el sol ya colorea las montañas hacia el oeste.

Al doblar una esquina Roberto se encuentra de frente con el padre de las pibas, y que camina hacia él…

Y como Kelly había mencionado… con una elaborada Sarrasqueta de dos cañones bajo el brazo…

Sonriente O'Brien le pregunta, -qué hacés por aquí, pibe… chei, tan temprano, mi amigo..-. Como un rayo Roberto recuerda que las pibas dijeron que en las mañanas el sol ilumina hacia el oeste las cumbres del Monte Fitzroy a lo lejos… y lo comenta con O'Brien.

-¡Ohhh! sí, a esta hora esas montañas son un espectáculo y lo invita a ir a un mirador que hay sobre el techo de la casa…-

Por una escala de caracol suben a un espacio circular con varias ventanas que dan a un balcón que las rodea por fuera…

Al salir, el helado viento les da los buenos días. Desde ahí se pueden observar, más bien pequeñas, las doradas cumbres del famoso monte en la misma frontera con Chile, a unos 130 kilómetros de distancia en línea recta desde la estancia…

O'Brien comenta que al construir su casa, él creó ese cuarto sobre el techo, encima del centro de la casa como un escape; ademas hay una escala de madera que sale desde este balcón y baja hasta la base de la casa, ya que a veces en invierno la nieve lo cubre todo, inclusive las puertas… y agrega… Roberto, los inviernos aquí son muy duros…

Gerardo ofrece preparale un estanciero desayuno a Roberto e indica que lo siga a la cocina…

El joven agradece la cariñosa invitación.

Roberto siente que su conciencia lo golpea, al recordar la placentera noche de amor que ha pasado con la hija de este buen hombre… y se siente un poco avergonzado, y cree que abusó de su hospitalidad…

Pero pensándolo bien, piensa Roberto…, Kelley se ofreció a él descaradamente…

-¿Qué se suponía que hiciera ante una piba tan bella y sensual?-

-¿Qué dijiera que no?... -

-Lo siento se dice a él mismo… ¡concho!… soy hombre… ¡era imposible negarme!... chei…-

Jim, como buen estanciero despierta temprano y se une a Roberto en la cocina.

Roberto soñoliento no deja de bostezar y le comenta en voz baja a Jim que cree que se le pasó la mano con Kelly...

El viejo piloto le contesta en voz baja:

-Robertou chei,…- el mueve su cabeza lado a lado y continúa…, -es más bien al revés, tu has sidou abusadou por una ninfomaníaca piba, que le deseou que encuentre maridou prontou ya que si siguei así, va a terminar con muy mala reputación… chei…-

-¿No crees Robertou?- Roberto queda pensativo y le encuentra razón a Jim… y agrega…

-¡Pero qué noche maravillosa, Jim... chei!-

Jim pregunta, -Robertou, ¿Tu nou vas de co-piloto en esas condiciones? ¿No?...-

El joven dice: -creo que como Marcelo no ha dormido con una joven loquita, sino plácidamente en la ala virgen de la casa, él puede llevar su avión hasta su estancia y contigo de co-piloto…-

-Yo sólo me comunicaré con las torres de control y probablemente me quedaré dormido con el zumbido de los motores… y punto… aparte que tengo muy adolorido lo que tu sabes… chei…-

Roberto y Jim se miran y se rien. O'Brien los mira extrañado, ya que no sabe por qué ellos está tan contentos y les pregunta: mis amigos, los veo muy risueños esta mañana…

-¿No me van a contar el chiste?-

Y Jim rápido reacciona, -ahhh… síiii… sorry señour O'Brien… y le cuenta que tres viejos muy sordous caminan por la playa, y uno de ellos insinúa:

-It's windy today! The other says, no, today is Thursday, and the third one comments, me too, lets go and have a beer...!-

…No tiene gracia traducir literalmente este chiste, ya que no resulta cómico en castellano…. y qué es más bien un juego de palabras en inglés mal interpretadas por tres viejos sordos… pero es más o menos así…

El primer viejo dice que el día está ventoso, que al segundo viejo le suena como si hubiera dicho, miércoles; y corrige al primero diciéndole que hoy es jueves; el tercero entiende que ellos han dicho que están sedientos, por lo tanto dice que él también está con sed y vamos por unas cervezas… -¿divertido?... ¿en castellano?... no tanto...-

O'Brien se ataca de la risa y encuentra el chiste super bueno y continúa riéndose y que se lo va a contar a Marcelo y a sus hijas cuando vengan al desayuno…

Jim pregunta, -señour O'Brien, ¿Usted y Marcelou han llegadou a un acuerdou sobre la venta de la estancia? -

El estanciero responde: -Marcelo y yo aún tenemos algunas diferencias que él va a pulir cuando llegue a su estancia y me va a hacer la oferta final….-

-Ya veremos. Anoche Marcelo me dijo que regresaría a su estancia en cuanto desayune, así que les recomiendo que vayan y preparen el el avión y hagan andar los motores. Ayer ordené que lo cargaran de combustible…-

Jim y Roberto finalizan su desayuno y van a calentar los motores.

Con el sonido de los motores las pibas se despiertan… Kelly recuerda su romántica noche con su nuevo amante... y sonríe. Ellas van a tomar café y se dan cuenta que Jim y Roberto ya se han ido. Corren hasta el avión y suben hasta la cabina donde el sonido de los motores es infernal, besan cariñosamente a ambos hombres. Kelly dice que tiene que ir a buscar su cámara para sacar fotos de todos juntos.

Corre, y rápido regresa...

Marcelo toma desayuno y se despide de O'Brien, y dice que en cuanto vuelva a su estancia y en un par de horas le comunicará su oferta…

Marcelo se aproxima al B-18 y ve a sus amigos con las jóvenes que toman fotos y lo llaman para que él saque una a los cuatro al costado del aparato...

Marcelo dice en voz alta que ya despegan; todos se suben, Marcelo entrar a la cabina y se encuentra con las jóvenes otra vez; él se alegra de verlas y les pregunta si vienen a Chile con él… y si no es así, desembarquen ya, y digan bye, bye…

-Ya volveremos pibas… es una promesa…- indica Massi. Las jóvenes se despiden y bajan del avión.

Las muchachas esperan que el avión decole y les hacen señas....

Marcelo entusiasmado comenta… -¡Qué despedida… chei! ¡y qué muchachas más lindas…! ya sé, dice Jim, son maravillosas...-

Roberto se hace el desentendido mientras sintoniza el aeropuerto de Río Gallegos y reporta que ellos despegan de acuerdo al plan de vuelo. Le contestan recibido y le dan nuevo rumbo a seguir, altura de vuelo y presión barométrica; le desean buen vuelo.

Repite la llamada a la torre de control de Bahía Catalina…

Marcelo indica que se pongan sus cinturones de seguridad. Al acelerar un motor el avión gira y se dirige al cabezal este de la pista. Al llegar aplica frenos y acelera los motores al máximo; ahí él observa como los instrumentos muestran que todo está en orden…

Despegan contra el fuerte viento oeste y toman la altura indicada por la torre de Río Gallegos…

Un soñoliento Roberto avisa a Marcelo que se va a sentar en un asiento de atrás del avión a descansar, ya que durmió muy mal. Marcelo da la señal del pulgar y Jim hace de copiloto el resto del vuelo…

Mientras en la casa de los Cameron en la ciudad…

Son las 8 de la mañana… Claire, la señora que cuida la casa, saluda a Marie por el teléfono, quien pregunta por su hija; Claire explica que la señorita Solange ha salido hace media hora en dirección al distribuidor de tractores; Y la mujer sugiere a Marie que si llama de inmediato al distribuidor, es posible que su hija aún esté allí.

-Qué buena idea, dice Marie, haré eso…-

Marie llama a dicha oficina y pregunta si Solange, su hija, se encuentra ahí y si pudiera venir al teléfono. Le piden que espere y pronto escucha la voz de su hija…

-¡Ay! Hija querida cómo estás, supe de tu problema ayer con el neumático, ¿todo bien ahora?...-

La joven le dice que sí y que ya han cargado los repuestos en su camioneta y es una suerte que pudieron conectarse; indica que estará en el camino en unos minutos. Nos vemos alrededor del medio día. La mamá le dice que no demore, pero que maneje con cuidado…

La muchacha llama a John y le avisa que no va a poder pasar a verlo; y que en otra oportunidad le hará saber con anticipación que lo va a visitar; agrega que está saliendo ya, y si quiere verla, que espere en el camino en un par de horas más o menos. Él se pone de acuerdo pero que desea verla aunque sea por unos minutos…

Solange, ya va por la subida después de Laguna Blanca hacia el norte donde el camino hace una curva hacia el oeste; desde lejos ve la camioneta de John; se acerca y estaciona detrás; John se baja de su vehículo y sube al de la joven y se dan un largo beso…

-Queridita, seriamente… ¿tienes que seguir?..-. pregunta John…

Solange explica: -en la estancia cuentan los minutos para que yo llegue, así que debo continuar, aún me quedan un par de horas más para llegar allá…-

Y le dice al joven que no quiere ir muy rápido para que no le suceda lo del día anterior con sus neumáticos…

-Bien,- dice él mientras abraza a la bella joven y le comenta; -por lo menos te he visto dos días seguidos después de pasar unos 16 años sin verte, eso ya es suficiente por ahora y no vayas a dejar de avisarme cuando puedas venir…-

-¡Qué sorpresa me diste, Solange!-

Y ella contesta, -¡y tú a mi también...!-

La joven lo mira con un poco de tristeza y se separan, -adiós John, hasta que nos veamos…-

Él se queda mirando cómo ella se aleja y desaparece después de una curva… y John habla para sí mismo: -¡Solange eres única…! Siempre fuiste así... desde que te conocí en el primer año en la escuelita, me molestastes para atraer mi atención, típica mujer, desde chiquita…-

Mientras tanto en el vuelo de regreso a la estancia de Massi…

Marcelo ha conectado el piloto automático y aprovecha para chequear que todo va en orden. Marcelo piensa que cuando se encuentren cerca de su estancia, él se comunicará con la torre de Río Gallegos; así Roberto se despertará sorprendido con la vibración cuando el avión aterrice en su estancia….

A Massi le gustaría que Jim se despejara y le diera una realística opinión sobre la posible compra de la estancia Laguna Azul. Ya conversarán, Marcelo va a hacer esperar un poco más a O'Brien sobre su oferta…

Gerardo debe comprender que la cosa no es tan rápida y hay muchos aspectos que investigar, no está comprando una motoneta… ¿no...?

Y en la estancia Chumanguitos…

Solange finalmente llega. Se siente cansada, ya es hora de llegar y estirarse frente a la chimenea abrazada con su amado Roberto, con quien se han separado por un par de días.

¿Qué irá a decir su madre cuando se entere de su escape con su amiguito de la infancia…?

Solange piensa seriamente en el encuentro con John y no consideraría matrimonio con él; ella cree que sería fácil aceptarlo como marido y dejar al joven piloto; pero tendría que herir a alguien que la ama como nunca ha amado a nadie… no tendría corazón para hacerle algo así…

Sencillamente debe olvidar su apasionamiento por John; aparte que la ha dejado medio averiada, después de una sola sesión de hacer el amor… ella se conoce y sabe lo fuerte y diciplinada que es… y lo puede llevar a cabo…

Exhauta la joven entra su vehículo al galpón; los jóvenes mecánicos remueven los repuestos que Solange ha traído, ella se baja del vehículo… ellos y Mac, desde detrás de la camioneta, la observan bajarse…

Ella alegre los saluda… Los hombres la ven como si fuera una bella amazona que desmonta de su corcel; con sus botas y ajustados blue jeans que muestran sus suave curvas, guantes negros, rozadas mejillas, sus azules semi cubiertos por sus cabellos de color miel, todos alborotados por el viento…

¡La muchacha es un placer observar…!

Ella no se da cuenta de la atención que los tres hombres están poniendo en ella; pero necesita estirarse después del largo viaje; inhala profundamente, echa su cabeza hacia atrás y sacude su cabello, extiende sus brazos hacia arriba; tensa los músculos de su cuerpo, se contornea un poco, baja los brazos y pone las manos en su fina cintura, flexiona su espalda hacia atrás, al hacerlo deja resaltar sus bellos pechos… ¡y luego, con sus labios como si fuera a dar un beso, con lentitud, exhala …!

-¡Uf...!- dice ella, -¡qué viaje…!-

En medio minuto, Solange ha dado un verdadero show… los tres empleados quedan sin respiración y se miran nerviosos…

En voz baja, uno de los jóvenes mecánicos, dice al otro …

-Oye, Cárcamo, ese despliegue de la señorita Solange fue más excitante que ir a ver las putitas desnudas a Puerto Natales, chei…-

-¡Hasta el caballo se me puso duro!... ¡Puchas, qué hembra mas linda y sensual!… ¡Qué nalguitas y tetitas más lindas tiene…chei!-

La joven camina con calma por el galpón y se acerca a Mac y le dice: ¿Sabes Mac? He estado analizando esto de los viajes relámpagos y he decidido que haremos un trato con la distribuidora de repuestos para que ellos traigan esas partes, cuando surjan estas emergencias; en vez yo tener que arriesgar mi vida haciendo estos atormentados viajes de 800 kilómetros en 24 horas, que me dejan sin aliento…

El capatáz halla que es una excelente idea, pero asume que va a ser caro; Ud, señorita Solange acaba de hacer ese viaje, así que ya sabe lo largo que es y le van a cobrar a la estancia…

-Bueno, ya veremos Mac,- añade la joven… -pero creo que yo valgo cualquier suma que esa gente cobre... ¿no le parece Mac?...- y se aleja en su sinuoso andar hacia la salida de la bodega…

Mac piensa en el atractivo y femenino caminar de Solange…- qué muchacha más deseable…-

La joven corre a casa con el viento frío que la envuelve…

Entra en casa y avisa que llegó…

-Mamáaaaaa… ¡Ya lleguéeeee…!-

La madre corre a abrazarla…

Y la madre comenta con su hija… -no sabes hija cómo se extraña a la persona que siempre está al lado de uno… ¡Cómo he echado de menos a tu padre!- Y pregunta…

-¡Hija...! hoy te ves diferente, o tal vez el viaje te habrá puesto así…-

-¿No…? No sé, tienes algo, te ves muy bien, tranquila… ¿sabes...?-

La joven se desentiende del comentario de su madre…

Madre e hija se sientan en un sofá con un whisky cada una…

Solange descansa, cierra sus ojos; y en voz baja relata su encuentro a su madre…

-Marie, no sé si está bien que te cuente lo que te voy a decir; pero considero que como aún soy soltera y dueña de mí misma, puedo decirte lo que tu hija hizo en este rápido viaje…- y continúa…

-Ayer, cuando cambiaba el neumático, y ponía el gato debajo del vehículo… vi unas botas de hombre moverse al lado opuesto al que me encontraba…, de pronto apareció una cabeza invertida que preguntó… ¿señor, necesita ayuda?-

-El hombre no podía saber que yo era mujer. Le dije que no necesitaba ayuda, que era mujer y que siguiera su camino…-

-El insitió… y dijo conocer la camioneta verde de la estancia de los Cameron; me preguntó si yo era Solange Cameron, con quien él había sido compañero en el British School, en escuela primaria…-

-Tal vez mama, tú nunca supiste que durante los años de esa escuelita, fui muy amiga de un niño rubio de mi clase, un día jugando en el patio le di un beso en los labios; desde ese día fuimos más que compañeros y en las clases al mirárnos, nos sonreíamos, nos gustaba estar juntos…-

-Después de aquellos años de la escuelita nunca más lo volví a ver… hasta que su cabeza apareció invertida bajo la camioneta… -

-Cuando salí de debajo del vehículo me encontré con un bello muchacho, alto, rubio, de tez tostada, de sonrientes ojos azules y con unas fuertes manos que vi cuando montaba la rueda de repuesto… él me invitó a su estancia a almorzar, ya que estaba muy cerca…-

-Yo tenía frío, necesitaba ir al baño y me encontraba cubierta de polvo.... Terminado el almuerzo fuimos a la sala a conversar como a las tres de la tarde con unos buenos whiskys. Le pedí que me mostrara el resto de su casa y su cuarto. Insistí y lo vi un poco desordenado, como el cuarto de cualquier joven.... Entramos a su pieza y yo fui a su baño…-

-Todavía no entiendo el motivo de lo que sucedió a continuación, ni el por qué…-

-¿Una fuerza irresistible...? Me desnudé y salí del baño sólo con el whisky en la mano… Mamá, hicimos el amor hasta las 6 de la tarde. No te puedes imaginar un amante así como ese muchacho… y tan lindo…-

-Debes comprender Marie que no he dejado de amar Roberto, pero eso fue…-

-Uf... fue algo inmensamente diferente… ¡apasionamiento en toda la esencia de la palabra…! pero mamá, tienes que aconsejarme…-

Mientras tanto en el avión de Marcelo Massi, comunica a la torre de Río Gallegos que han aterrizado en su estancia y que ha terminado su vuelo…

Rio Gallegos torre acusa recibo del mensaje…

La vibración del avión al aterrizar sobre la áspera pista no despierta a Roberto. El Beechcraft sigue y se detiene frente al galpón, Marcelo apaga los motores.

Jim se acerca a Roberto, imita la voz de Kelly y le murmura al oído...

-Mi amoooor Robertou che, ¿estás listou para otrou... chei?...- El aún dormido, sonríe primero, abre los ojos, y se encuentra con la cara de Jim y da un salto... -Jim, no hagas chistes aquí con eso que me puede arruinar la vida... chei... calla ya... chei...-

Jim dice: -solou quería avisarte que estamos aterrizadous en la estancia de Marcelou... y recuerda que estoy de tu ladou... cachorro metidou a Casanova... chei...-

El estanciero invita a sus amigos a unas cervezas y a relajarse un poco en su casa antes que regresen a Chumanguitos.

Solange, después de la bomba que ha puesto en las manos de su madre corre a darse un largo baño y a ponerse algo cómodas para recibir a su padre y a su amado Roberto...

Marie escucha el avión de Marcelo que vuela sobre las casas... avisando que han llegado...

La madre de Solange, con una gran confución en su cabeza con la historia que su hija le ha contado, le aconseja que no mencione ni una palabra a nadie de lo relatado...

Le asegura que va a pensar sobre ello, pero la mujer piensa que esta vez la muchacha se ha excedido y no está muy contenta con esa extraña actitud; y le recomienda actuar lo más normal posible, sin dejar de ser cariñosa con Roberto.

Una hora después la camioneta de Jim entra al galpón; ambas salen al frente de la casa a recibirlos; Roberto viene con anteojos obscuros y camina muy lento con la cabeza baja, Jim no aparenta mucho mejor....

Marie besa en la mejilla a Jim; él dice que ha sido un viaje muy cansador, ya que O'Brien les hizo una fiesta y tomaron toda la noche y en un par de horas después volamos de regreso, asi que casi no hemos dormido… estoy agotadou… chei…

Roberto abraza cariñosamente a Solange, la besa y la toma en brazos; le dice cómo la echó de menos y lo hermosa que se ve; ella se alegra por el saludo tan efusivo, contentos van a su cuarto…

El joven pide que lo disculpe pero que tiene que correr al baño, ya que debe haber comido algo que no le cayó bien y ha estado yendo al baño muy seguido…

Solange va a juntarse con sus padres, pero encuentra a su madre sola, quien dice que su esposo ha ido a tomar un baño para ver si se siente mejor…

Y la hija le comenta: -Mamá… ¡Qué par de hombres...! No se les puede dejar solos… Mira… ambos han llegado enfermos…-

Roberto simula estar enfermo ya que hacer el amor con su amada ahora no sería una buena idea… debe darse un largo baño para que todo vuelva a su estado normal…

Y piensa que debe tener una seria conversación con Jim sobre esa piba Kelly O'Brien…

Se sonríe para sí mismo y dice,…

-¿Kelly O'Brien...?-

-¿Quién es esa piba Kelly...?

-¡Nunca he oído hablar de ella…!-

-¿Tal vez todo fué un sueño?-

Marie está muy afectada por una actitud que no conocía en su hija…

-¿Qué podrá ser...?-

-Pobre Roberto, si llegara a enterarse, o si el joven Wilkinson apareciera en Chumanguitos a visitar a su hija…-

-¡Ay, que problema tendríamos…!-

¿Qué sucederá con el nuevo apasionamiento de Solange? ¿Le traerá algún problema a Roberto la noche de amor con Kelly? ¡Uf...!

Capítulo 9

**CASA GRANDE,
ESTANCIA DE MARCELO MASSI
PATAGONIA CHILENA**

Un día después del viaje a Argentina, Marcelo y Jim analizan los documentos de la estancia de O'Brien; Marcelo muestra a Jim el reporte que el Banco de Punta Arenas preparó acerca de la inversión de Massi…

El gerente del banco aconseja, que al analizar sus estados de cuentas, saldos y la logística que envuelve administrar la Estancia Laguna Azul desde lejos, no sería factible, ni tampoco una rentable inversión…

Aconsejan no llevar a efecto la compra, pese a que la estancia, su ubicación, instalaciones y rentas presentan una atractiva oportunidad.

Jim aprecia su amistad con Marcelo y desea ayudarlo; depués de estudiar toda la información sobre Laguna Azul, él también considera que sería un error proceder con la compra…

Marcelo debe hablar con O'Brien de nuevo y pregunta a Jim si lo acompañaría; Jim dice que debe conversar con su esposa, ya que parece que su último viaje la afectó mucho.

Roberto y Solange han vuelto a su romance y ambos están muy contentos…. El feliz de que su amada no ha dejado de buscarlo para hacer el amor cada noche.

Él cree que la separación de un par de días ha sido un incentivo para ella... por lo menos eso es lo que él piensa... y a lo mejor tiene razón...

La muchacha cree que no debería volver a encontrarse con John, ya que siente un tremendo cariño y pasión por Roberto y por ningún motivo desearía herirlo...

Ella ha conversado con su madre y explicó que lo que tuvo con John fue pasajero; algo producido por un intenso y persuasivo deseo sexual, dada la atractiva apariencia del joven, sumado a las frustrantes condiciones de frío y emocionales del momento en el camino... y agrega que de corazón no volverá a contactar a John...

Además ruega a su madre que por favor la perdone... que nunca le debía haber contado algo así...

Marie le dice, ya, ya pasó y no tienes que disculparte, a veces la vida nos pone en ciertas situaciones que debemos aceptar... ella abraza a su hija y la felicita por su definitiva decisión.

Esa tarde todos se hallan en la sala y conversan disfrutando un merecido descanso después de un agitado día por la estancia.

El estanciero comenta con la familia sobre su intención de ir con Massi otra vez donde O'Brien y su posición con respecto a la compra de la estancia Laguna Azul... y continúa:

-La verdad es que es una estancia muy bien llevada y se nota que ha sidou bien administrada por un dueño, inviertiendou muchou dinero en equipous e instalaciones, todo de calidad, aparte que la casa de O'Brien es una maravilla... chei-

- Nunca he vistou nada igual, chei... y continúa...

-Massi me ha pedidou si lo acompañe a Laguna Azul otra vez... chei...-

-Marie comenta lo mal que pasó en la casa cuando todos se fueron; pero que ahora es diferente, pues esta vez su hija y Roberto están con ella; si debe ir con Marcelo, está bien, pero no beban tanto como la última vez…-

Jim tienta a Roberto, -¿si le gustaría ir de nuevo?... chei…-

El quisiera ir, pero el inquietante semblante de Solange lo ha puesto pensativo y dice que debe quedarse en Chumanguitos ya que hay mucho trabajo con los ovejeros; con la traída de los piños desde los campos de verano; y tiene entendido que es hora de comenzar a preparase para parear carneros con las ovejas…

-¿No es así Jim?…-

Jim comenta que se nota que el joven aquí ha escuchado sus lecciones que le ha dado sobre los procedimientos de la estancia y las ovejas…

Esta vez sólo Jim acompaña a Massi a Laguna Azul; el puede hacer de copiloto, y ayudar con el vuelo, sólo que Massi hará las comunicaciones con las torres de control.

Al medio día, una vez aterrizados en Laguna Azul, son bienvenidos por O'Brien. Las pibas vienen y saludan a Jim, preguntan donde está Roberto, les dice que el joven es su asistente en su estancia y hay mucho trabajo allá en esta época del año…

Ellas, un poco tristes, dejan a los hombres conversar…

Marcelo y Jim hacen ver a O'Brien que sería mejor no vender una propiedad tan atractiva como su estancia; ha estado en su familia por más de un siglo, a la cual él ha hecho grandes modificaciones, invertido capital y que, según los documentos, Laguna Azul produce muy buenas ganancias…

Le sugieren hacer algunos ajustes y delegar tareas; que debería contratar un piloto privado para encargarse de volar el Cessna. Eso aliviaría ese peso para él, y le daría tiempo para la estancia y sus hijas.

Y quizás también contratar un sub-administrador, alguien baqueano y entendido en el negocio de ovejería. Es lógico que ambas sugerencias traerían mayores gastos, pero, serían de gran alivio para él.

Las ganancias de la estancia son contundentes y dan para hacer una inversión de capital al contratar a esas dos personas, que al mismo tiempo lo ayudarían a producir más.

-¡No tienes por donde perder O'Brien, chei!... comentó Jim...

Piénsalo bien, dijo Marcelo, vas a ver que nuestras ideas son factibles y te traerán un merecido descanso; indica también que sería propio que sus hijas aprendan el manejo de la estancia. Ellas son inteligentes y pueden comenzar tomar la riendas de una vez por todas...

O'Brien, comprende que las sugerencias son excelentes y que no debería vender su estancia...

El debe conversar con sus hijas, las futuras dueñas de Laguna Azul y ver qué opinan ellas, tienen derecho a saber todo; los años pasan y el viejo O'Brien tiene que hacerse a un lado y dejar que ellas se encarguen de la estancia... y continúa...

-Gerardo, pregunta qué piensa si él le ofreciera a Roberto, el joven que vino con ellos la primera vez, la posición de piloto privado; yo le podría hacer una buenísima oferta, además Marcelo, vi a Kelly muy interesada conversando con él aquella noche y ella hasta subió a tu Beechcraft a despedirse de él... ¿no fue así?... nunca la he visto actuar así... chei...-

-Marcelo dice que sí, que esas eran las apariencias, pero que Roberto acepte tu oferta... solo él te podría contestar, yo no puedo decir nada, ¿entiendes?-

-Por supuesto que entiendo Marcelo,- dijo O'Brien, -pero recuerda que todos tenemos un precio y si le hago la oferta de su vida, dada "las condiciones" que tú y yo ya sabemos, ¿no crees que lo podría tentar?- Y O'Brien agrega...

-Además Marcelo, hay algo que no te he contado; he estado en negociaciones con una compañía en Estados Unidos para comprar el reemplazo de nuestro antiguo avión... y alguien debe volar las 6000 millas hasta Laguna Azul... ¿no crees que es tentador para un joven piloto viajar con todo pagado a Estados Unidos y volver de piloto de mi nuevo avión hasta aquí?-

Los dos hombres no habían prestado atención que Jim ha escuchando la conversación; sin decir palabra y sorprendido que Marcelo no había mencionado nada a O'Brien que Solange y Roberto están en un serio romance...

Jim, que ha escuchado cree que Marcelo tiene razón, es mejor no mencionar nada de la relación entre los jóvenes;

El conoce a Roberto como una persona especial, pero con la excepción del caso con Kelly, quien fue una descarada, sospecha que el joven piloto no aceptaría el ofrecimiento de O'Brien. Tal vez en circunstancias extremas, sí no le quedara otra alternativa, Roberto podría interesarse.

Todo eso está por verse a corto plazo...

Los dos regresan a sus estancias; ellos al llegar a casa de Marcelo conversan sobre la posible propuesta de O'Brien a Roberto de que sea su piloto privado...

Jim insinúa a Marcelo que él no había mencionado nada a Gerardo sobre el compromiso existente entre su hija y el joven piloto...

Massi dice que sí, que él no dijo nada, tal vez para darle una nueva oportunidad a Roberto en su vida, ya que no cree que sea el tipo estanciero por mucho tiempo más...

-Jim,- dice Marcelo, -Roberto es piloto y si lo piensas bien, la aviación fue toda su vida…, ¿no?-

Jim, le da vuelta tal pensamiento, y pregunta…

-¿Y tú Marcelou? ¿Acasou tú no fuiste siempre pilotou y ahora eres el estancierou volador?-

Marcelo sonríe y dice: -bien, en eso tienes razón, pero yo tuve la suerte de heredar la gran fortuna de mi padre y me enamoré de la Patagonia, querido Jim, y decidí comprar estancias y trabajarlas… mucha diferencia Jim queridou… muchísima… chei… ¿No te parece?-

Y Marcelo argumenta…

-Roberto no tiene un centavo, si no fuera por el desafortunado ganso blanco que se estrelló con su triste avión AT-6 y cayó en tu estancia, enamorándose con Solange…

¿Dónde estaría el ahora, si la bandada de ganzos hubiera tomado diferente rumbo y el aterrizaje forzoso nunca hubiera sucedido?...-

-¿Escuchando por años el dulce vozarrón de su comandante "Mr. Simpatía" Rodríguez,?... ¿eh?...-

Jim contesta que Massi puede estar equivocado en su apreciación sobre Roberto y agrega…

-Yo conozco a Robertou mejor que tú, "él escogió" esta vida al enamorarse de Solange, y decidió no ir a las líneas aéreas de pilotou comercial después de su juiciou, que según él, ese había sidou el sueño de toda su vida, Marcelou… ¿Comprendes … chei?-

Jim, dice, -Marcelo, ¿porqué no dejamos que Roberto decida?... ¿No crees que se merece una buena vida, más apropiada a su estilo y personalidad?- y el persiste…:

-¿Qué va a ser más fuerte aquí? ¿Su amor por volar o el cariño por Solange y el resto de su vida en Chumanguitos mascando coirón?...-

-¡Qué interesante propuesta!... ¿Eh?... Me encantaría escuchar el resultado de tal ecuación… ¡es una excelente lección en motivación humana!…-

-¿Será un resultado sorpresa?...- de seguro está por verse…

-Jim,- dijo Marcelo, -ellos aún no están casados y ambos pueden llgar a tener segundas ideas acerca del otro… o no tanto por diferencias entre ellos, pero cómo es para Roberto vivir en medio de la Patagonia, en un lugar alejado de la civilización a la cual él estaba acostumbrado…-

Marcelo continúa, -Jim, yo te podría apostar lo que quieras… que si le propongo a Roberto lo que O'Brien quiere, la semilla que plante en su cabesita, lo va a hacer pensar seriamente y te aseguro que lo va a conversar con su amada y van a salir muchas lágrimas entre ellos, ya que se aman, pero creo que ella, que es inteligente, podría entender lo que ese trabajo significaría para Roberto…-

-¿Tú no crees?... Sólo que ella no sabe de la existencia de una bellísima joven en los arrededores de la propuesta…-

Jim piensa y hay un espacio de silencio… y luego dice, -Marcelo,… ¿No crees que estamos siendou demasiadou fríos en nuestras divagaciones sobre el joven pilotou?- e insiste:

-El es un ser humanou, con sentimientos y sueñous que realizar en su vida juntou a mi hija Solange… ¿Nou crees? Recuerda que esous muchachous han creadou su pequeñou mundou de emociones basados en atracción mutua y cariñou que quizas ha crecidou con el tiempou… chei…-

-¿Y que O'Brien, tú y yo estamous por destruir… chei?-

Además Marcelo, -no sabemos los detalles de la oferta. No creo que O'Brien haya pensado en incluir a su hija Kelly en el posible acuerdo… ¿chei?...-

Jim continúa… -piensou no ser buenou para un hombre casarse con una hermosa mujer como Kelley… eso trae muchos problemous, chei…-

Marcelo dice: -Jim, chei… aquí nadie ha hablado de matrimonio… tú eres demasiado romántico y muy a la antigua Jim… los jóvenes de hoy tienen otro estilo de pensar, no todo es amarrarse inmediatamente, quieren experimentar relaciones y no siempre los resultados son color de rosa… Jim, tú lo sabes… ¿No?…-

-Jim, se abre con Marcelo y le pide que no mencione a nadie lo que le va a decir, por favor… chei… ¡a nadie!… pero esa noche que pasamous en Laguna Azul, Robertou y Kelly durmieron juntous… ¿No recuerdas en las condiciones que Robertou aparecióu en la cabina de tu avión esa mañana cuandou regresábamos?-

Básicamente ellos no durmieron, no se si tu examinastes a la piba Kelly en detallei, es lo más bella que te puedes imaginar… chei; y que estaba, según Robertou, por meses que no hacía el amor… así quei te ya sabes comou quedóu el pobre Robertou… chei…

-Te asegurou Jim que para esa piba, lo que sucedió entre ella y Roberto esa noche, no significa nada…-

-¿Matrimonio?... olvídate… chei… a esa piba le quedan muchas millas aún para casarse… ¿comprendes… chei?... a lo mejor estoy equivocado… no se…-

-Pero ella… sería la "carta de triunfo" para O'Brien…; y muy a lo lejos, en el fondo de su cerebro veo la bella figura de Kelly en línea con su oferta a Roberto, te lo aseguro… chei -

-Veamos Jim, Roberto tiene la última palabra… mejor dejemos que el viento patagónicou sople… Jim, chei…

Mientras en la estancia Chumanguitos…

Una mañana Roberto espera en la oficina y Jim pide a Roberto que lo acompañe a Puerto Natales para que conozca a diferentes proveedores de la estancia y que desea presentarle algunos importantes agentes de compañías que Roberto debería conocer en esa ciudad…

Roberto, preocupado le dice que habían quedado de ir a recorrer un área donde hay cercos que reparar… ¿no es eso más importante Jim?

Jim muy serio le dice que ir con él ese día es mucho más importante… Robertou, chei… vamous… mañana iremos a ver esos cercos…

Mientras Jim maneja por la áspera carretera… de pronto la alarma de su reloj pulsera suena alto y ambos se miran…

-¿Qué es eso Jim?...-

-Oooouhhh… chei, esou era para recordarle a mi hija consultar por teléfonou sobre los pagos que debíamous recibir desde Londres por el últimou envío de los fardous de lana que se fueron en el carguero Samanco a Liverpool, una venta a la empresa Harts & Sons of England…

Jim explica que esa compañía en Londres compra toda la producción de lana de la estancia cada año y una vez que chequean los fardos, envían el pago directo a la cuenta del Banco de Punta Arenas…

Jim pone su alarma para las 7 y media de nuevo para no olvidar hablar con Solange… chei, es muy importante... hay mucho dinerou ahí… Robertou… chei…

Ya en Puerto Natales, Jim presenta a Roberto en varias empresas que Jim utiliza para proveer su estancia de diferentes productos de consumo y materiales, como alambre para cercos, postes de madera impregnados, grandes cantidades de químicos para los baños de la ovejas, neumáticos para sus maquinarias agrícolas, vehículos…

Ambos hombres pasan a a la oficina de los contratos laborales con las cuadrillas de esquiladores en la operación de la esquila en los veranos, es uno de los lugares más importantes donde Roberto va y conoce a los gerentes…

Después del largo día, Jim invita a Roberto a unas cervecitas, antes de regresar a Chumanguitos, Jim adora las cervezas europeas que ahora se encuentran en todas partes debido a la apertura a las importaciones; el mercado está inundado de una variedad de cervezas holandesas y alemanas… todas excelentes… y a menor precio que las cervezas locales…

Ellos pasan a la alegre casa de doña Clorinda que tiene un bar; y ambos se sientan en un amplio sofá a conversar… música de rancheras, boleros, tangos y pasodobles, domina el ambiente...

Es un lugar de ambiente festivo y Jim y Roberto siguen su conversación, y toman sus cervezas… Los clientes de doña Clorinda no toman cerveza, son más amigos de las poncheras… y de bailar con las sonrientes muchachas del lugar…

Un fornido y embriagado trabajador se acomoda en una esquina del ancho sofá donde Jim y Roberto están sentados y se duerme profundamente… ellos ignoran al hombre …

Ambos se olvidan del tiempo y de improviso la alarma del reloj de Jim suena alto como para despertar al enorme vecino de Jim…, quien iracundo se levanta y asesta un porrazo a Jim en la boca, insultándolo…

-¡Gringo de mierda, jo de pu… qué te has imaginado despertarme asíiiií!…- y le da otro golpe en un ojo…

Jim se levanta como puede y responde con un feroz derechazo,… -¡ahí! tienes you piece of shit!, (ahí tienes pedazo de mierda),- a la nariz del hombre que lo ha golpeado, el emborrachado individuo se va de espalda y vuelca el sofá con todas las cervezas y vasos que salpican a Jim y Roberto; ambos quedan remojados con la refrescante cerveza…

Jim, con sangre en sus labios, trata de avisar… -¡Robertou… cuidadou!…- pero es tarde, alguien le grita, -¡Ahí tienes cabrón por golpear a mi amigo…!- Y da un fuerte golpe a las costillas de Roberto, que lo deja sin aire, y cae encima del fornido hombre, quien coge a Roberto por el cuello acertándole un puñetazo en su cara, que comienza a sangrar…

Jim con su mano izquierda trata de acomodar su mandíbula después del impacto a su boca que sangra sin parar…

Furiosa se acerca doña Clorinda y encara a Jim y a Roberto que paguen su cuenta y se vayan de ahí, ya… los dos… y que no vuelvan más, que han dañado su bar, y aparte que son un par de tipos busca líos que han perturbado el bar con sus buenos y tranquilos clientes… un grupo de hombres y mujeres se han juntado y los miran sorprendidos, y les gritan…

-¡Este no es lugar para ustedes!… y añaden… -Quédense en sus casas con sus putas bonitas... -

-¿Qué hacen aquíiiií?...- Jim se da vuelta y encara a la gordota mujer…

-Si fueras hombre, chei… te rompou la cara, you ugly bitch!... ¡tu, vieja puta!...-

Ambos caminan por la calle bastante mal, sangran y huelen horrible a cerveza...

Y Jim como puede habla entre dientes, … chei… ¿qué fue? todou fuei muy rápidou… chei…

¿Qué pasóu… chei?... aún no entiendo, yo no hice nada chei para que me golpearan así… chei…

Roberto respira hacia adentro para sujetar un poco la sangre que aún sale de su nariz, y dice con voz ronca, que tampoco sabe qué fue lo que sucedió… chei… Debemos ir rápido a casa para que Marie nos cure… chei.

Jim maneja con cuidado ya que ha tomado muchas cervezas, así que es mejor que no acelere.

Tardan más de una hora en llegar y ven a Marie y a Solange entrar al galpón… cuando ellos guardan la camioneta…

Las mujeres horrorizadas ven a ambos individuos ensangrentados, en muy malas condiciones bajarse del vehículo, con dificultades para caminar y no saben qué les ha sucedido…

-¿Se volcaron en el camino?- …

Solange se acerca a Roberto que está con la cara cubierta de sangre ya seca, y con un imposible olor a cerveza…

-Ohhh! Roberto, estás… ohhhh, ¡ya séeeee! los dos están borrachos, mamá… ¡qué barbaridad! cómo han quedado…-

-¡Y que mal huelen!-

-Vayan y se bañan ya, múdense de ropas, que horror!...- y la joven se acerca a Roberto…

-Pobre mi amor, ¿te duele mucho la nariz?..-. y con un pañuelo trata de limpiarle la cara a Roberto, quien salta de dolor y le dice…

-Solange, ¡no me toques…chei!…-

-¿Cómo que no me toques…chei?-

-Soy tu dulce amor, borracho insoportable… he tratado de limpiar tu cara…-

-¡Y mira como me contestas!…-

Es que me duele mucho, querida… perdona… y trata de calmar las cosas…

Con un ojo morado y rojizo a medio abrir y con su boca que se ha ido hinchando más, Jim ya no parece él, se ve monstruoso…

Marie no puede creer al observar a los dos hombres que se ven en pésimas condiciones.

-¿En qué andaban el par de machotes? Se metieron en una riña, ¿no? les han dado toda clase de puñetazos, vamos al baño que yo los curo… ¡qué horror!...-

-¡Y qué vergüenza!... ¿dónde estaban metidos los dos?...-

Jim sencillamente no puede hablar ni contestar, su boca y sus labios no funcionan…

Marie limpia las heridas a los hombres, y les aplica ungüentos y los venda.

Al salir del baño Solange se encuentra con ellos y se ataca de la risa al verlos…

-¡Si parecen un par de momias empaquetadas!..-.

El joven dice que no es divertido cómo ellos se sienten… chei…

Todos se juntan en la sala y Marie trata de saber qué les ha sucedido.

-Roberto llega a cuentas que todo fue causado por la alarma del reloj de Jim, ya que él había dejado la alarma para que sonara a las siete y media, cuando pensaban que estarían en casa, pero con las cervezas se olvidaron por completo de ella…

-Pero se nos pasó el tiempo conversando y la alarma sonó cuando estábamos sentados en un sofá al lado de un enorme borracho, quien dormía; parece que el sonido lo despertó furioso y le dió un golpe a Jim en la boca… más uno en el ojo derecho…-

Roberto describe que él le iba a dar un puñetazo al impertinente borracho, pero alguien le dió a él un golpe en las costillas y fue a caer encima del primer hombre quien le dió un tremendo golpe en la nariz… y nos echaron del bar a los dos, culpados de comenzar la riña, y nos dijeron que no regresemos más ya que éramos un par de tipos busca líos.-

-¿Nosotros busca líos? Fue una tremenda injusticia, ¿no es cierto Jim?...-

Jim hace un esfuerzo para hablar pero no puede, sus labios sencillamente no funcionan… y murmura a medias, -chei, nou puedou hablar, chei…-

Entretanto en la estancia Laguna Azul…

Gerardo O'Brien ha decidido conversar con sus hijas y se reúnen en la sala…

Las pibas se preguntan por qué el padre las habrá llamado a una reunión…

Gerardo comienza por decir que ha decidido no vender la estancia.

Y comenta que la estancia ha sido el hogar y la proveedora de la riqueza y buena vida de los O'Brien por varias generaciones; y de verdad sería un pecado venderla…

-Ustedes entienden eso… ¿no?-

Y agrega, -ustedes son mis herederas, vuestro padre es un hombre muy rico, no sólo porque poseemos estas miles de hectáreas de estos generosos campos, sino también nuestro avión, cantidad de propiedades, además de depósitos en bancos Suizos… ya les mostraré los documentos para que estén al tanto… ¿comprenden…?-

Hijas queridas, -no tengo corazón para vender Laguna Azul y quisiera que ustedes comiencen a administrarla, como las futuras dueñas de ella. Yo las asistiré para que aprendan manejarla, ya es hora…-

-Para aliviar mi trabajo y ayudarlas, he decidido contratar a dos personas, con responsabilidades muy grandes, primero un sub-administrador para que Uds. trabajen con el. Llegar a ser buen administrador requiere años y al ser ustedes jóvenes y las dueñas de la estancia, podrán eventualmente hacerlo sin la ayuda de nadie…-

-Recuerden que estudiaron para administrar negocios… bien, la estancia es una empresa comercial, y estará en vuestras manos… y la deberán manejar en forma apropiada para que siga produciendo buenos resultados, como sucede desde hace mucho tiempo…-

Y segundo, -voy a contratar un piloto privado para que se haga cargo de todos los vuelos y después del nuevo avión que estoy en proceso de comprar; así como preparar nuestro adorado Cessna para la venta…-

-Después de examinar diferentes tipos de aparatos nuevos, nada se compara con la calidad, potencia y lo práctico del De Havilland Beaver, un nuevo modelo 1960. No es un avión bonito como uno podría imaginarse de uno nuevo, pero es hecho a la medida para el trabajo de la estancia…-

-Para la tranquilidad de ustedes le ofreceré al joven Roberto Conti, el trabajo de nuestro piloto privado…

¿Estamos?...-

Ambas jóvenes se han quedado con la boca abierta. A Kelly se le ha dibujado una romántica sonrisa y Wendy está feliz…

Ellas comentan que eso es una gran noticia. ¿Nosotras encargarnos de la estancia Laguna Azul… y el Roberto che, de nuestro piloto privado?... si parece un sueño… che papaíto querido…

Kelly menciona que ella ya había comentado a ese joven piloto su anhelo por aprender volar el avión de ellos, y que él había aceptado hacerlo,… si su padre autorizara, el le haría clases…

-¿Es cierto piba querida?... ¿tú sabés que significa ser piloto?...-

-Si, papá chei, Roberto me explicó todo en detalle; que es una proyecto que toma mucho tiempo, mucho trabajo, algo muy, muy serio… che…-

-¿Recordás viejo que siempre fui la piba capaz e inteligente y que terminé mis estudios en la universidad con excelentes resultados, no? Bueno, por lo tanto puedo volver a estudiar… lo que sea necesario para obtener licencia de piloto, como Roberto mencionó aquella noche…-

-Vos viejo querido, te preguntarás ¿de dónde ha salido esa motivación?-

-Bien… mirá, estoy por cumplir mis veiticinco, ya no sé que más leer en esta casa. Con Wendy hemos recorrido tu biblioteca entera, por lo menos un par de veces y creemos que es hora de comenzar a hacer algo…-

-Y con lo que vos has dicho, viejo… de manejar la estancia, justo coincide con lo que Wendy y yo pensábamos…-

Kelly, se adelanta y dice… -comenzás vos Wendy primero con papá… piba, ¿eh?-

Y yo hablaré con Roberto para que venga por aquí y iniciemos las clases de vuelo…

-¿Qué te parece viejo querido? ¿No es un buen comienzo…?-

-Y tú Wendy… che… ¿qué opinás?...-

A Wendy le hierve la sangre a consecuencia de la forma en que su hermana ha comentado y muy calma dice… -como siempre vos hermanita tomás las riendas... che... ¿no?... y ya estás dando órdenes... pero a pesar de todo lo encuentro una excelente idea...-

-Sólo que papá debería saber que vos y Roberto... durmieron juntos la primera noche que esos pilotos estuvieron aquí... ¿no?...-

Un silencio de cortarlo con cuchillo ha saturado la sala... El padre se ha puesto su mano derecha sobre el pecho...

Kelly y Wendy, asustadas miran a su padre, quien, primero se pone pálido y luego respira profundo, y sonríe...

-¿Uds. me quieren matar?... no se asusten, me siento bien, sólo que nunca me imaginé lo que contás Wendy...-

-¿Es cierto Kelly?...-

La joven con mucha calma dice... -Si papá, no puedo mentir, él durmió en mi cama esa noche; pero creo que Roberto es un hombre, que aparte de ser guapo y buen amante, tiene algo en su cabeza, que es inteligente y que le gusta ayudar a la gente... y es un placer conversar con él... aparte de ser un experto piloto profesional...-

-Y que con mucha simpleza se comunica con uno de igual a igual; no como los nenes superiores de Buenos Aires, llenos de manerismos y acomplejados, que lo todo lo esconden con gigantes complejos de superioridad...-

-¡Roberto... es verdadero, che!... es una persona transparente... No trata de mostrar lo que no es; Pero viejo, se hace dificil verlo de estanciero patagónico el resto de su vida... ¡para nada... che...!-

-Parece un hombre listo para la acción en cualquier momento y no con sus narices metidas en el coirón de una estancia;... che..., él es preciso en sus opiniones y está enterado de todo lo que sucede a su alrededor y en el mundo... ha leído muchísimo y es un tipo carismático... que dan ganas de besarlo desde el momento que lo conocés... che... para mí es una persona admirable...-

-¡Ahhhhh!... Y vos Wendy… no olvidés hermanita querida … Kelly es la primogénita… y por ende tiene más derechos que vos… pibeta… ¿estamos?...-

O'Brien calma a las jóvenes. Les dice que no se alteren, que sean buenas amigas; -recuerden… no hay para qué discutir, todo esto es de ustedes y tienen mucho tiempo para compartir…-

El padre continúa…

-Les voy a decir algo que tengo en mente; Es normal que a estas alturas de la vida ustedes pibas ya hayan tenido relaciones con jóvenes…Yo también las tuve a vuestra edad y las comprendo, además hace mucho tiempo que están aquí en Laguna Azul, probablemente con inimaginables consecuencias para ustedes…-

-Ahora si Kelly decidió dormir con ese joven, creo que es problema de ellos y es de imaginar que fueron prudente y usaron alguna protección… ¿no es así Kelly?...-

Los románticos ojos de Kelly afirman, al mover su cabecita…

El padre comenta que le gustó Roberto, es un joven bien educado y además un experimentado profesional de aviación; no me importaría que Kelly tuviera de romance con él,… me parece una excelente persona…-

Roberto Conti no podría visualizar, ni en su más remota imaginación, lo que se urde para el, en la estancia Laguna Azul y en casa de Marcelo Massi…

-¿Sería apropiado que Jim le advirtiera al joven piloto lo que viene para él?-

Jim es un hombre serio, correcto y práctico, como buen campesino. El adora a su hija; lo último que quisiera sería hacerla sufrir, lo que ocurriría si Roberto dejara la estancia para tomar el trabajo de piloto privado en la estancia Laguna Azul…

-Antes que nada, piensa Jim, debou tener una larga conversación con O'Brien acerca de Robertou...-

En un fín de semana Jim tienta a Robertou para volar en la Clementina... y con aire de misterio le pregunta... ¿Un viaje relámpagou y secretou a Laguna Azul..., en la Clementina... chei?-

-Sé que es ilegal que crucemous a la Argentina, sin estar autorizados, pero si vamous a poca altura, nadie va poner mucha atención al Gipsy por la insignificante apariencia del biplanou... chei...-

Roberto, ve la oportunidad de una rápida aventura. -Y acepta de inmediato...-

Y pide a Jim que Mac haga un chequeo a la Clementina... ya que serán varias horas de vuelo... chei. Ademas debemos cargar cargar dos latas de aceite de motor y un bidón de 10 litros de combustible en caso de que encontremos mucho viento en contra...-

El joven le comenta a Jim que es recomendable llevar gasolina extra... No se si tú leíste a Antoine de Saint Exupery en uno de sus libros... ¿creo que era Vuelo Nocturno?... no estoy seguro, el ahí cuenta cómo en sus vuelos de correo en la Patagonia, un día de mucho viento en contra, después de despegar y volar una hora se dio cuenta que solo había avanzado 15 kilómetros...-

A la hora de la cena la cena comentan que mañana domingou, chei iremos con Robertou todou el día a volar en la Clementina...

-¿Todo el día?-...

-¿Las mujeres desean saber, a dónde van esta vez el par de locos?...-

-Jim indica que esta vez van a visitar una estancia de "unous gringous" en Isla Riesco y saldremous muy tempranou... y regresaremos un pocou tarde... chei... es un vuelo largou... chei...-

Jim pide a Roberto que lo siga al cuarto donde se guardan las armas y los recuerdos de la familia… ahí él muestra un antiguo mapa de la Patagonia argentina… y agrega, debemous llevar un Winchester y una caja de balas por si acasou es necesario cazar algou… nunca se sabei… chei…

Roberto excitado con el comentario piensa que el vuelo ya aparenta una seria aventura… chei…

-¿Ves esta carretera aquí que va hacia el norte, a unos 60 kilómetrous hacia el Este de nuestra estancia Chumanguitous,… -¿la ves?...- bien, -esta es la carretera argentina númerou 40, que nos lleva hacia el norte y directou al Lagou Cardiel y de ahí a Laguna Azul, en unous 25 minutous mas de vuelo. Tendremous que volar siempre sobre esa ruta… será nuestra guía…- y añade:…

-El vuelou a Laguna Azul será de aproximadamente unas dos y media houras… depende del vientou … chei… ahí veremous… pero es importante que el vuelo de regresou sea con bastante luz, muchou antes de la puesta del sol… ya que al regresou el sol y el viento oeste estarán justou de frente al biplano, … ¿comprendes… chei?...-

Jim chequea en su radio amateur, la frecuencia de la base Bahía Catalina que el sargento usó cuando el comandante Rodríguez habló con su superior…

El se comunica con Bahía Catalina, se identifica y pregunta por el oficial de guardia...

Un joven oficial reconoce a Jim, y dice que él estuvo en Chumanguitos cuando fueron a buscar el avión del accidente del teniente Conti… y pregunta si Conti aún está en su estancia y cómo se encuentra… Jim contesta que si, que Roberto vive ahí y esta bien… es una gran persona…; Jim solicita al joven si pudiera darle el pronóstico del tiempo para la provincia de Santa Cruz cordillerana cerca del Lago Cardiel para los próximos dos días…

Jim que espera mientras consultan los últimos informes del tiempo… luego el joven oficial menciona que habrá un centro de alta presión hasta el lunes por la noche y que tendrán buen tiempo y vientos variables del Oeste de 15 nudos a baja altura, pero de mayor velocidad sobre los 3 mil pies… la presión barométrica se mantendrá sin variación por las próximas 48 horas…

Se le agradece al joven la atención y el informe… Con un poco de nostalgia Roberto escuchó la conversación con su ex compañero, pero ellos no eran amigos…

Jim sugiere al oficial que por favor no mencione a nadie de su consulta… esta llamada joven…nunca existió… y gracias, chei…

El estanciero hace algunas indicaciones de procedimiento; dice que cuando ya se encuentren en Laguna Azul, primero tedremos una conversación con ellos, mientras el motor del Gipsy se enfría; luego se hace una revisión tipo pre-vuelo del avión… eso es muy importante…, chei… Y cuando yo vaya a conversar algo muy importante y largou con Gerardou, tu llevas a volar a las jóvenes en la Clementina… lo que será una sorpresa para ellas, chei…

Los pilotos preparan sandwiches y dos termos con café para llevar en cada cabina; así estarán más confortables, va a ser un viaje largo, y pasarán frío, mucho frío…

Esa mañana desayunan antes que el sol aparezca sobre las planicies hacia el este; se ponen de acuerdo para turnarse el Gipsy como lo han hecho en previos vuelos, con la inclinación las alas para que el otro tome los controles…

Decolan hacia el rumbo predispuesto en la buscaqueda de la ruta 40 desde el aire... Los hombres, abrigados con sus chaquetones de cuero de cordero por dentro, sus bufandas blancas alrededor del cuello, gorros de piel y protectoras antiparras; típicos personajes de un antiguo film de Hollywood, dos románticos y heroicos pilotos…

Desde tierra, el rojo biplano con sus dos pilotos semi asomados sobre cada cabina y dos blancas bufandas que coletean al viento a 90 millas por hora, y el alto tono de su motor, pintan un inesperado espectáculo a esa hora de día domingo... chei…

Ovejeros en sus trabajos, donde no existen domingos, arrean sus ovejas; ellos ven al estanciero y alegres agitan sus brazos al paso del diminuto biplano… que veloz va en su determinada misión, seguido del alto zumbido…

Es un día frío y tranquilo… típico de ciertas mañanas, donde el viento solo comienza a soplar más tarde; vuelan el biplano a unos 500 pies sobre el terreno en dirección noreste por un trecho de unos 60 kilómetros.

La visión que se extiende delante del Gipsy asombra por la variada topografía y la visibilidad llega a ser ilimitada por la escasa humedad en el aire.

Jim eleva más el biplano a la altura establecida. Al dejar atrás las misteriosas montañas Baguales, el paisaje cambia a las típicas llanuras grises-verdes de la Patagonia que comienza a descender hacia un enorme Lago Argentino, que se adentra en la pre-cordillera, a la izquierda del Gipsy

Desde lejos divisan El Calafate, el pequeño pueblo en la ribera sureste de aquel lago...

El Gipsy se adentra a baja altura sobre esa enorme extensión de agua, hasta donde el lago comienza a desaguar hacia el este; donde ahí nace el sinuoso Río Santa Cruz que fluye hacia el Atlántico.

Al seguir dicho río por algunos kilómetros, encuentran un puente sobre una definida carretera que debe ser la ruta 40 que lo cruza de sur a norte… De inmediato Jim ladea el biplano hacia la izquierda, virando hacia el norte sobre aquella ruta…

A los lejos sobre la izaquierda, la blanca Cordillera de los Andes Patagónicos se extiende nevada, sobre el horizonte oeste, hasta el infinito en ambas direcciones, de norte a sur… una deslumbrante imagen de la patagonia…

La carretera 40 se ve desierta, sin tráfico de vehículos de día domingo; desde el aire se ven grupos de guanacos que corren al paso del rojo biplano… Después de la primera hora y media de vuelo Jim decide tomar café, el balancea las alas, y da el control del biplano al joven piloto…

Roberto en su pequeña cabina, emocionado al llevar el bastón de mando del biplano, con el fuerte viento en su faz y el alto sonido del motor es el hombre más feliz de la Patagonia en esos momentos… decide ganar un poco de altura y luego comienza a ver a su izquierda la alargada silueta azul del Lago Viedma sobre los faldeos cordilleranos…

El espetáculo visual de ese momento es imponente; sobre el horizonte oeste…, al final del lago, sobresalta una impresionante mole de granito y nieve erguida sobre el resto de las cumbres. Es el monte Fitzroy, en el área llamada El Chaltén, por los aborígenes de la Patagonia.

Las múltiples y espectaculares cumbres del monte en forma de gigantescas agujas nevadas, sobrepasan los cuatro mil metros de altura, que indican un importante hito de la frontera entre Chile y Argentina…

Roberto continúa en control del Gipsy; comienza a volar el biplano sobre una interminable recta de unos 90 kilómetros hacia el horizonte norte sobre la solitaria ruta 40…

Con ayuda de viento de cola, que ha virado un poco hacia el noreste, cerca de las nueve de la mañana, sobre el horizonte ya se vislumbra el Lago Cardiel… Roberto calcula que con ese viento deberían estar aterrizando en Laguna Azul entre 45 minutos y una hora…

El joven piloto piensa que su amigo Jim, chei… debe tomar los controles del biplano, y hacer la aproximación así como aterrizar en la estancia Laguna Azul…, promueve las inclinaciones de alas…

Roberto se levanta un poco en su cabina delantera y con su brazo y mano izquierda indica a Jim que mire bien delante del biplano y apunta hacia la azul franja del Cardiel recostada sobre el horizonte norte...

Jim vuela hacia el noreste por unos veinte minutos más y hace su aproximación a la estancia Laguna Azul, aterrizando contra el viento; gira el avión y lo estaciona cerca de las casas al costado de la pista...

Pide a Roberto que se quede ahí, que él irá a ver a Gerardo primero y ya vuelve….

Jim camina hasta la casa,… el empleado abre y lo reconce; menciona que aún nadie en casa ha despertado…

Roberto, a la espera del regreso de Jim en su cabina delantera del avión solo escucha el murmullo del viento en los tensores de las alas del biplano…

Ya son las nueve y media de la mañana y da la impresión que nadie se ha enterado del aterrizaje del rojo Gipsy y sus esforzados pilotos…

¿Qué nueva sorpresa espera a Roberto Conti en la estancia Laguna Azul?

Capítulo 10

ESTANCIA CHUMANGUITOS
CASA GRANDE
PATAGONIA CHILENA

Marie, Solange y John Wilkinson conversan en la sala frente a la chimenea,... lánguidas llamas acarician un par de leños...

Pero un aire de tensión lesiona el cálido ambiente de la sala ...

La madre de la joven se encuentra incómoda y preocupada por la posible repentina llegada del Gipsy Moth, y sus pilotos...

Solange y el joven Wilkinson hacen simpáticos recuerdos de sus años en la escuela, que demuestra que compartían una sólida amistad entre ellos...

Al hacerse tarde, el joven se levanta y anuncia que debe irse, ya que aún le quedan un par de horas hasta su estancia...

Marie y John se despiden con un beso en cada mejilla, y los jóvenes caminan tomados de la mano en dirección a la puerta...

A Marie no le gusta como su hija se comporta. No, no es apropiado para una joven que está de compromiso con el muchacho que vive con ella, tener esa confianza con el joven de visita... por muy amigos que que hayan sido, no se ve bien...

Solange acompaña a John hasta su camioneta… -¿Qué vamos a hacer mi amor?- Ella guarda silencio por unos minutos, y piensa en una adecuada respuesta…

Después de un rato, la joven expresa:

-John, mi querido amigo, tu visita me ha sorprendido, y alteró sin tu intención, la tranquilidad de nuestro hogar… mi novio y mi padre están por llegar en cualquier momento y estoy segura de que debes notado como mi madre estaba de nerviosa…-

-Agradezco que has venido a verme, pero creo que no es conveniente que vengas en un viaje tan largo sin avisar antes.

Este encuentro no es como el de la última vez, John…

-Aquello fue espontáneo y créeme que pasamos buenos momentos juntos, pero tienes que pensar que tengo mi vida encaminada y es difícil pensar en retroceder y cambiar las cosas… ¿Comprendes, querido? -

A ella le duele decirle que no venga… y agrega… -aquí las circunstancias me fuerzan a decirte todo esto… mi novio vive aquí en esta casa, mis padres y yo le pedimos que lo hiciera y lo queremos mucho… él me ama y luego nos casaremos… aparte que se han hecho muy amigos con mi padre… ellos comparten el placer de volar… Mi padre fue piloto durante la II Guerra y mi novio es ex piloto de guerra de la Fuerza Aérea de Chile.-

-Esto no ha sido fácil para mi madre, ni para mi… y ni pensar qué hubiera ocurrido si mi padre o mi novio te hubieran abierto la puerta cuando llegaste… ¡por favor no lo vuelvas a hacer!…- Y ella continúa:

-John… si alguna vez, por motivos que no me imagino puedan suceder, las cosas cambiaran, tú, John, serías el único… ten eso por seguro, fuimos amiguitos y siempre nos gustamos mutuamente, no hay motivo para que no continuáramos nuestra antigua relación… ¡No lo olvides John!... ¿Está bien?...-

Se abrazan cariñosamente y él se va… ella un poco triste observa como la camioneta de su viejo amigo se aleja…

Y la joven preocupada mira su reloj y piensa… -y ahora… -¿qué pasa que no llegan el bendito biplano rojo y mis loquitos pilotos?...- y pensado para sí misma…

-Ya es tarde y no pueden volar en la obscuridad, a no ser que estén más locos que de costumbre... pero aun hay suficiente claridad por un par de horas más…-

El biplano y sus esforzados pilotos vuelan en dirección oeste de regreso a casa, de su viaje relámpago a la estancia Laguna Azul…

El alto sonido del motor del Gipsy indica que todo marcha a la perfección; ya han completado dos horas y media de vuelo... Van sobre un camino de tierra a mas o menos unos 40 kilómetros al este de la estancia Chumanguitos… con ese viento deberían llegar a Chumanguitos en media hora más…

El sol que ha recorrido casi todo el cielo patagónico, pero aún no llega al horizonte…

De pronto el motor del biplano que había funcionado a maravillas, tose un par de veces y se detiene…

Como vuelan a poca altura Jim evalúa la situación y se dispone a posar el biplano en ese camino de tierra, no hay otra alternativa;… en silencio, y solo con el silbido del viento en los tensores de las alas… las ruedas tocan el áspero terreno del camino remeciendo el antiguo biplano, y en unos metros se detiene…

Ambos corren al costado del camino y buscan piedras grandes; deben bloquear las ruedas para que la fuerte briza de la tarde no mueva el liviano aparato…

Jim abre las cubiertas del motor y deja que se enfrie para poder investigar donde puede estar la falla; el frío viento pronto enfría los cables y él vuelve a conectarlos al motor; agregan la gasolina que traían al estanque, por si el problema pudiera ser bajo nivel de combustible…

Mientras esperan el total enfriamiento del motor, ven que se acerca hacia ellos un enorme sedan gris por el disparejo camino, con sus amortiguadores trabajando al máximo, el pesado vehículo cae y sale de los baches como si fueran una gran lancha olas…

Envuelto en una nube de polvo el sedan se detiene delante del Gipsy… Jim y Roberto quedan envueltos en tal nube… El viento pronto dispersa el polvo… Del automóvil se baja un hombre muy sonriente que les pregunta si necesitan ayuda y si pudieran mover el avión para él poder continuar su camino…

El hombre, se asombra ante la poco usual situación, dice que nunca vió nada aterrizado en ese camino, así como en ningún otro… Jim le explica lo sucedido y que están a la espera de que motor se enfríe, para revisarlo y continuar su vuelo…

El buen hombre ofrece llevarlos a su estancia que se encuentra cerca, y dice que si el motor no funciona pronto, se van a tener que olvidar de volar ya que va obscurecer y les hace ver que en su casa estarían mejor que pasar la noche sentados en unas heladas y abiertas cabinas…

Los pilotos agradecen la oferta del buen estanciero y agregan que el Gipsy Moth nunca ha dejado de recuperarse y que por favor espere unos minutos…

Pronto Jim examina todas las conexiones de combustible y cables; cierra las cubiertas, se sube a su cabina y le pide a Roberto que le dé un empujón a la hélice, a la señal del pulgar. Jim activa ambos magnetos y da la señal…

De nuevo el motor tose un par de veces y humo azul escapa… pero de inmediato el alto zumbido del motor hace sonreír a Roberto, hummmmm, qué sonido maravilloso se dice a sí mismo… Jim presiona los frenos del biplano y aumenta las revoluciones produciendo un altísimo sonido, tanto que Roberto como el hombre del sedan deben cubrirse los oídos y alejarse…

Reduce la fuerza del motor al mínimo… y dice: … chei… rápidou Robertou… chei… vámos ya… él sonriente saluda de lejos al hombre y desplaza el aparato hacia al costado del camino y deja al empolvado sedan seguir por el áspero sendero…

El biplano se eleva sobre el camino en línea recta… Jim acelera el biplano sobre una meseta enfrente de ellos y mantiene el mismo rumbo por unos 20 minutos; el sol de la tarde da justo delante de ellos todavía sobre las montañas hacia el oeste…

Las dos mujeres sentadas enfrente de la casa tratan de escuchar y reconocer el característico zumbido de la Clementina que acerca… pero nada…

Por Dios… dice Marie mientras acaricia a su favorita perrita ovejera… aparezcan ya… el par de locos… chei…y no nos hagan sufrir con esta espera… chei… que es muy tarde…

Los pilotos, habían dicho que irían al suroeste, a Isla Riesco, pero al regresar de su vuelo van a aproximando a la estancia desde el norte; así dejan ver que venían de un punto totalmente distinto al cual habían dicho que irían aquella mañana… Marie fuera de casa, pudo observar que venían desde esa dirección.

A la hora de la cena ella les pide una explicación…

Marie, sensible a las variaciones en la manera de hablar de su esposo, lo conoce muy bien, especialmente cuando cambia de su patagónico castellanou a solo inglés, modulando a tono más bajo y con la boca retorcida hacia la derecha, como un viejo cowboy,… típico síntoma de que ha sido sorprendido en algo…

Cansado del largo vuelo Jim comienza…

-Well… Marie… ehhh… buenou… eh… Marie... chei, el viento estabai muy fuertei... chei, y tuvei que toumar las planicies hacia el norte para entrar derechou por nuestra pista, que es el caminou a los lagous hacia el oeste… chei…-

Su esposa al notar las dudosas explicaciones de su esposo le dice que es mejor que hable claro y digan exactamente a donde fueron todo el día el par de mentirosos…

Roberto se levanta y dice que tiene que ir al baño; Solange le dice que espere primero a ver qué dice su padre… -lo siento,- dice el joven… -esto no puede esperar… chei… ¡es una emergencia… ahora… chei!...- y sale del comedor…

Ella, muy incisiva, toma la palabra y le dice a su padre que él le enseñó desde niña a no mentir, o como decia el…de no modicar la verdad… y argumenta…

-Así que por ahora, señores…nada mejor que la verdad y nada más que la verdad, añadiendo… daaad…-

-¿chei?…-

Solange ya cansada de las vueltas que los dos hombres le estan dando a la cosa, los encara, -El par de locos cuentistas… por ahora esperemos que el joven piloto Conti decida regresar a la mesa y ustedes dos se pongan de acuerdo sobre qué van a decir… chei…-

Jim interrumpe y dice, -no, no hace falta esperar por Robertou hija… chei…

-La verdad es que cambiamous de parecer en la mañana al oir el buen reporte del tiempou que nos dió la base aérea de Bahía Catalina para el área en Santa Cruz, Argentina, mis queridas… chei… y volamous a la estancia Laguna Azul…-

-Y no es para tantou hija… chei… esto de double interrogación a tu padrei y tu amadou Roberto… y fin de la conversacióun… chei…-

-No…- un poco molesta la muchacha insiste, -la cosa no es tan simple… chei…-

-Uds. han arriesgado sus vidas por muchas horas en ese vejestorio pajarraco rojo… ¿para qué?...-

-¿Qué hay de tanta importancia en Laguna Azul, daaaaad?...-

Ambos hombres se miran… y Jim dice…

-Yo tengou que ayudar a O'Brien, con Marcelo Massi le hemos sugerido que no venda sus estancia… y necesitabamous hablar con él… chei, y por esou aprovechéi este día de buen tiempou para ir hasta allá y Robertou mei acoupañou… chei…-

-Yo lou invite y él aceptóu a ayudarme con el vuelou y la navegación… chei…; y al regreso tuvimous un aterrizaje de emergencia en un caminou, hace unos minutos, antes de llegar aquí, cuando motor de la Clementina dejóu de funcionar en vuelou… chei… aterrizamous en ese camino de tierra que viene hacia el oeste, casi hasta el limite con Chile, lo arreglamous y por eso llegamous tan tarde… chei…-

-¿Está todo clarou ahora?... y dejen las dos de hacer estos interrogatorios estilo FBI… ¿Está bien?...-

-¡Uf!... ha sidou un día muy largou… chei… y estoy muy cansado… ¡calma ahora!... y fin del asunto… chei…-

Todo se calma y los dos pilotos conversan sobre el vuelo… y ellas no muy contentas, escuchan …

De pronto Roberto se sorprende al observar desde lejos que sobre la mesa enfrente a la chimenea hay media botella de scotch y tres vasos de cristal con restos de whisky, dos de ellos tienen marcas de lápiz labial y uno no… hummmm… ¿chei?

Las dos mujeres se ponen pálidas y rápidamente se miran... sin decir palabra... el corazón de ambas comienza a latir muy rápido... parece que han sido sorprendidas en algo...

-¡Qué interesante Jim!... chei...- dice el joven...

-Ahhh... chei...-

-¿Y quien fumó aquí hoy?... ¿Dr. Watson?... chei... ¡ahhhh!... miren... y hay tres cigarillos apagados en ese cenicero...-

-¿Jim..., Marie, Solange?...-

-¿Estuvo alguien aquí de visita en nuestra ausencia... chei?... -

-Ahora Jim y yo necesitamous saber... chei...- dice Roberto...

Primero Marie mira hacia su hija, quien a su vez mira a su madre con cara de pregunta, medio cohibida se encoje de hombros... hummmmmm... chei...

-¿Que está pasandou aquí?... chei...- interroga el joven...

La madre afirma que sí, que tuvieron la visita de un joven que fue compañero de su hija en el tiempo de la escuelita primaria, de cuando tenían ocho o nueve años y él que quería saber de Solange después de tanto tiempo y apareció de visita...-

-Parece un joven muy bien educado, hijo de un estanciero que tú conoces Jim, ¿recuerdas la estancia de los Wilkinson cerca del Río Penitente, ahí en el área de Morro Chico?... -

Jim reconoce..., -Ou... si... chei... si que recuerdou... tenían un hijo muy simpáticou la última vez que estuvimous ahí, posiblemente ese debe ser el joven que tu dices... Y me imaginou que debe ser alto ya que sus padres eran más altous que yo... chei...-

Marie dice que sí..., -es alto, muy guapo y que estuvieron muy contentos con Solange recordando los años de cuando eran chiquitos... él contó que un día cuando estaban jugando en el patio de la escuela, Solange le había dado un rápido beso en los labios y él arrancó de ella y le dijo si acaso estaba loca...-

Solange se sumerge en su sofá al oir su madre contar aquello...

Jim Cameron, muy serio, mira a su hija comentando... -¿Cómo fue posible que mi pequeña hija haya hecho algou así?... chei... si yo lo hubierai sabidou entonces, Solange, te hubieras llevadou unas buenas nalgadas por ser tan avanzada con los chicous... tu sabes... ¿No? chei...-

-Mamá...- comenta la hija...-¿Cómo puedes contar algo así a estos insensibles machistas?-

A mi me parecía más bien algo cómico... chei...-

-Nada para ponerse trágico y pensar en golpear por nada a tu pobre hija que entonces era tan chiquita... Jim, chei...-

Roberto se quedó pensativo y se imaginó que a lo mejor el guapo joven debe tener interés en Solange, ahora que es una mujer y tan hermosa... chei... pero, después de oír lo que las mujeres han dicho, creo que ya no me está interesa mucho lo que Solange diga o haga...

La joven mira a su novio y le pide su opinión -¿y tú que crees Roberto?...-

-Si, Jim tiene razón..., y si la niña hubiera sido mi hija, chei... le habría dejado también unas sonrosadas nalguitas... chei...-

La joven no puede creer y le comenta a Roberto que tiene la impresión de que al vivir junto a Jim se ha contagiado con el y ya sabes como pienso yo sobre eso... chei... ¿No?-

El padre recuerda a su hija que por respeto no lo debe llamar por su nombre… chei…-

-Ya lo sé padre pero ahora esta interrogación me ha alterado y perdona…-

Roberto dijustado quiere saber cuál sería la motivación para que ese joven haya venido a verte aquí… chei…

Has pensado Solange, cómo me siento yo, después de enterarme de que un buenmozo joven ha venido a "visitarte", y ustedes no lo mandaron de paseo inmediatamente apenas apareció en la puerta… ¿chei?…-

-¿Qué está sucediendo aquí "mi amor"?...-

-¿No estarás a lo mejor de romance con él?… chei…-

¿No?...

Por primera vez se ve a un serio y alterado Roberto hablarle así a las dos mujeres…

-Ahora, ya, quiero una honesta respuesta aquí, ya que si es cierto, y ustedes no han dicho la verdad y he hecho el burro cornudo, comenzaré a buscar un lugar a donde irme… y ya…

y lo que he dicho es muy en serio, Solange… chei…-

La joven mira a su madre con la esperanza de que diga algo que la saque del enredo en que se han metido con Roberto… -¿Mom?... ¿Marie?... ¿eeeeeh?...-

La madre baja sus ojos y calla… ella presume que quizás, este debe ser el precio de la descabellada aventura de su hija con el joven Wilkinson…

-¡Desafortunadamente!… chei…-

Jim notando una actitud de duda en su esposa, él sugiere a a su hija que es mejor que Roberto se vaya y así las cosas se calmen… chei…

Con un tremendo sentimiento Jim lentamente habla, -yo arreglaré tus cuentas Roberto para que tengas tu dinerou del trabajo que has hechou todo este tiempou aquí en Chumanguitos, ya que nunca has pedidou nada… chei…-

-Robertou… chei, voy a sentir muchou que te vayas… chei… de verdad…-

Acongojada Solange, con gruesas lágrimas en sus ojos… escucha a su padre lucubrar sobre la situación… -ustedes mujeres tienen que estropear las cosas al nou pensar antes de meterse en estos líous…; que… lástima… mi queridou amigou Robertou… mi noble copilotou… chei… pero nou podemous tenerte aquí a la fuerza… chei…-

Solange, de quebrantada voz, titubea un poco y pregunta: -¿Qué,… que… de verdad es que Roberto se va de aquí?...-

Jim recuerda a Solange…, -Uds. tenían un pacto, desde cuando Roberto decidió vivir a nuestra estancia, que si él no se sentía confortable con esta vida, él podía irse..., y más que nada tu Solange lo recalcastes en ese entonces…-

Y Jim agrega…

-Solange hija querida, tú eres una mujer fuerte… chei… y eres capaz de tomar las cosas con calma y tirar nuevas líneas para tu futuro...-

Ella comienza a sentir la sensación desesperada de que Roberto de verdad se va, y se da cuenta del enorme costo de su relámpago romance con John Wilkinson… y lo peor es que no hay manera de volver atrás…

La joven, traga saliva y con falta de respiración murmura con suvidad:

-¿Irse a dónde?...-

El padre dice, -Marcelo Massi aprecia muchou a Robertou, hija, y tiene espacio para él en su casa… chei…-

Y Jim agrega, -además hoy, Gerardo O'Brien, el dueño de la estancia Laguna Azul ha ofrecido a Robertou que sea el pilotou privado de su avión y viva en su estancia… Roberto ya te explicará Solange…-

La bella joven, muy angustiada, vislumbra con inmensa tristeza el final de su maravillosa relación con Roberto; ha causado algo imposible de reparar…

Ahora a ella le da vuelta en la cabeza la idea que nunca debía haber comentado nada con su madre. Así como pudo mantener en silencio por años los besos de niña a John, esta vez debería haber actuado igual, sobre su encuentro con el joven Wilkinson, y todo esto no estaría sucediendo…

…Y esa va a ser la peor experiencia de su vida y que la va perseguir y afectar por muchos, muchos años…

Todos dejan la sala con la excepción de Jim Cameron. Él presiente que su hija ha hecho algo impropio y que su esposa ha ayudado a esconderlo y cree que es cosa común en situaciones de familia cuando hay dos mujeres de por medio…

Lo siente por su hija, ya que Roberto ha perdido confianza en ella…

Por otro lado Jim piensa que por su culpa, Roberto también ha sido infiel a su hija, pero él no puede decir nada al respecto, ya que si las dos mujeres de la casa se enterasen, lo cocinarían a fuego lento… chei…

Jim a esa hora ya está muy cansado con el largo vuelo y el altercado en la sala… hay que irse a dormir y mañana a lo mejor todo se arregla… chei…

-¿Quizás?...-

De vuelta a Laguna Azul, temprano aquella mañana…

Esa mañana, después que habían aterrizado en la estancia Laguna Azul, Roberto espera sentado en la cabina del biplano que Jim regrese de la casa de O'Brien; y ha aprovechado para tomar su café negro...

El joven piloto pasó bastante tiempo ahí antes de que alguien fuera a buscarlo.

De lejos Roberto vio un viejo jeep verde, abierto, de esos de subasta del ejército americano, acercándose a el; era Kelly y su revuelto cabello al viento, al volante,…

La joven admira a su che Roberto aún sentado en su cabina, con su gorro y gafas de vuelo sobre las sienes y la elegante bufanda blanca alrededor del cuello…

Si parece una visión como de un film piensa ella… ágilmente la joven se desliza en la pequeña cabina y se sienta a horcajadas sobre de Roberto, y le da un largo y apasionado beso… -Roberto che… como besás rico, ¿eh?...-

De improviso ella trata de acomodarse mejor… -oye piloto chei… ¿algo duro está atacando mis nalgas… ¡sos un animal Roberto… che!… ¿Vos creés que este sea es lugar más cómodo para hacerlo? ¿No?...-

-¿Hacer… qué?..-. pregunta él… -¿Cómo que qué?

Escuchá Roberto…che…hay un coso duro y largo bajo mis nalgas… chei…-

-¡Ahhhhhhh!…- y se ríe a carcajadas… -eso es el bastón de mando del avión… chei… mi amor Kelly… chei… es un tubo de metal que sube del piso hacia arriba con una gruesa manilla en la punta… chei…

delante del asiento del piloto para controlar el biplano… ¡no, no soy yo, Kelly…!-

Y la joven quiere saber si Roberto le puede enseñar a pilotear el chiste este de avioncito… y Roberto le pide: ¿Y vos piba no me vas a invitar a un buen desayuno primero… o querés que vayamos directo a la cama?... acabo de volar el chiste este por más de 250 kilómetros… ¿no me merezco un buen desayuno?...-

-Sí sigo así de hambre, pronto voy comenzar a ladrar… chei..-

-¡Ayyyyy!…siiii… pobre che… perdoná … si, vamos a casa y tomás desayuno, yo tampoco he comido nada… y estoy muerta de hambre…chei…- Ellos van a la casa. Entran al comedorcito del desayuno… ¡el ambiente ahí no pdría ser mas hogareño!

Encuentran al padre de las jóvenes que absorbe su mate; Wendy y Jim sentados toman café con olorosas tostadas, una serie de mermeladas, quesos y lascas de jamón,… Roberto respira el delicioso aroma del ambiente… -¡hummmmmm!... ¡Qué delicia!...-

O'Brien muy atento y sonriente se levanta y saluda con afecto a Roberto; le pregunta si han tenido un buen vuelo… el joven se sorprende ante tal efusividad, y dice que fue un perfecto vuelo,… con un tiempo excelente don Gerardo... y añade…

-Ha sido como una verdadera aventura señor O'Brien, despegamos cuando el sol salía hacia el este…-

Y el joven piloto continúa … -desde niño tuve ese sueño de volar así en un biplano… como en el film de Errol Flyn y David Niven… "The Dawn Patrol", que probablemente Ud. ha visto…-

O'Brien reconoce lo que el joven dice y afirma… -si, ese era un excelente film… y con aviones muy parecidos al Gipsy, ¿no?...-

Con dos besos a las sonrosadas mejillas, Roberto saluda a Wendy…y percibe un agradable perfume… y le pregunta -¿qué buena fragancia es esa?- ella comenta que sólo es su shampoo… que acaba de lavarse el cabello…

Kelly observa con mucha atención cómo Roberto le ha dado una especie de piropo a su hermana… piensa que desde ya debería poner las cosas en orden con esos dos pibes… chei… ya conversaremos … hummm…

El mozo del comedor ofrece a Roberto si desea desayunar, , -"un black coffee", un café negro, por favor, y a lo mejor algunas tostadas, gracias… y si tenés un par de huevos revueltos no muy cocinados, mejor aún,- el muchacho dice que ya los prepara…

Gerardo O'Brien trata de conversar con el joven piloto… pero es interrumpido por Kelly que desea que Robero o Jim la lleven a volar en el coso ese Gipsy… chei…

Una vez que la muchacha terminó de hablar, Gerardo muy serio le dice a Roberto que cuando regrese, quisiera tener una conversación con él…

El joven recuerda la noche de amor con Kelly, en su previa visita a la estancia y piensa que a lo mejor el padre se habrá enterado y tal vez quiera pedirle cuentas… -Hummmmm, qué vida… chei…-

Jim, que ha escuchado a O'Brien, mira a Roberto y lo ve ponerse serio, pero el viejo piloto, moviendo suavemente su cabeza a ambos lados y con una semi sonrisa en sus ojos trata de transmitir al joven que no se preocupe, que no es nada… chei…

-Ok, déjame comer algo y ya vamos… ¿Está bien Jim?... ¿me dejarías pilotear tu Clementina solo?..-

Jim Cameron afirma…, -tú Robertou debes ser la única persona a la que yo dejaría volar solou mi Clementina… chei…-

-¿OK? Jim... gracias por tu voto de confianza chei…- responde el joven… las pibas quedan bobas mirando al chei Roberto con su amplia y contagiosa sonrisa…

Kelly abrigada con su chaquetón con piel de cordero por dentro, mira a Roberto y le pide que le dé su gorro, gafas y su bufanda blanca… y que ella irá primero a volar en el Gipsy…

Roberto mira a Jim y le pide… -dale los tuyos a Kelly, chei…-

-No chei… Roberto… chei,- dice la joven que apreta sus dientes al hablar… con un arrastrado -"yyyooooo" quiero usar… los tuyos querido… chei… y vos usás los de Jim… ¿no vamos a discutir por eso... no?...-

Esta piba es imposible de obstinada o mal criada… o a lo mejor ambas cosas… piensa Roberto…

Gerardo O'Brien que ha presenciado el intercambio de palabras no capta la motivación de su hija al querer usar los aperos de vuelo del joven… y cuestiona a su hija…

Ella muy coqueta le dice… -papaito chei… si algún día vos querés conquistar a una piba de tu edad, deberías usar el "after shave de lavanda inglesa," que usa Roberto… es divina… chei… y ella agrega… él dice que sólo la encontrás en Punta Arenas, viejo querido…- y continúa…

-Así que ahí tenés viejo, una buena motivación para que viajemos todos en el Cessna a esa ciudad y vamos de compras,… che viejo, ahí todas las tiendas solo venden cosas importadas… y a muy buenos precios… ¿blue jeans americanos y botellas de whisky a cinco dólares, viejo?... chei… ¿no te parece una maravillosa idea?..-.

Jim comenta que su casa en Punta Arenas está a su disposición cuando quieran ir. Hay una pareja de ingleses que cuidan y proveen un buen servicio, además hay un station wagon para que circulen por la ciudad a su gusto.

La casa tiene la mejor vista de la ciudad y el Estrecho de Mgallanes… -¿No es así Robertou?... chei… así es … dice el joven, aun no me repongo de la ubicación, domina la ciudad y mirás hacia todos lados… de verdad gocé ese lugar… les va a gustar… y tiene mucha clase…-

Y Jim embromando a Roberto afirma, -yo puedo pedir permiso a un "amigo" del ex teniente Roberto Conti, su ex-comandante Rodríguez de la Base Aérea en Bahía Catalina, de la Fuerza Aérea de Chile para que permitan al Cessna 195 Lima Victor 0385 de Gerardo O'Brien aterrizar, ahí ya que sólo se encuentra a tres kilómetros de la ciudad…-

-¿Cuando vamos chei… papaito?- dicen la pibas...

-Papá… che… yo creo que Roberto… che, podría volar el Cessna a Punta Arenas ya que era piloto en esa ciudad, si mal no recuerdo lo que Roberto dijo… che ¿no? y así vos no tendrías que preocuparte por el vuelo… papa querido… ¿viejo, no?...-

-¿Cuando despegamos… che…?-

Roberto prefiere no comentar y aparenta no haber escuchado, y continúa con lo del vuelo con las pibas…

-Ok… Jim…chei, dame tus aperos y dejemos que Kelly vuele con los míos… perfecto…

Y Wendy pregunta... -Y yo qué?...-

Kelly cuenta que cuando ella fue a buscar a Roberto al coso ese Gipsy, le pidió que deseaba volar con él… chei pibeta…

-¿Entendés cabecita dura?... después volás vos con Jim… ¿Está bien princesa?... hey… ¡es hora que dejés de ser chiquilina! che… vos actuás como si aún tuvieras siete añitos… piba… yo primero… yo primero… ¿papá?… Pará ya,… pará… sos muy vieja para continuar así... chei…-

Kelly, Wendy y el joven piloto van en el Jeep hasta el biplano y encuentran el camioncito de la gasolina al lado del Gispy para ponerle combustible. Roberto y el chofer del camión llenan el estanque…

Listo para volar Roberto ve a Kelly ya sentada en la cabina delantera y la ayuda con los cinturones de seguridad; aprovecha de indicar a la joven que en el vuelo, -por favor, no toqués el famoso bastón, ni los pedales que están en el piso… chei…-

-En otra oportunidad haremos clases de vuelo… siempre que te guste… ¿Ok?...-

Le pide al chofer del camión que le dé un empujón a la hélice y lo hace andar…

El Gipsy Moth da sus típicos brincos y despega hacia el oeste y toma vuelo rápidamente…

Roberto eleva el biplano lo suficiente para darle a Kelly una demostración de varias acrobacias y hace una pasada al máximo de velocidad sobre la pista donde ven a Wendy que hacía señas… el Gipsy va al este y vuelve en dirección a la pista y aterriza… y se aproxima a donde está el jeep, el piloto ubica el biplano hacia el viento y detiene el motor…

Roberto va a chequear a su pasajera… ella, aún está con sus coyonturas blancas aferradas a las barras interiores de la cabina, y con cara de terror, dice…

-Roberto… este vuelo ha sido peor que las torturas de la Inquisición... o los tormentos que le hacían al pobre Miguel Strogoff… -

-Piloto che,… tenés que ver cómo han quedado mis rodillas y mis piernas… deben estar llenas de moretones, che… vos sos un animal como vuelas la cosa esta… che…-

-Roberto broméa con Kelly, no te preocupes mi amor, después te examino las piernas Kelly querida… che…

-Piloto… che… ¿Vos no me estás cargando… che, no?... No es para la risa como me siento che…- muy seria comenta la muchacha…

-Vos sos loco que voy a poner un pie otra vez en este ruidoso biplano prehistórico…-

-¡Nunca más!… afirma categóricamente… por favor… chei…- y enojadísima ella se arranca los aperos de vuelo de su cabeza que se enredan en su cabellos y los tira al asiento de la cabina de Roberto… que incluye su adorada bufanda blanca...

Roberto piensa que la piba no tiene espíritu deportivo, ni nada parecido…

-¿Qué esperabas?... ¿Una limusina volante?...-

-¡Qué actitud, Dios mío… chei!…- y enfadado expresa, -no más vuelos por hoy pibas queridas… ¿Ok?...-

Y Kelly le comenta a su hermana, a vos Wendy che, no te va a gustar volar con Roberto… el ruido ensordece, es increíble de rústico… no, no… eso es horrible Wendy… no lo hagáaaas… chei…-

-¡Qué idea llevarme a volar en eso!… mi Dios… Roberto mi amor… perdoná... yo sé que vos lo hiciste con muy buena voluntad, pero eso no es para nosotras… eso es algo rudo… muy rudo… chei… es muy ordinario para nuestro estilo…-

Wendy decide escuchar a su hermana y decide no y los tres regresan a casa…

El padre de las jóvenes y Jim escuchan el lamentable comentario de Kelly sobre el vuelo… Jim les dice que para volar esa reliquia se requiere una actitud deportiva especial; y que él lo ha dejado en perfectas condiciones y perdonen si el vuelo no ha sido lo que ellas esperaban…

Gerardo muy educado agrega también que los dos pilotos han hecho un viaje larguísimo en esa máquina para venir a verlas y darles un gusto… y que se excusen, deben demostrar buenas maneras pibas…

Las hijas piden se disculpan y besan a los dos pilotos en las mejillas… y asunto terminado… chei… Kelly pone mucho ojo en los lentos besos de Wendy a las mejillas de Roberto… hummmm…

Luego O'Brien se acerca a Roberto y a Jim para que lo acompañen a su oficina…

Mientras caminan detrás de O'Brien, Roberto escucha a Jim quien en voz baja, le explica que lo que Gerardo tiene que decirle no es nada para preocuparse, que es algo que posiblemente le va a gustar… -en seriou… chei…-

-Bien Roberto…,- expresa el estanciero …, -no sé si Jim le ha contado, pero he decidido no vender la estancia; al cancelar la venta, y al seguir las recomendaciones de mis amigos Massi y Cameron hemos decidido contratar un nuevo sub-administrador y como siento que los años me alcanzan debo contratar el mejor piloto privado que podamos encontrar...-

-Casualmente Ud. ha venido a la estancia en el momento preciso y Marcelo junto a Jim me han recomendado a Ud. como piloto profesional para la posición de nuestro piloto privado y con la responsabilidad de mantener mi Cessna 195…-

El corazón de Roberto late con intencidad ante tal oferta… Y piensa… -¿Volar de nuevo?... ¡hummmmmm!...-

-Tenemos nuestro Cessna 195 desde hace muchos años Roberto y tiene una enorme cantidad de horas de vuelo y que requiere, según expertos, un completo chequeo y reemplazo de importantes componentes del motor y del fuselaje… todo eso involucra una considerable inversión y sale más económico y seguro comprar un nuevo avión para la estancia…- él explica…

-Con tal objetivo he investigado en el mercado y nada se compara a un nuevo De Havilland Beaver.-

-Es una aparato fuerte, la última palabra en potencia, sistemas de navegación, de comunicaciones, capacidad de carga y rendimiento. Es más grande y más resistente y no necesita mucho espacio para aterrizar y despegar, tiene ala alta con muy buena visibilidad, no es un avión bonito, pero muy apropiado y práctico para nosotros.- y el señor O'Brien se extiende…

-Ese avión está en un aeropuerto en Estados Unidos y es necesario ir a buscarlo… y traerlo a Laguna Azul…-

Las revoluciones del corazón de Roberto están llegando a siete mil, de tanta felicidad…

Y el estanciero comenta, -el viaje de ida, hoteles, así como los gastos del entrenamiento del nuevo avión; y todo gasto que involucre volarlo hasta nuestra estancia con escala en Buenos Aires para legalizar la entrada de aduana con la debida documentación y el registro del Beaver, así como su sueldo, todos eso es de mi responsabilidad.

Yo estaré en el aeropuerto de Ezeiza, cuando arribe de regreso, para facilitar dicha operación… -

-Asímismo hay que preparar el Cessna 195 en Buenos Aires para la venta; hay que revisar cada detalle necesario para que el avión sea fácil de vender, eso lo dejaría en sus manos Roberto, para que lo supervise. -

-Para comenzar le depositaría tres mil dólares en una cuenta a su nombre, en mi banco; con ese dinero Ud. podría trabajar y moverse sin tener problemas. Mi banco le depositaría su sueldo todos los meses; los impuestos y descuentos legales pueden ser administrados también por ellos, informándole mensualmente los detalles por correo.-

-Un seguro de vida para sus sobrevivientes por cien mil dólares estaría disponible, en el caso de algo, que espero nunca suceda, pero estará ahí. Ud. debe nombrar él o los beneficiarios…-

Roberto, -¿Le gustaría tomar el cargo de nuestro piloto privado y supervisar la mantención del actual avión y eventualmente del que estoy comprando? -

El joven, aún excitado con la oferta dice:

-Pero por supuesto que acepto señor O'Brien…-

Gerardo agrega, el sueldo sería de acuerdo a normas en la industria aeronáutica en vigencia a lo cual yo le agregaría un porcentaje más por trabajo extra. Creo que actualmente el sueldo es de US $1.500 al mes…

Roberto, necesitamos iniciar su documentación para que Ud. pueda trabajar aquí en Argentina. Tengo muy buenos contactos en el Departamento de Inmigración de la Nación y creo que si Ud. me puede proveer con su documentación de nacimiento y cédula de identidad, además documentos de su carrera de piloto, tipos de aviones que estaba autorizado para volar, horas de vuelo y recomendaciones personales de un alto oficial de la Fuerza Aérea de Chile, sería muy fácil conseguir su cédula de residente en Argentina…

Si necesita viajar a Santiago de Chile para conseguir todo aquello, los gastos del viaje y estadía son por mi cuenta…

¿Un lugar para que Ud. resida? Lo podemos acomodar aquí en nuestra casa, tenemos cuartos extras y puede escoger donde se sienta cómodo y cuando viaje a Buenos Aires puede quedarse en nuestra residencia y mi chofer lo puede ir a recoger en los aeropuertos o llevarlo a ellos, y en la capital a todo lugar que Ud. necesite ir.

Ud puede estar seguro que aquí estaremos todos muy felices al tomar este trabajo…

Jim, que ha escuchado a O'Brien comenta que es una fantástica oferta, única…

Gerardo agrega, primero quiero que sepa que la vida aquí no es fácil, los inviernos son duros y largos y hay que seguir trabajando con el tiempo que venga. Debe pensarlo muy bien ya que es un puesto con grandes responsabilidades que tiene que afrontar y saber llevar…

Pienso Roberto que con una profesión en que Ud. sabe perfectamente lo que tiene que hacer y si hace todo en la forma debida, nunca tendrá problemas. Necesito su honestidad y sensibilidad en nuestras relaciones así como en lo tangible… transparencia en todo…

Cuentas claras y viejos amigos, Roberto. En este trabajo debe manejar dinero y manejarlo como si fuera suyo y rendirme cuentas constantemente ya que hay mucho en juego con el volumen de compras para la estancia.

El nuevo Beaver tiene mayor capacidad de carga al remover cuatro asientos de los cinco, brindando mayor espacio y el avión viene con toda la ferretería para acomodarla y fijarla dentro de la cabina.

Antes que nada, las ordenes las doy yo y mis hijas lo saben y nunca he tenido problema con ellas en ese sentido. Ellas respetan mi jerarquía como si esto fuera un regimiento y Ud. recibirá mis ordenes y de nadie más…¿eso está claro?... Debe haber un sólo comandante.

Ellas gustan de Ud. y he sido informado de su relación con mi hija Kelly, que considero algo personal entre Uds…

Dada mi edad, he escrito un testamento en el que está claro que mi hija mayor sería la nueva cabeza de la familia, de la estancia, y así como administradora de todos mis negocios, propiedades y otros bienes.

Wendy está al tanto y ha aceptado mis decisiones. Ambas muchachas manejarían la estancia, ya que ellas son graduadas en administración y pueden llevar todo esto adelante perfectamente.

No he contactado a nadie sobre esta posición de piloto privado, pero sería bueno que Ud lo piense y me responda lo mas rápido que pueda. Es una oferta que me parece muy atractiva para un joven como Ud…

Puede comenzar una nueva vida e ir mejorando sus cualidades profesionales en general. Sé que Ud. no tiene experiencia en negocios, pero creo en aprender haciendo con buena fe.

Roberto, usted tiene la palabra…

-Honestamente don Gerardo, pienso que su oferta es increíble de atractiva y le agradezco desde ya la oportunidad que me está ofreciendo…. -

-Mi manera de pensar señor O'Brien está de acuerdo con la suya; debo decirle que mi padre siempre inculcó la honestidad ante todo, ya fuera en lo público como en lo privado, y decía que hay una sola manera de hacer las cosas… la forma correcta, e ir por la vida con esa premisa por delante…-

-Volar me enseñó a mantener una visión muy amplia, panorámica de todo lo que está sucediendo a mi alrededor; y aquello lo uso también constantemente en mi vida diaria, el volar ha sido buenísima lección señor O'Brien…-

Gerardo comenta que no hace falta que lo llame "señor". -Con dirigirse a mi como Gerardo es suficiente, Roberto…-

Roberto explica que para ubicar la documentación que Ud. menciona debo viajar a Santiago. En todas las oficinas del gobierno estos trámites tomarán tiempo en resolverse. Tengo conmigo los documentos de mi separación de la Fuerza Aérea de Chile firmados por el juez, el general Ferrara, quien es muy amigo de mi padre…

-Gerardo, como Ud. dice, yo no tengo experiencia en negociar ni en hacer grandes compras. Necesitaré que me asesore al comienzo.

Tengo todas las buenas intenciones de aprender y eventualmente manejar esas operaciones solo.-

-Ud menciona además que yo debería encargarme de la mantención de los aviones.-

-Para mí, eso debe estar en manos de personal altamente especializado y lo único que yo podría hacer es supervisar y contactar las compañías que han estado haciendo eso hasta ahora y llevar el avión para que les hagan los servicios cuando sea necesario; no soy mecánico, soy piloto, Gerardo… ¿Ud comprende, no?-

-En referencia al viaje a buscar el Beaver a la Florida es algo que requiere planeamiento, y visa para entrar a Estados Unidos. Yo ya he volado esos aviones en Chile, talvez no nuevos, pero similares al que Ud. menciona.-

-Con referencia al sueldo que Ud. propone, lo considero apropiado, y le agradezco su generosidad.-

-Recuerde Gerardo que fui oficial de la Fuerza Aérea de Chile y desde pequeño recibí órdenes de un estricto padre y en el ejercicio de mi carrera de piloto de guerra aprendí a recibir y dar órdenes, así como delegar funciones…-

-Ahora, acerca de sus hijas, ellas son mis amigas y tengo un armonioso entendimiento con Kelly, que deseamos mantener…-

-Ya podremos conversar más. Por ahora debo finiquitar mi estadía en Chumanguitos.-

Jim que ha escuchado toda la conversación, dice…- si… chei… nou hay problema,…-

-Robertou… chei… ¡Ayyy!… Robertou, tú nou sabes comou me vas hacer falta amigou… chei… perou estou va a ser muy buenou para ti Robertou… chei… de segurou nos veremos…-

Roberto una vez que dejó la estancia Chumanguitos, nunca puso nada de su parte en la realización de tal deseo de Jim Cameron de continuar la amistad de ellos.

Jim Cameron, su esposa Marie y Solange jamás volvieron a verlo, ni oir de el... fue muy triste para esa pareja el desaparecimiento absoluto de Roberto de sus vidas...

La actitud de Solange ha herido al joven piloto en lo más profundo de su corazón, y el resentido joven quiso ignorar de ahí en adelante a Solange y a los Cameron que lo amaron incondicionalmente...

O'Brien les dice que a lo mejor se podían llevar el Cessna 195 y viajar a Santiago en él, y conseguir toda la documentación.

-Estudiemos eso y a lo mejor Marcelo tiene una mejor idea...-

-Roberto, cuando vuelvan a Chumanguitos conversen con Marcelo y comente esta nueva situación... y si hay algún problema, nos comunicamos por la radio y ahí nos ponemos de acuerdo...-

-Roberto, si va a necesitar dinero, es mejor que yo se lo dé ahora y así se simplificarían más las cosas. Yo mantengo dólares suficientes para esa operación... no hay que olvidar recibos de todas los gastos en que incurras... eso es muy importante Roberto...-

El joven piloto dice a O'Brien que por el momento no le hace falta dinero, Jim recién me hizo una liquidación de todo el tiempo que ha trabajado para él en Chumanguitos y tengo suficiente para el viaje a Santiago y los gastos que sean necesarios... y guardaré todos los recibos para al regreso... -

Y Gerardo continúa: -cuando vuelvas a Laguna Azul Roberto, ya tendré el contrato entre nosotros para beneficio de ambos y lo firmamos...-

-Por ahora vamos a almorzar y así Uds. pueden comenzar a regresar a Chumanguitos temprano.-

Todos se juntan y tienen un alegre almuerzo de día domingo. Gerardo le dice a sus hijas que Roberto ha decidido trabajar con ellos en Laguna Azul.

Las pibas no pueden estar más contentas… Kelly le dice a su hermana que va a ser muy bueno para ellas tener a alguien joven en la estancia para hacer los días más llevaderos… chei… Roberto es muy simpático y es fácil compartir con él…

Gerardo trae al comedor los folletos del De Havilland Beaver para que todos los vean…

Jim comenta que ese avión es de la misma fábrica que su De Havilland Gipsy Moth, sólo que cuarenta años más nuevo y muchísimo más avanzado, algo que no se puede comparar…

Roberto cuenta que él ha volado esos aviones en la Fuerza Aérea en Chile y que eran muy resistentes y buenos para trabajar con ellos en pistas de aterrizaje cortas y blandas y en lugares aislados, justo como Laguna Azul. Es una excelente elección que Gerardo ha hecho. Y el joven piloto comenta que es un avión que requiere atención y hay que cuidarlo y hacerle mantención para conseguir su máximo de rendimiento.

Después del almuerzo los dos pilotos van a revisar el Gipsy y lo dejan en condiciones de regresar a Chumanguitos a la brevedad…

Roberto y Kelly continúan su relación y ella lo lleva a recorrer la casa y le muestra diferentes dormitorios que existen para que escoja el que más le guste. Roberto comenta que eso no es necesario por ahora, ya que falta bastante tiempo para que él regrese de Chile, pero que le gustaría un cuarto no muy lejos de ella.

Kelly desea saber si ella puede acompañar a Roberto a Estados Unidos para traer el nuevo avión…

Gerardo dice que eso requiere más trabajo para él ya que hay que sacar otra visa, pero que no sería mala idea que acompañara a Roberto y así ella podría familiarizarse con el vuelo del Beaver y así llegar a ser piloto…

La joven abraza a su padre y le agradece poder de hacer el viaje a Estados Unidos. ¿Y volver de copiloto?… aparte que ella habla inglés, eso ayudaría mucho a Roberto con las comunicaciones…

Jim y el joven se preparan para volver a Chumanguitos. Jim da a Gerardo la frequencia de su aparato radio amateur y se ponen de acuerdo que todas las noches estarían en sintonía a la 8 pm, para mantener las cosas caminando; los dos deberíamos estar en el aire por un período de 15 minutos hasta que alguien haga una comunicación… Marcelo también debe ser incluido en esas comunicaciones por radio haciendo que él sintonice su equipo también a esa hora… -Así todous estaremous a tantou de lo que sucede… chei…- dice Jim…

Roberto y O'Brien se dan un fuerte apretón de manos y cierran el pacto de trabajar juntos. Las muchachas acompañan a los pilotos hasta el Gipsy… Roberto y Kelly se despiden con un prolongado beso y se dicen adiós. Wendy también besa con calma a Roberto en las mejillas, bajo la curiosa mirada de la hermana. Ambas jóvenes besan a Jim y les desean un seguro vuelo…

Las jóvenes observan como el pequeño avión decola hacia el oeste y se eleva rápidamente rumbo sur… hasta que el rojo punto en el cielo de la tarde desaparece …

Kelly pregunta a su hermana qué opina sobre la oferta del padre a Roberto… La hemana dice que encuentra que Roberto será lo mejor que le puede suceder a la familia y que las cosas mejorarán para el viejo,… y para ellas ¿No?...

Wendy agrega que no entiende por qué ella no puede participar del viaje para traer el nuevo avión con ellos, que sería una cosa justa. ¿No crees Kelly che…?

Kelly le contesta... ¿no te daría pena dejar a nuestro viejo padre solo? Yo estoy yendo en ese viaje para ayudar a Roberto y otra persona más complicaría las cosas y nuestra privacidad con... Roberto... chei.

Si piensas bien y calculas la cantidad de horas que vamos a volar y lo limitado del espacio, sería una incomodidad para todos... ¿Por qué no piensas un poco en los demás y no tanto en ti misma Wendy?...

En una futura oportunidad tú irás o iremos todos juntos. Esto que se hace ahora es para mejorar nuestra vida y tú debés comenzar a interesarte en trabajar con el viejo en la estancia y ayudarlo.

-Vos tendrás que administrar la estancia y tenés mucho que aprender, piba... y eventualmente enseñarme a mí, ¿recordás?... chei...-

Mientras tanto en en la estancia Chumanguitos, poco después de una agitada noche...

Roberto y Solange han ido a su cuarto y la joven trata de no llorar...

Ella deja que Roberto duerma y se baña antes de dormir...

Pero desde la bañera la joven divisa un fino y dorado reflejo de luz desde interior de los aperos de vuelo de Roberto... -¡Qué extraño!...

Ella sale de la bañera y pone los aperos contra la luz...

La imagen de varios largos cabellos rubios adheridos al interior del gorro de vuelo de Roberto le saltan a la vista...

Ella, de susto deja caer los objetos...

Un largo grito a toda voz resuena por la casa en medio de la tranquilidad de la noche... ¡Robertoooooooooooooo!...

¿Qué espera a Roberto y Marie cuando Solange abra la puerta del baño?

Capítulo 11

ESTANCIA CHUMANGUITOS
CASA GRANDE... YA TARDE, ESA NOCHE.
PATAGONIA CHILENA

Muy sorprendido por el grito de Solange,... Roberto se aproxima a la puerta del baño; Solange envuelta en una toalla, muy alterada y con una desagradable mirada abre la puerta... y bruscamente ordena,... -entra... quiero que veas algo...-

Él se detiene en el umbral...

La muchacha apreta sus dientes al hablar, y dice:

-Sinvergüenza,... recoge de ahí tus aperos de volar...-

Extrañado por la descortés manera de hablar, que nunca había escuchado en Solange, él lo hace, y ella apunta con un dedo acusador... y afirma... -lo que tienes en tus manos maldito, demuestra por qué el par de machotes mentirosos fueron a la estancia Laguna Azul...-

Roberto no capta lo que ella dice...

Ella destemplada grita: -mira..., mira bien dentro del gorroooooo!... desgraciado!...-

El observa el interior…, la visión de varios largos cabellos rubios, son dificiles de ignorar…

Solange enfurecida al máximo añade… -¿Tienes descarado alguna mejor excusa que ésa para arriesgar tu vida y la de mi padre en el miserable biplano? ¿Tú podrías explicar cómo esos cabellos de mujer han llegado ahí?...- e insiste…

-¿Cómo han tenido la insolencia, el par de atrevidos, de acusarme a mí de infiel, cuando Uds. andaban en algo, que por las apariencias, parece lo mismo, no?...-

A los irritados gritos de Solange, Jim se halla al lado de su esposa en la puerta del baño…

Marie con una mano en la boca y sosteniendo su respiración, no puede creer lo que escucha… ni lo que Roberto sostiene en sus manos…

Jim, que no entiende el por qué de la trifulca y pregunta…

-¿Hija, te puedes calmar y explicar a tu padre que es lo que te está alterando tantou… chei?-

La joven con su corazón latiendo a mil dice:

-¿Acaso Jim no reconoces esos cabellos?-

El padre insiste en que no lo llame por su nombre, o él se irá dormir, y mañana tendremos todos una conversación como seres normales y no a gritos en medio de la noche…

-Hija, sería mejor que te calmes y comiences de nuevou… chei…-

La hija respira profundo y explica usando la palabra padre,…

Jim argumenta,… -Solange, acusas y juzgas a Robertou de algou… ¿Sin tener mayores fundamentous? ¿Solamente por las apariencias… chei?…-

El padre no niega reconocer los rubios cabellos y explica,…

-Cuando estábamous en la estancia de O'Brien, Robertou llevóu a volar en la Clementina a una de sus hijas, y cedióu sus aperos y volóu el Gipsy Moth con los míos… hija…,-

-¿Alguna otra pregunta?... chei…-

Y el enfadado padre agrega…

-Si por alguna razón hija, dudas, puedes usar el radiou y hablar con O'Brien y le preguntas… él estará en las noches en nuestra frecuencia entre 8:00pm y 8:15pm…chei…

Y fin de la conversación… chei…

…y ahora vamous a dormir…- y el gringo agrega en buen inglés…

-¡Damn it!... ¡This has been definitively the evening from hell… chei!...-

-¡Maldito!... ¡Esta ha sido la noche infernal!… chei…-

Solange, con una mano en sus labios y de pie en el baño se queda no muy convencida de la explicación del padre… pero todos la han dejado sola…

Ella, triste, reconoce que ha actuado muy mal, como si fuera la esposa celosa y quisiera disculparse con el pobre Roberto quien se ha ido a dormir solo a otro cuarto, muy afectado…

Las cosas para Solange se han complicado mas aún y se siente culpable y deprimida,… va a la sala y se sirve un whisky y piensa en la situación que ha creado…

-¡Ayyyy!…- habla con ella misma y piensa, -cómo quisiera volver atrás y no haber dejado a John cambiar el neumático, perfectamente lo hubiera podido hacer sola,… con mucha calma y todo esto no estaría sucediendo… nunca hubiera querido hacerle aquello a su amado Roberto… ¿de dónde me vino esa actitud en mí que no reconozco?

Le he hecho daño a la persona que más quiero en mi vida… ¿Por qué?...-

-Será mejor que me vaya a dormir y ya hablaremos con Roberto…-

Al día siguiente Solange encuentra a su madre que desayuna sola y pregunta por los dos hombres, la mamá dice que han ido a la estancia de Marcelo ya que tienen un encargo de O'Brien que resolver…

Madre, pregunta la joven… -¿Crees que esta situación podría tener arreglo si le pido disculpas a esos dos hombres?-

Marie comenta… -sería fácil pedir perdón al padre… pero a Roberto, es algo muy serio, está herido y con razón. No puedes ir y contarle que hiciste el amor con ese joven toda una tarde en su estancia porque te vino un ataque de apasionamiento…-

-¿Y después pedir que te perdone?… eso no tiene vuelta queridita…- y ella rotundamente insiste, -Roberto se va de aquí, y ten eso por seguro hija querida…- La madre triste asegura…

-Has mellado la maravillosa unión de amor tan bella que tenían…- y comenta…

-¿No podrías haber pensado por un segundo antes de actuar Solange, y hacer lo que hiciste sin tomar en cuenta las posibles consecuencias?...- y ella resume…:

-Pero la juventud es así a veces, irreflexiva, rebelde, pero eso enseña, promueve experiencia… y mucha tristeza, hija…-

-Tal ves Solange, no debías haberme contado nada hija y podías haberte guardado el secreto para ti misma… Tú no te imaginas cómo siento lo que ha sucedido entre ustedes, y me siento en parte culpable. ya que ellos nos cogieron de sorpresa y se dieron cuenta que ambas escondíamos algo...-

-Hija, he quedado en deuda con mi esposo por tratar de ayudarte… No decir la verdad es traición y Jim siente que actué indebidamente… no sé que más decirte hija… toma las cosas con calma… ya pasará…-

-¿Cómo pudiste ser tan fría y hacerle eso a ese buenísimo muchacho? Le va a tomar mucho tiempo reponerse… y tú, deberías rezar y pedir disculpas…-

-¡Qué lástima!… yo los veía tan bien juntos y hacían una linda pareja,… me dan deseos de llorar de pena… hasta me había imaginado a tus pequeños Robertitos y Solanges jugando por la casa hija… ¡Qué desilusión… hija querida!-

-Tengo la impresión de que él se va a trabajar de piloto privado de Gerardo O'Brien a su estancia… él le ha hecho una magnífica oferta… hija, si lo piensas bien… eso es lo que Roberto siempre quiso, y por su amor por ti, lo dejó de lado y estaba aquí contigo…¿Te das cuenta lo que le has hecho a ese joven tan querido?...-

-Él no es una persona que puedes atar mucho tiempo en un lugar como este, por mucho que se amen…-

-Este trabajo es para gente con alma para esto, gente que ha crecido al lado de las ovejas, que ama el coirón y el viento… él adoraba a su Solange y por eso estaba aquí… *chei...* como diría tu padre… y fin de la conversación…-

Jim cuenta a Massi lo sucedido ese domingo en Laguna Azul. -Roberto ha aceptado la oferta de Gerardo O'Brien. Y continúa, debido a eso él tiene que ir a Santiago para conseguir todos sus documentos de su carrera en la Fuerza Aérea de Chile, para sacar su residencia legal en Argentina, y al mismo tiempo conseguir una visa para poder viajar a Estados Unidos ya que O'Brien ha comprado un nuevo avión y Roberto debe traerlo…-

-Sí, un De Havilland Beaver y necesita que Roberto vaya a buscarlou a la Florida… con Kelley, ya que ella habla perfecto inglés…

Marcelo se pone muy contento… -¡Qué excelente selección de Gerardo de comprar un De Havilland Beaver!- y Massi como esperto piloto comenta…

-Ese aparato robusto y fuerte, fue diseñado para despegues y aterrizajes cortos. Teniendo así mismo un techo de vuelo muy alto. Fue creado específicamente para volar en lugares remotos de Canadá y Alaska, donde no hay lugares buenos donde aterrizar, por lo tanto ese avión está hecho a medida para esta área de la Patagonia pre-cordillerana…-

Y Massi felicita a Roberto al tomar la oferta de O'Brien…

-Va a ser un trabajo de primera categoría muchacho, Gerardo es un hombre muy rico y muy conocido. Eso te va a dar mucha experiencia Roberto, en negocios y te permitirá viajar a distintas provincias de Argentina. Ya verás que has tomado una buenísima determinación…-

Robero Conti, al aceptar la designación de piloto privado de Gerardo O'Brien, no se imaginaba que había tomado "*la decisión de su vida*"...

Jim cuenta a Marcelo que O'Brien ha ofrecidou a Roberto que viaje a Santiago en su Cessna 195, haga toda su tramitación y regrese a Laguna Azul vía Puerto Montt con cruce de la cordillera a Esquel y de ahí a su estancia…-

-¿Qué opinas Marcelou? ¿Tienes alguna sugerencia... chei…-

Marcelo piensa por unos minutos en silencio y luego afirma que él tiene pendiente un viaje en su avión a Santiago, por varios motivos y cosas que hacer en la capital y que a lo mejor él pudiera llevar a Roberto de copiloto en su avión... y agrega:

-Roberto puede hacer todos sus trámites, y yo los míos y volvemos directo a Laguna Azul con las debidas escalas y compartimos los gastos con O'Brien… chei…-

-¿Esa es una excelente sugerencia… chei…?-

Jim relata que O'Brien le ha dadou la frecuencia de su radio y que estará en sintonía de 8pm a 8:15pm, todas las noches por si tenemos algou que conversar y a lo mejor esta noche hablamous con él y ya solucionamous lo del viaje… chei…

Roberto que ha escuchado a los hombres conversar dice que le encantaría ir de copiloto en el avión de Massi a Santiago, por las 10 largas horas que es el viaje…

Marcelo Massi ofrece pagarle por las horas de vuelo de copiloto y que encuentra que es justo y que debería aceptar… serían unos 500 dólares por el viaje de ida y vuelta, no está mal y al mismo tiempo aprovechas de acumular más horas de vuelo para tu currículo…

El joven piloto, muy sonriente agradece y dice que ese dinero le va a venir muy bien y que cuente con él todo el tiempo que Marcelo desee…

Ha pasado el tiempo…

De regreso del viaje a Santiago. Massi y Roberto vuelan el Beechctaft sobre el lago Futalaufquen a donde han comenzado a descender, después del cruze de la alta cordillera desde Puerto Montt; desde la cabina ya se vislumbran a lo lejos las planicies de la Patagonia hacia el este…

En unos minutos aterrizan en el aeropuerto de Esquel, muy cerca de esas magníficas y coloridas montañas de la pre-cordillerana patagónica; ahí el Beechcraft hace combustible; luego, con Roberto de piloto, el avión se remonta a su altura de crucero con rumbo sur, no muy lejos de la pre-cordillera; una amplia visión de la Provincia de Chubut se extiende delante de ellos hasta donde se pierde la vista, salpicada por aquí y por allá con pequeños lagos con aguas que reflejan distintos tonos de azul y verde…

Deberían llegar a la estancia Laguna Azul en un poco más de dos y media horas … de regreso del viaje a Santiago…

Durante el vuelo los pilotos conversan y se ponen de acuerdo para examinar cartas de navegación e informes de tiempo para la larga ruta desde el sur de la Florida en Estados Unidos hasta Buenos Aires, que Roberto y Kelly deben realizar...

Marcelo cuenta que él hizo ese viaje, pero por la costa del Pacífico, de California a la Patagonia Auatral, cuando compró su avión; y relata que pilotos de la fuerza aérea americana en Texas, le recomendaron volar muy alto sobre Centro América, en especial sobre Nicaragua donde una guerra civil con fuerzas paramilitares disparaban a cualquier cosa que se moviera…

Esos guerrilleros derribaron el avión de un piloto amigo de Massi, que llevaba uno nuevo a Chile, tuvo un amarizaje de emergencia en unos arenosos bancos cerca de una costa en el Caribe.

Resultó herido, pero no podía abandonar los restos semi-sumergidos del avión por la abundancia de tiburones; por suerte fue rescatado por unos aborígenes en canoas y lo llevaron de isla en isla hasta que pudo contactar el consulado de Chile en Panamá…

Marcelo continúa el relato… -en el proceso de toda esas travesias perdió gran parte de su brazo izquierdo, pero sobrevivió; los dueños del avión accidentado que traía a Chile fueron muy generosos con el y le dieron un buen respaldo económico para establecerse con una pequeña estación de servicio en la carretera al norte aquí en Chile, donde le va muy bien… la última vez que lo vi manejaba con su único brazo, sin mucha dificultad…, un antiguo jeep amarillo al que le había bajado el parabrizas dobre el capot del motor… y se veía muy contento…

Y Marcelo prosigue, cambiando de escenario y comenta…

-Tú sabes Roberto, qué hombre extraordinario es ese Jim Cameron, cómo se ha encariñado contigo, como si fueras un hijo. Tuviste mucha suerte de caer en Chumanguitos y encontrar a esa bellísima muchacha...-

-Si yo hubiera sido joven la habría cortejado y probablemente me hubiera casado con ella…-

-¡Es una lástima que hayan terminado para tomar el trabajo de Gerardo!...-

-Tienes razón mi amigo Marcelo…- eso es todo lo que Roberto comenta, ya que no desea comentar sobre sus heridos sentimientos, ni acerca de la joven que adoraba…

-Pucha… ¡qué vida!… ¿eh?...-

-Y qué familia…- Marcelo… explica Roberto, -no existe ese tipo de gente tan buena y que se llevan de maravillas… Yo los quiero mucho, me salvaron la vida y me cuidaron con gran cariño… Cuando regresemos vamos a visitarlos Marcelo, ¿ok…? -

Otra vez Roberto está ofreciendo algo que nunca llevará a efecto… Por su desilución con Solange, él se desconectó de su gran amistad con Jim Cameron quien verdaderamente lo había querido como a un hijo… y eso debe haber herido mucho a su buen amigo Jim…

Mientras continúan el vuelo de regreso a Laguna Azul, Massi sigue… Esa área por la costa del Pacífico desde Panamá a Ecuador es bastante aislada, pero hay algunas pequeñas pistas donde se puede aterrizar si es necesario… tengo la ubicación de ellas y las frecuencias en esa lista...

Vas a tener la suerte de viajar con alguien inteligente que te puede ayudar con las cartas de vuelo y la navegación. ¿Tú hicistes vuelos con instrumentos … ¿Nó? Eso también te va a ser muy útil….

Marcelo prosigue y dice que sabe de su relación con Kelly…

-¿Y cómo va eso Roberto? Qué fortuna tienes con estas hermosas muchachas siempre buscándote… ¿me vas a enseñar el truco o es sólo tu magnetismo animal que las atrae?-

El joven dice que nunca puso atención sobre eso y que las cosas suceden y nada más…

-Kelly es una mujer increíblemente hermosa y muy sensual. Esta rubia lo vuelve loco a uno…-

-Pero no creo que me pudiera casar con ella, tiene un modo de mandar a su hermana que a veces dan ganas de darle unas nalgadas de esas que tú sabes… lo siento por la hermosa Wendy, que va a tener que soportarla por el resto de su vida…- y el joven insiste un poco más sobre el mismo tema…

-Kelly necesita ser domada como a una fierecita…o que le hagan el amor todos los días, muchas veces… ¿Podrías tú Marcelo estar casado con una mujer así tan bella y apasionada?...-

-¡Roberto! chei-… dice Massi… -¿Qué clase de pregunta es esa?...

-Yo no sé,- dice el joven, -yo tengo mucha imaginación y con Kelly no hace falta nada de eso…-

-Ella es toda la imaginación que tuviste desde que tenías doce años y si te casas con alguien así te va a hacer la vida muy difícil siendo una hembra tan deseable… y ella lo sabe… chei…- y el agrega…

-Roberto dice que Jim ha comentado, Marcelo…: las mujeres bonitas son para houmbres sin imaginación… chei… si comprendes lou que quierou decir, Marcelitou, mon ami… chei…

Massi se ríe y le pone el dedo en la cara a Roberto y dice… -muchacho, muchacho… tu eres muy especial… ¿sabes?... chei…-

Mientras Gerardo trabaja en su oficina escucha el áspero bajo-tono de los motores del Beechcraft de Massi que vuela sobre su casa y feliz se levanta para ir a recibir a sus amigos…

La bellas hermanas que han ido al río a pescar, escuchan así mismo el avión de Massi que pasa casi sobre sus cabezas en su aproximación para aterrizar en la estancia…

El corazón de Kelly comienza a latir a mil y deja su caña de pescar, feliz salta en su montura y sale a todo galope en dirección a la pista; bastante atrás Wendy la sigue…

O'Brien ha salido a la puerta de su casa y observa la aproximación del avión de Marcelo…

Massi estaciona al lado del Cessna 195 de Gerardo, y apaga los motores; ambos pilotos aparecen un poco cansados en la puerta y desembarcan…

Kelly corre y salta encima de Roberto y queda con sus piernas en la cintura del joven piloto, quien debe sostenerla por las nalgas y se besan con un largo, largo apasionado beso; mientras el beso continúa, el padre y Wendy se acercan a saludar a Marcelo…

Gerardo les da la bienvenida… Kelly aún cuelga del abochornado Roberto que no halla qué hacer con ella, mientras sostiene a la linda muchacha pegada a él…

Finalmente ella se pone de pie y se adhiere al joven y le dice a Roberto lo que lo ha extrañado mucho, mucho… y cómo lo ama…

Roberto queda sorprendido,… y siente algo muy especial por el cálido recibimiento y se alegra de haber llegado a su nuevo lugar de residencia, donde demuestran que de verdad lo aprecian…

Los pilotos dicen que deben descargar el avión ya que traen muchas cosas de Chile, frutas, vegetales y otros; así como los encargos de O'Brien.

Gerardo muy interesado les pregunta si por casualidad han traído… -¿paltas de Chile?...-

Yo las adoro, y aquí en la Patagonia no es posible encontrarlas. El joven piloto dice que sí, que han traído una docena, pero que tienen que madurar, él también es loco por ellas…

Y el joven agrega que además ha traído un cajón de uvas, tomates, limones y varias cosas más que se encuentran en esta época del año en Santiago… y en mucho hielo vienen pescados y algunos mariscos que Marcelo escogió y compró ayer en ese mercado que hay cerca de una estación en Santiago… -¿ Tienen Uds. un buen congelador, no?-

El empleado de la cocina que ha venido a ayudar informa que sí, que tienen un buen refrigerador y un congelador en el repostero, así que llevará primero las cosas de mar.

Todos se juntan en el comedorcito a conversar. Kelly se ha acurrucado poco menos que encima de Roberto y le cuenta que ella ya le ha escogido y le ha arreglado uno de los cuartos con baño, en su ala de la casa con un pequeño estudio al lado, para oficina…

-En tu oficinita vos tenés de todo,… chei, hasta conseguí un máquina de escribir para ti, un escritorio que papá ya no usa, una radio, lámparas, un sofá, alfombra,… de todo chei… tenés que verlo… está super cómodo, che, y con una gran ventana con vista a la pista de aterrizaje para completar tu gusto… ¿eh?, ¿contento?... te adoro Roberto che… cómo deseaba que regresaras pronto… ay, mi amor…-

Todo el mundo ha escuchado a la enamorada joven del piloto…

Marcelo, siempre medio envidioso de Roberto, lo observa, le sonríe y pregunta hummmmm!...

-¿Cómo lo hacés querido para atraer tanta atención… eh?.. chei…- el joven sonriente, un poco distante, dice que él se deja querer… nada más… -y que retribuye esas demostraciones de cariño a su manera… y que no está para explicarlas aquí en esta mesa, no…-

Gerardo, a quien ya no le molesta la tierna y cariñosa actitud de su hija con Roberto, también está feliz con su nuevo piloto privado, al que poco menos que él ha regalado a su hija Kelly.

Por alguna razón la gente se siente confortable con el joven piloto…

-¿Será su natural carisma?…-

O'Brien menciona que en varias noches ha mantenido contacto con Jim por radio y han conversado largo. Ellos también estaban preocupados con su regreso y el resultado de los trámites en Santiago, me parece que Jim Cameron te extraña… muchou, comou dice él.

Ha dicho que todo anda bien en Chumanguitos… pero que todos en casa y en la estancia te echan de menos… Uno de estos días iremos en el Cessna a Punta Arenas y pasaremos a visitar a Jim y su familia…

¿Ok Roberto? Aterrizaremos en tu estancia Marcelo… ¿Qué crees?... Massi dice que no es problema, cuando quieran van y de ahí visitan Chumanguitos…

Roberto indica a O'Brien que ha consultado sobre la visa para Kelly para entrar a Estados Unidos y le han dicho que solo puede obtenerla en el consulado americano en Buenos Aires, pero que no tardaría mucho por lo conocido que es el señor O'Brien en los círculos diplomáticos, es probable que en una mañana podrías tener su visa…

Deben ir ella y su padre, si es posible, para que él acelere los trámites. Yo tengo la lista de las informaciones necesarias...

-Gerardo, algo muy importante, Gustavo Ferrara, el General que le mencioné antes de ir a Santiago nos ayudó en todo, me dio una recomendación personal, escrita como un documento de la

Fuerza Aérea y firmada como general; él encargó a su ayudante, un capitán, que fuera y le consiguiera toda la información existente en la institución acerca del ex teniente Roberto Conti incluyendo tipos de avión que había estado autorizado para volar, total de horas de vuelo y resultado del juicio.-

-Gerardo, debo enviar una nota de agradecimiento al general Ferrara y creo que Ud. también debería agregar algunas palabras indicando que me ha contratado como su piloto privado y que me ha encargado ir a Estados Unidos a traer su nuevo avión De Havilland Beaver.-

-Gerardo creo que Ud. debería invitarlo que si alguna vez vuela esta área, Ud. tendría el placer de recibirlo de visita…-

-¿No le parece algo bueno tener a una persona de tan alto rango en esa institución como alguien conocido? Un poco de relaciones públicas don Gerardo siempre es muy saludable y a veces producen resultados inesperados… ¿no cree?-

O'Brien sorprendido, se queda mirando al joven con lo que ha dicho, y piensa por unos minutos… y dice: -vos tenés muchísima razón, excelente sugerencia, la verdad es que me sorprendes, gracias Roberto…

-Con lo que Ud. acaba de mencionar enviaré una nota a su general amigo que cuando quiera venir a cazar, éste es el lugar ideal, tenemos una larga pista de aterrizaje, toda clase de armas de caza y gran abundancia y variedad de vida silvestre.-

-¿No le parece bien Roberto?...- -Creo que con su invitación, el general Ferrara va a aparecer por aquí uno de estos días, téngalo por seguro… he oído que es loco por cazar…-

-¡Qué buena idea Roberto!... gracias…-

Kelly acompaña a Roberto a su cuarto a llevar unas pocas cosas que él ha traído de Chumanguitos y de Santiago y le muestra sus nuevas dependencias. Roberto queda muy contento con el arreglo dispuesto en su cuarto, la oficinita está muy simpática, y un baño al lado; hasta se ve una vieja calculadora de palanca con rollo de papel y sobre el escritorio hay una foto de Kelly muy bonita en Bariloche con sus skis y al fondo se ve el Lago Nahuel Huapi.

El joven menciona que debe descansar ya que el viaje desde Santiago ha sido pesado y largo; el voló el avión todo el tiempo, pues Marcelo no se sentía muy bien, ya que la noche anterior salió a comer con unos amigos y se había ido a dormir muy tarde…

Ella va a su cuarto y al de Wendy a ver qué regalos les había traído Roberto. Las pibas quedan super contentas con los longplays de los Platters, y un nuevo sonido delicioso llamado Bossa Nova, "La Chica de Ipanema"; Johnny Mathis, Nat King Cole, Paul Anka, una colección de boleros de Lucho Gatica y unos que las jóvenes adoran…, dice la joven… mi piloto che Roberto es un romántico…

Ellas, encantadas, van a la sala a escuchar las músicas. Además él les trajo unas femeninas aguas de colonia refrescantes, con fragancia a lavanda de una elegante tienda de Santiago, las pibas las encontraron divinas… che…

Y las jóvenes lo encuentran divertido, piensan que Roberto desea que ellas huelan bien y no a sudor de montura, ni a paseos de pesca al río…. Wendy le comenta a su hermana que Roberto es un gran pibe y tuviste mucha suerte en verlo primero… ya que sino yo lo habría agarrado tú sabes cómo… Kelly!

Su hermana le dice… -tomálo con calma con el, che, y no seás tan cariñosa,… te estoy observando piba… ¿eh?... mucho ojo… y cuidado, él observa tus lindos pechos, queridita… ya lo he notado…-

Y Wendy le hace saber que no puedo hacer nada si a él le atraen mis pechos…chei… querida hermanita… chei, sorry-

Marcelo Massi conversa con Gerardo y hablan del viaje y de lo que hicieron en Santiago… -Con Roberto fuimos a visitar a su padre a su oficina y fue muy simpático, recordó que habíamos jugado Bridge en

Punta Arenas en el Club Inglés hace muchos años y él había ganado. Quedó muy bien impresionado al ver cómo Roberto había cambiado para mejor…-

-Le gustó el nuevo empleo de Roberto y del posible viaje a Estados Unidos; y lo puse al día, al contarle quien eras tu Gerardo…-

Marcelo le pide a O'Brien si puede dormir esa noche ahí ya que está cansado y mañana sigue a casa. El estanciero le asegura que es un placer tenerlo en su casa y lo convida a la sala a compartir con los jóvenes. Cuando ellos no ven a Roberto preguntan qué le sucedió, ya que pronto será la hora de cenar.

Las muchachas comentan que llegó muy cansado y el pobre Roberto se quedó dormido. Kelly trata de despertarlo. El desea dormir, que no le hace falta cenar… y que por favor lo disculpen…

Gerardo dice que hace bien en descansar, que no es problema que duerma. Todos cenan y escuchan a Marcelo hablar del largo viaje y que él no piloteó el avión…

Y Marcelo comenta: -Roberto siente gratitud por Uds. Gerardo, dice que han sido como una tabla de salvación para él. En Chumanguitos se sentía amarrado, aunque nunca dijo nada a nadie, no estaba cómodo. Aunque esa gente tan buena le salvó la vida después del aterrizaje forzoso, y está muy agradecido con ellos por eso, pero él necesitaba seguir volando…

-¿Qué será Gerardo?... que a nosotros los pilotos nos urge entrar en esa deliciosa dimensión de volar. Esa rebelión de nuestro espíritu que necesita de esa liviandad y poder alejarse de la tierra,… ser libres de la gravitación… ¿Un total escape?…-

-¿No te sucede a ti Gerardo?... Hombre, tú eres piloto y lo sabes y lo experimentas, ¿no es así?-

O'Brien concentrándose en lo que Massi dice, comenta… -hombre, Marcelo, no puedes haberlo puesto con palabras más sabias y nunca puse atención exactamente a lo que dices, ¡con qué precisión lo has enfocado…-

Eso requiere un brindis a tu salud, hombre… creo que voy a escribir esas palabras que mencionas y las voy a poner al frente en mi mesa de trabajo para regocijarme en ellas cuando me sienta demasiado apegado al terruño; solo que los años ya me pesan para volver a volar como lo he estado haciendo todos estos años…

Las pibas admiran a Marcelo y ellas alegres levantan sus copas en honor a las juiciosas palabras… y una de ellas dice… -como hablás bien che Marcelo… ¿no?...-

Gerardo recuerda que es hora de comunicarse por la radio con Chumanguitos, ya son casi las 8pm…

Sintonizan la señal de esa estancia en el aparato y después de algunos extraños sonidos … Gerardo identifica su estación de radio y llama a Jim… esperan unos minutos y escuchan la fuerte voz de Jim, también identificando la señal de su equipo… todo en su especial castellano… Gerardou, este es Jim Cameron… chei… que hay de nuevou por ahí… cambiou…

Gerardo le dice que sus amigos llegaron en el Beechcraft esa tarde y están muy bien, trajeron muchos regalos y frutas… cambio… Jim pregunta inmediatamente por Robertou, -¿está él ahí... chei?…-cambiou…

-No Jim,- contesta O'Brien, -Roberto duerme, él hizo de piloto todo el tiempo desde Santiago, pero está muy bien y trajo toda la documentación necesaria… cambio…-

-Quei buenou chei… me hubiera gustadou oir su comentario, quizas mañana podremous conversar otra vez, ¿ok?-

-Aquí está toda la familia a mi lado escuchandou y me encargan saludarlos… buenas noches a Uds… cambiou y fin dei la transmisión…

chei… Gerardo les dice saludos a todos en Chumanguitous… buenas noches… y termina su transmisión…-

Solange con tristesa ha escuchado la conversación al lado de sus padres, hubiera querido oir la voz de Roberto… pero fue una pena que no sucedió…

-¡Cómo lo extraña!…- como cuando le murmuraba que la amaba y lo bella que era, su sonriente mirada, las caricias de sus manos… en fin… se dice a sí misma, creo que no debo pensar tanto en él, esto me hace mal, debo olvidar y compartir con mis padres, se que aunque actué mal… ellos me adoran y lo demuestran…

-¡Ay, Roberto!… ¿cómo me las arreglaré sin ti?...-

Jim y Marie se miran tristes… ¡Cómo ese joven influenció en forma sentimental a toda la familia!… y dicen, -bueno, ya aparecerá por aquí de visita uno de estos días…- y todos se van a dormir…

Pero desafortunadamente aquello nunca va a suceder… Roberto ha dejado eso atrás, gracias al comportamiento de su adorada Solange… y solo se concentra en volar y en su nueva vida en Laguna Azul…

Al desayuno todos parecen felices y listos para la acción. Roberto y Kelly sonrientes... Marcelo pide a Roberto que cuando terminen con el desayuno vamos al Beechcraft y me ayudan a limpiar y poner todo en orden dentro del avión …

Roberto dice que lo dejen comer ya que se pasó por alto la cena la noche anterior y que después lo ayudará en lo que quieran…

Y pregunta a Marcelo cuándo se van a sentar a planear el viaje a Estados Unidos y calcular la época del año más conveniente para ir a buscar el Beaver, tomando en cuenta que la Florida es afectada por huracanes de Junio a Octubre y como ya es comienzos de Abril, talvez sería conveniente ir ahora y así no tener que esperar hasta Noviembre.

-Massi alega que tiene que tomar en cuenta el tiempo de entrenamiento con el nuevo avión... el joven piloto le recuerda que él ya ha puso muchas horas de piloto un avión Beaver y que tiene documentos para probarlo.-

El Beaver que él voló tenía sólo tres años menos que uno nuevo. Son aviones ingleses que no cambian mucho y a lo mejor con unas 10 horas con instructor me podría poner al día con el nuevo... -ese avión tiene un comportamiento y una actitud de aterrizaje diferente a aviones de ala baja, pero una vez que le tomas la mano, no es un avión difícil...-

-Ya veremos como Kelly aprende también y se gradúa de piloto de este aparato DH Beaver....- y perciste en el tema...

-Pienso hacerle a ella ejercicios constantemente y prácticas de varios tipos durante el vuelo, nada mejor que practicar y ella presencie mis demostraciones,yalestarasuladopodrécorregirla...-yRobertoafirma...

-El Beaver no necesita mucho espacio para aterrizar y tiene una velocidad de stall más bien baja pese el tamaño, lo que lo hace muy práctico en terrenos montañosos y con vientos cruzados... ya veremos...-

Massi se sorprende de las afirmaciones de Roberto y le comenta,...

-Impresionás chei Roberto,... como que sabés precisamente de qué hablás... Sonriente el joven piloto imita a Jim dice... ¡si... chei!... y agrega ... experiencia... chei... mucha experiencia... ahí imitando a Marcelo...-`

Massi se ataca de la risa...

Como Kelly estaba ahí, Roberto insinúa que ya es hora que ella comience su entrenamiento para ser piloto; con ideas generales sobre aviación y las teorías que explican porqué vuelan los aviones ... y el joven continúa...

-Tú, Kelly que has volado mucho con tu padre has experimentado las sensaciones que tu cuerpo siente cuando vuelas; y presumo que no tienes problemas con ello…-

-¿Ok?... chei…-

La joven es todo oidos y muy seria mira y escucha a Roberto… él sigue sobre el tema…

-Kelly, mi amor, necesito tu absoluta y completa concentración e interés en todo lo relacionado con estas enseñanzas…-

-He traído libros y manuales de vuelo que usé cuando yo aprendí a volar y te serán muy útiles para examinar y aprender muchas cosas.-

Haremos muchas horas solo de aterrizajes y despegues, una maniobra en la que aterrizas y continúas sobre la misma pista, aceleras y despegas otra vez, proceso que se llama, "Touch'n Go"…

Esas horas de aterrizaje son intensas ya que se practica despegar y aterrizar... despegar y aterrizar... práctica Kelly,… mucha práctica…

¿Está claro?

Kelly ha quedado silenciosa y ha escuchado a Roberto con mucha atención; luego responde que está completamente de acuerdo con él…

-Sabés Roberto che, puedo ser tan disciplinada como vos, che…-

-Mi amor, podés contar con mi absoluta concentración en todo lo que me enseñés… ¿Ok?...-

El joven agrega: debes aprender a usar la radio, cosa muy, muy importante y recuerda que tendrás que hacerlo en Inglés, cuando viajemos a buscar el nuevo avión.

Roberto expresa, para mi, Kelly mi amor, esto es una gran responsabilidad y quisiera que jamás te suceda nada, así que tenemos que practicar y practicar cada maniobra muchas veces hasta que te salgan perfectas,… mejor que las mías… se que agotan che… te lo anticipo, pero es la única forma…

Tenés que aprender a leer el viento, de donde sopla, ya sea por los movimientos de las copas de los árboles o el movimiento de agua en lagos; o por las mangas, que generalmente son de color naranja, y muy visibles, ubicadas en lugares preponderantes, próximas a pistas de aterrizaje…

-¡Y lo mas importante de todo!...- Debés poner mucha atención y observar lo que sucede a tu alrededor en forma constante y hacer un hábito de eso… y que eventualmente te salga en forma inconciente, sin ni siquiera pensar en ello…

Bien, por ahora vamos al Cessna y lo estudiamos por dentro y por fuera, donde yo te orientaré verbalmente, pero tú debes tomar nota de cada cosa desde ya… y así tendrás esos apuntes como referencia… y revisarlos cuando estudies…

Te daré un hoja con las tres siluetas del avión, de costado, de arriba y de frente. Ahí tú agregas nombres de las partes y componentes del aparato y así ya comienzas a familiarizarte con tu avión… y los nombres de cada componente del aparto.

El hecho de escribir, a cambio de solo escuchar, todo graba mucho mejor en la mente… -¿está claro mi amor?... -

El sonríe y dice, -ahora me he dado cuenta de lo que tú decías, Kelly, eso de aprender a volar más románticamente, ningún instructor de vuelo podría llamarte así como yo, “mi amor”…

Roberto lleva la llave de ignición del Cessna para hacerlo andar y darle a la piba una corta demostración. Ella ya está al tanto de ciertas cosas básicas dentro de la cabina, depués de haber volado tantas veces con “el viejo”…

Roberto y la joven, dan una vuelta alrededor del avión; el muestra diferentes partes e indica nombres, Kelly anota… luego entran en la cabina…

Roberto se acomoda de piloto y Kelly al lado derecho. Él demuestra cómo hacer andar el motor radial, e indica ciertos detalles y la específica secuencia de acciones, pero solo como demostración…

El hace andar el motor que da vueltas, que tiende a partir, pero se detiene…

Él explica que con la temperatura tan baja del ambiente, eso es algo normal que el motor esté frio y no comience a funcionar de inmediato…

Finalmente las revoluciones del motor aumentan, así como el característico aspero sonido del radial, primero humo azul escapa por el lado izquierdo del avión y dice él a la joven que no se asuste, que ese humo es normal…

El explica que deben calentar el motor hasta alcanzar ciertos parámetros que los instrumentos van a indicar...

Roberto suelta los frenos y avanza en dirección a la pista; ahí la recorre y muestra detalles del movimiento del avión cuando está en tierra; le indica que cómo la proa del Cessna es bastante alta y no se ve muy bien hacia delante, es necesario zigzaguear un poco, para tener buena visión delante del aparato; ahí él gira el avión y regresan…

Con mucha agilidad mental Kelly ha hecho esquemas y anotaciones de lo que el joven le ha indicado…

Han pasado unos años y las cosas en Laguna Azul van muy bien y la vida para las pibas ha cambiado para mejor...

Wendy y su padre manejan la estancia confortablemente; Gerardo ha delegado importantes funciones a su hija, quien ha resultado ser más experta de lo que él había esperado. Wendy resulta ser una inteligente estanciera y excelente negociadora.

Con Kelly al tanto de lo que su hermana hace, también ha tomado roles para aliviar al padre; ella ya es la experimentada copiloto de Roberto y viajan en el nuevo De Havilland Beaver, y hacen la labor que antes solo hacía el padre.

Roberto y Kelly llevaron a cabo el mentado viaje a Estados Unidos a buscar el nuevo avión Beaver y se ayudaron mutuamente en el largo trayecto hasta a Buenos Aires.

La joven Kelly recibió una extendida lección de vuelo, así como de geografía, al hacer escalas en varias ciudades de la costa oeste de Sudamérica…

En un tramo del vuelo debieron usar una pista de emergencia entre Panamá y Guayaquil debido a un bloque de amenazadoras tormentas en la ruta…

Aterrizaron en un pueblo en la costa del Pacífico en el norte de Colombia. Era una pista cubierta de hierba; Roberto antes de posar el avión hizo dos vuelos a baja altura para cerciorarse bien de lad condiciones del terreno, el viento dominante y ausencia de animales o posibles obstáculos en la pista; pero aterrizar ahí, fue para el DH Beaver su prueba de fuego.

Ahí los jóvenes aprovecharon para descansar; les llamó la atención la estatura de la gente del pueblo, todos muy bajitos…

Las comidas ahí fueron una aventura gastronómica, carne de mono o largarto con puré de yuca… con un olor muy extraño… y muchas frutas que no conocían…

La pareja con la joven de largos cabellos rubios fue la gran atracción… antes de embarcarse para reanudar el viaje recibieron frutas de regalo…

Además ell recibió un poco usual obsequio... una verdera cabeza humana reducida por los indios jíbaros, aborígenes de esa área de Colombia... la cabeza colgaba de una tira muy fina de cuero, que daba para poder colgar como un amuleto alrededor del cuello, al uso de los aborígenes de aquel lugar...

Kelly quedó impresionadísima y asustada con tal obsequio... y lo introdujo en una bolsita, lejos de su vista...

Pronto recibieron un buen informe de tiempo para continuar y despegaron...

Al volar sobre el mar, Kelly, con mucho cuidado deslizó la ventana del Beaver hacia atrás, y dejó caer el poco simpático regalo... -bye, bye... Charlie... que finalmente tengas un merecido descanso, en vez de seguir dando tumbos por el mundo... asustando cristianos... chei...-

En la aproximación al aeropuerto de Guayaquil para Kelly fue una inolvidable experiencia... y un gran susto...

Era necesario volar el DH Beaver por un largo trecho a muy baja altura sobre el río Guayas... para poder tomar el cabezal de la pista casi en la rivera misma...

Kelly muy nerviosa, por la turbulencia producida sobre el el río era intensa y con el tren de aterrizaje del avión muy cerca de la superficie del agua, pensaba que iban a acuatizar en cualquier momento...

Pero al ver la fría actitud con que Roberto tomaba la aproximación, se tranquilizó un poco... al tocar tierra finalmente pudo respirar de nuevo... -¡Uf... qué susto... chei!...-

Sin duda lo más extraordinario del viaje fue cruzar las nevadas cumbres de la Cordillera de los Andes, desde Santiago de Chile a Buenos Aires, con el Beaver casi llegando al máximo de su altura de crucero, donde un fuerte viento de cola les ayudó a acortar el tiempo de vuelo sobre la elevada cordillera...

Gerardo y Wendy los esperaban a la llegada en el terminal adicional para aviones privados de Ezeiza.

O'Brien, con gran pena, había vendido su fiel Cessna de casi 10 años, pero estaba encantado con su nuevo avión... Gerardo no quería dejarlo solo; luego encontró un hangar donde ubicarlo para que estuviera seguro...

Wendy no hallaba la hora de ver todos los encargos y regalos que su hermana con Roberto le traían...

La operación de entrar un avión nuevo a Argentina tomó horas, mucha documentación e inspectores que se subían y bajaban del DH Beaver.

La pobre Wendy decidió ir al bar del aeropuerto, donde no le faltó compañía. Inmediatamente hizo amigos, era una muchacha dificil de ignorar y cuando Roberto la fue a buscar, tuvo que deshacerse de varios pretendientes que no quedaron muy contentos con él... especialmente que él no hablaba como porteño... para nada... chei...

La previa situación de Wendy le había sucedido a Kelly en Estados Unidos, donde su apariencia en los aeropuertos atraía mucha atención donde individuos trataban de entablarle conversación. Ella hacía que no entendía, que no hablaba inglés y contestaba en argentino, y sorprendía con su apariencia de gringa tan atractiva, rubia y alta...

Mientras Roberto entrenaba en el nuevo Beaver, Kelly tenía mucho tiempo para recorrer las tiendas de Miami, buscando los encargos y comprando algunas cosas para ella y su hermana...

En la piscina del hotel o en las playas era un espectáculo verla, con los recien aparecidos bikinis... era la perfecta modelo... Ambos jóvenes tuvieron tiempo para asolearse y cuando llegaron a Buenos Aires parecían un par de bronceados turistas.

Kelly y Roberto que se llevan de maravillas decieron casarse, con la bendición de Gerardo y Wendy.

Roberto había cambiado a Kelly, con su nueva responsabilidad de ser piloto, ella cambió para mejor y resultó ser una persona más calmada de lo que era cuando se conocieron…

Pero no dejaba de controlar a Wendy… -¿vos Wendy… tenés que acercarte tanto a Roberto chei, cuando se saludan... ¿eh? pibeta... ¡mucho ojoooo!... chei…- E indicaba con dos dedos sobre sus ojos y luego los apuntaba a los azules de su hermana… -¡yo te observo!… chei…-

Lo que Kelly no sabía era que su hermanita menor no la soportaba y que adoraba a Roberto…

Wendy siempre deseaba que un día… no sabía cuándo… pero ella le iba a tener que hacer el amor al joven… -¡Ojo Kelly… que aquí viene Wendyyyyyy!… esperá…che…-

-Por eso me acerco a él… tanto… con mis pechos que él no deja de mirar y admirar… tocar es bueno… ¿No?...- continuaba Wendy…

En Punta Arenas unos años después…

El tiempo también ha pasado para Solange, quien maneja su desteñida camionetita verde por la ciudad y da la vuelta a la Plaza para ir ahí al Banco de Punta Arenas a ver sus estados de cuentas de la estancia…

En el banco la han hecho pasar a una sala privada donde le han traído esos documentos. El lugar tiene ese típico olor a banco, todo en orden y limpio con altos techos y pisos de mármol; barnizados y elegantes escritorios de madera y gente que se mueve con rapidez…

Mientras ella, con su cabecita baja y sus cabellos sobre los ojos revisa la documentacion, presiente que alguien está de pie junto a ella,… y la observa…

-Solange Cameron, presumo…- dice la voz de un joven alto, que la mira sonriente…

-¿Sabes quien soy?... bailamos juntos hacen algunos años en tu estancia Chumanguitos… ¿recuerdas?...-

-Soy Sergio Ferrer…-

Ella se levanta y le da un abrazo y un beso en la mejilla al joven…
-¡Por supuesto que me acuerdo, Sergio!… eres el motociclista amigo de Roberto que fuiste con tus amigos a visitarlo cuando él vivía con nosotros…-

-¿Cómo que dices…"cuando el vivía"? ¿Qué el bestia se ha muerto, por si acaso?...-

Ella deja un espacio… y contesta:

-¿Te importaría Sergio, que continuemos esta conversación en el restaurant del Hotel Cabo de Hornos?... yo te invito a almorzar y después vamos al salón y conversamos…-

-¿Qué te parece?...-

-Espera un poco…- dice el joven, -primero debo hablar con mi jefe y decirle que llevo a almorzar a una de la mejores clientas del banco; y así me puedo tomar todo el tiempo que quiera…-

-¿Ok contigo?...- Y Solange asegura... -por supuesto loco, no problem…-

La joven pareja alegre se mira mientras conversan y caminan hacia la puerta del banco; con curiosidad varios empleados del banco los observan. Los jóvenes se dirigen al sólido edificio del nuevo hotel a una cuadra de distancia…

Conversan y Solange un poco melancólica cuenta lo sucedido con su ex novio; Sergio impresionado ve el hermoso rostro de la joven con sus bellos ojos azules, tristes al hablar…

Ella triste comenta que ahora Roberto reside en Argentina, y es piloto privado de un rico estanciero, en la estancia Laguna Azul, en la provincia de Santa Cruz.

Mi padre mencionó también de dos jóvenes de largos cabellos rubios, muy lindas que residen con su padre en dicha estancia…

-No sé mucho de él, explica ella… la verdad es que no se ha sabido nada de su vida en los últimos años… Le puedes escribir una carta y a lo mejor hasta te sorprende, ¡y te contesta!...-

Solange añade, -Roberto los quería mucho a ustedes y quedó impresionadísimo ese fin de semana cuando aparecieron los tres locos en motos,… ¡por allá!... ¡y cómo nos divertimos!… ¿recuerdas toda la música que Uds. llevaron e hicimos una fiesta?-

-Cómo voy a olvidar bella muchcha,- dice él joven, -que bailé contigo y sentí tu cuerpo que no he dejado de imaginarme desde aquella noche…-

Ella agradecida… lo mira a los ojos y le sonríe romántica …

Sergio le recuerda la gran impresión que tuvo al conocer a Jim Cameron, héroe de la II Guerra Mundial, -qué hombre más interesante y buena persona, cómo nos llevó a volar en su biplano… fue algo totalmente fuera de serie… siempre recordamos con Jorge y Martín, que con solo mirar a tu padre… daba la impresión de estar frente un héroe en carne y hueso… ¡qué estampa!...-

-Así es Sergio, agrega ella, -yo sigo trabajando con mi familia en la estancia y de tarde en tarde vengo a Punta Arenas…-

Pero Solange se ve encantada con la compañía del joven y lo invita: -¿por qué no vienes a cenar a mi casa esta noche? y ahí conversamos más… yo estoy sola y los cuidadores de la casa cocinan muy sabroso y te va a gustar…- ella explica donde vive…

-¿Tú sabes cómo ubicar mi casa…? Si te paras en la esquina de la Plaza y miras hacia el Cerro de la Cruz, mi casa te salta a la vista ya que es la que está al lado izquierdo de la Cruz…es de dos pisos y pintada de amarillo… ¿A las 7 de la tarde está bien para ti?... te espero… Ellos se besan en las mejillas y se separan…-

Sergio queda asombrado de lo encantadora y hermosa joven que es Solange… -¡Es tan linda!… ¿Cómo es que Roberto la dejó?... -

Una especial sensación invade a Solange…, siente calor en su corazón, y se analiza… cómo deseo un cuerpo masculino duro y cálido en mi cama que susurre lindas palabras… ¡uf!... ella se ilusiona… ¡hace tanto tiempo que nadie me toca…!

Un poco después de la hora indicada el joven ha llegado y Solange lo hace entrar y suben a la sala… Se sientan frente al calor de la chimenea y conversan sobre los otros amigos motociclistas y qué es de ellos…

-Bien dice él, como siempre todos tenemos nuestras vidas adaptadas a la rutina, pero nuestra amistad aún existe y nos juntamos en los fines de semana… -

-¿Y tú Sergio… sigues con tus vuelos?...-

Sergio comenta sobre las horas de vuelo que ha acumulado y que luego podrá realizar su sueño y hacer ese entrenamiento para piloto comercial; y dejar esta ciudad y el banco… y añade…

-Estoy ahorrando dinero para poder mantenerme un tiempo mientras me dan empleo en una línea aérea… mi padre se ha ofrecido en ayudarme en caso de que sea necesario… Solange, creo que mi vida está por cambiar para mejor …-

Harold, el mayordomo de la casa aparece en la puerta de la sala y pregunta… -señorita Solange, ¿puedo ya servir la cena…?-

-¡Qué bueno Harold, estoy muerta de hambre!...- ella invita a Sergio a pasar al comedor…

Un elegante mantel ha sido dispuesto, el vino blanco ya está en hielo, al costado de la mesa; Ellos se sientan y el simpático inglés sirve sendas porciones de una cremosa sopa que huele divina. Ellos conversan, se sirven vino y brindan por el nuevo encuentro…

Solange, de románticos azules mira a Sergio y abiertamente le propone: ¿te gustaría que durmieramos juntos esta noche…? el joven poco menos que se atraganta, -me parece una excelente idea…- Y él, murmura…

-Desde aquella vez en tu estancia, no he dejado de pensar en lo hermosa que eres… y lo sensual que pareces ser… pero…-

-¿Qué hay con tus cuidadores?…

La joven deja ver que la pareja jamás se ha entromentido en nada de lo que ella hace; además ellos viven en una casita separada… así es que no tienes que preocuparte de nada…, Sergio querido… por ahora cenemos… y ella explica:

-Claire ha preparado unas truchas del Rio Penitente, con vegetales en salsa blanca a la pimienta, que te van a encantar; y después tenemos… un postre sorpresa para ti… ya verás…

Pronto Harold trae la fuente de truchas… y las dispone en cada plato… según Sergio están increíbles…

Sergio comenta sobre la casa de ella, qué comodidad tener una pareja tan serviciales; Solange concuerda con él y explica que la pareja son un encanto; nosotros les proveemos de todo, además de un buen sueldo; a cambio de que mantengan la casa habitable, calefaccionada, ordenada y limpia, todo el año. Sólo hay que dejarles saber que estamos viniendo y ya…

Eso es un gusto que nos damos, y además así la casa no se estropea si estuviera abandonada… me parece un buen convenio… ¿No?...

Él dice, -creo que va a ser mejor que no le cuente a mis padres en la forma que vives; ellos van a sus trabajos todos los días y son muy esforzados, pero viven una simple vida de clase media…

Solange cuenta de cómo los abuelos llegaron a la Patagonia bien equipados, pero con mucho esfuerzo y trabajo hemos construído lo que ahora tenemos…

Sergio, trabajamos duro, mis padres han hecho buenos negocios con lo que la estancia produce; pero todo ha sido ganado dándole fuerte Sergio… no creas que todo esto ha salido de la nada… no señor,… nos sacrificamos todo los días del año, ahí no hay domingos ni días de fiesta, nada se detiene, y nos gusta, y somos felices al hacerlo… sin quejarnos…

La muchacha se extiende y dice como Roberto trabajó con ellos durante el tiempo que estuvo ahí y al irse mi padre le pagó bien por su esfuerzo; se fué por que quería seguir volando, y el trabajo que tiene ahora es solamente eso, volar, preocuparse de que el avión siempre esté en perfectas condiciones… y a lo mejor también…, de las bellas muchachas rubias que mi padre ha reseñado…

Sergio opina, -te procupan esas muchachas, ¿no... Solange?, ya que has repetido eso…-

-¿Sientes celos?... ¿Aún lo amas, no?-

Y Sergio lucubra sobre Roberto Conti, él siempre fué alguien muy especial, todo el mundo se encantan con él, -¡qué lastima! lo siento por ti… de verdad, Solange…-

-Sergio, ¿has probado alguna vez Crepes Suzettes? Bueno, este es el postre sorpresa que nuestro buen Harold va a preparar aquí delante de nosotros…-

El cuidador hace las crepes que generan un delicioso aroma a naranjas, mantequilla y azúcar; al final él rocía las crepes con un licor de naranjas…, Grand Manier… a las que Harold le acerca la llama de su encendedor… ¡Puf!...

¡Anaranjadas llamas danzan sobre las crepes…!

-¡Ohhh…!- ¡Qué agradable sopresa, si parece la noche de las sorpresas… Solange, ambos se deleitan con las crepes… Hummmmm…

-Gracias por la atención, están deliciosas!…-

Los jóvenes, ahora en la sala, saborean un café expreso, que Harold ha servidido en unas delicadas tacitas…

Comparten un rato y conversan sobre sus vidas…

Ella coge una botella de whisky y dispone dos vasos de cristal… y bajito insinúa…

-¿Te gustaría escuchar un poco de música Sergio? Y podemos bailar bien juntos… me encanta bailar, es muy romántico… abre el apetito al romanticismo… ¿no crees?...-

"Smoke gets in your eyes", cadenciosa balada satura el ambiente…, mientras los jóvenes danzan…

Influenciada por el whisky y la suave melodía, ella toma al joven de la mano y lo en caminan hacia el piso superior…

-…Sergio, ¡Ayyyyy!... Ella mueve su cabesita a ambos lados… y suspira… Sergio,… me estás volviendo loca… no puedo respirar…

¡Me falta aire!… Sergio… mi amor… que… locuraaaaa… ¡No pares más por favor!…

El helado viento azota a Sergio camino a casa…; él aún siente el calor de la joven entre sus piernas… -¡qué mujer apasionada!...-

-¿Cómo es que el bestia de Roberto Conti la dejó?…-

-¿Tal vez por una piba de cabellos rubios,… hija de un estanciero con avión y mucho, mucho dinero?...-

-¿A lo mejor, chei?...-

¿Qué será de Solange... Roberto, sus vuelos, las pibas y el De Havilland Beaver?

Capítulo 12

EN LA CABINA DEL JET DE GERARDO CONTI, APROXIMANDO AL AEROPUERTO CARLOS IBANEZ DEL CAMPO... PATAGONIA CHILENA

Han pasado muchos años... desde la cabina del jet, a 30 mil pies de altura, la Patagonia luce muy distante... -como la remembranza del tiempo que he vivído ahí...- piensa Roberto Conti...

Su hijo, el joven copiloto que lo acompaña, sólo ha presenciado una etapa de aquel período..., es Gerardo Conti O'Brien.... Alto, de cabellos obscuros, los ojos azules de su madre, de tez más clara y de mejoradas facciones de su padre; es un atractivo joven. La sangre irlandesa ha aclarado la nueva camada de Contis...

Por el intercomunicador de la cabina se escucha a la Torre de Control del Aeropuerto Carlos Ibáñez del Campo, a unos 20 kilómetros al norte de Punta Arenas, Chile ...:

-Buen día jet Lima Victor 0385, autorizado aterrizaje, notifique término de vuelo...-

-Buen día Torre Carlos Ibáñez del Campo, jet Lima Victor 0385 autorizado aterrizaje... notificaremos término vuelo...-

... Es la incounfundible voz baja de Roberto Conti que ha respondido...

El ex comandante Rolando Rodríguez, ahora entrado en años y de grises cabellos, que administra el Aeropuerto Carlos Ibáñez del Campo, ha escuchado con mucho interés los intercomunicadores en la torre de control; y en su usual vozarrón dice… -yo conozco esa voz… ¡mi Dios!… parece la voz del pasado… ¡si es… Roberto Conti!... ¿Mi ex teniente Conti de piloto en un jet?...- Si por acaso es él… (Rodríguez había jurado que nunca más lo volvería a ver… pero…).

-¡Yo salto por la ventana y me suicido!…- dice el antiguo ex oficial…

-¡No puede ser!…- menciona Rodríguez, quien, después de quejarse por años que había sido transferido a una miserable base aérea en el culo del mundo,… jamás dejó la Patagonia…

¡Pssssssffffuuuussss!...

Al sonido de descompresión, la puerta del jet comienza a descender, exponiendo la escala de desembarque de los tripulantes del impecable jet blanco…

Un zumbido de aviones saturaba el medio día del aeropuerto…

Desde lejos Rodíguez observa la próxima escena… el arrachado viento da la bienvenida a dos altos y delgados hombres, con una obvia diferencia de edad entre ellos, aparecen en la puerta del jet en ropas deportivas; bajan, y con soltura caminan en dirección al terminal justo en frente del administrador del aeropuerto… quien los interrumpe… -¿Teniente Conti?... la última vez que lo vi, Ud. se subía a un viejo Douglas DC3 en 1959… ¿qué hace ahora aquí en ese flamante jet?-

Ambos pilotos se detienen. El viento revuelve los engrisados cabellos de Conti, quien automáticamente se lleva su derecha a la frente saludando militarmente a su ex superior… y con su arrasante sonrisa responde…

-¡Mi comandante Rodríguez!… ¡Qué gusto verlo!… ¡Qué vueltas tiene la vida! ¡Encontrarnos aquí Rodríguez!...- y añade…

-¡Hombre, cómo ha cambiado este aeropuerto!... ¿eh?...-

Y Conti responde a la curiosidad de Rodríguez, mi hijo recién ha comprado ese jet para el trabajo de nuestra estancia,… perdón… comandante le presento a mi hijo Gerardo;- el alto joven respetuosamente saluda a Rodríguez… El ex comandante abre los ojos como que no puede creer lo que su ex teniente ha expresado…

-Conti… Ud. tiene que contarme,- dice Rodríguez,… -con mucho gusto comandante… vamos y lo invito a almorzar… y ahí le cuento… después si quiere sentarse en los controles del jet yo lo acompaño… Pero ahora el jet debe pasar a aduana y nosotros a inmigración…-

-¿Por qué necesita ir a inmigración Conti?...-

El viejo piloto sonríe y agrega… -ahora soy cidadano argentino… mi comandante… y mi hijo también… ¿qué le puedo decir?..-. a Rodríguez se le cae la mandíbula inferior…

-¿Ciudadano argentino Conti?..-. Sí Rodríguez, -hace muuuuuuchos años que vivo en la provincia de Santa Cruz… ya le cuento… encontrémonos en el restaurante en una hora.-

-¿Qué le parece mi comandante?... chei…-

-Perfecto Conti… Ahí nos vemos…-

Roberto y su hijo completan sus asuntos de entrada a Chile y caminan por el moderno aeropuerto…

Entran al vasto comedor de grandes ventanales que miran al constante movimiento de aviones... un típico olorcillo a comida les golpea el olfato… semi silenciadas conversaciones mezcladas con sonidos de cubiertos suenan en el ambiente… desde el lado de una ventana Rodríguez hace señas…

Se acercan y Roberto ofrece… -¿Cervezas holandesas mi comandante? Perdone Conti, pero el administrador del aeropuerto no toma alcohol en horas de servicio… solamente tomaré un café… y agrega… si ustedes gustan de algo muy bueno… no dejen de probar las centollas frescas que hoy sirven aquí, Ud. debe recordarlas… y sólo se encuentran en esta época, de Diciembre a Enero… hummmmm, y qué deliciosas son, dice Rodriguez,… nunca las había probado antes de vivir en Punta Arenas…-

Y Roberto dice a su hijo…

-…Viejo querido, ¡sujétate los pantalones!… vas a comer algo que nunca has probado… cambiemos las cervezas por un buen vino blanco…¿Pinot Grighio, Gerardo?...-

-Gerardo mon ami… vas a tener la sorpresa gastronómica de tu vida…-

-¡Centollas!…-

Los dos pilotos se sientan y Conti pregunta a su ex comandante…

-¿Qué fue de su vida, y de la Fuerza Aérea?… mi comandante…-

-Como era de esperar Conti, jubilé y considerando que me quedaba suficiente energía, opté por trabajar aquí de administrador. Esto se ha convertido en un enorme tráfico de aviones y por supuesto con los problemas naturales de un lugar así, especialmente con la acumulación de nieve y escarchas en el invierno, pero no me quejo, pagan bien y vivimos muy cerca con mi esposa en una pequeña parcela…-

-Si… Conti,…- y Rodríguez sonríe en forma sarcástica … -Mr. Simpatía se casó… ¿eh?... como muchos vagabundos oficiales aviadores, del ejército o de marina, que llegan a estas tierras… y se le arreglan los bigotes… mi esposa es de una encantadora familia yugoslava… todas gorditas, rubias y de ojos azules…, Conti… Ud. las conoce… ¿no?...-

-¡Ah... Conti… y el maldito comandante Rodríguez dejó de fumar!…-

Roberto lo felicita…

-¡Qué bien Rodriguez!...-

-Ud. sabe mi comandante que una de las razones por las cuales yo no lo soportaba a Ud. era justamente por eso. Cualquiera que entraba a su oficina estaba obligado a respirar el humo de sus detestables cigarrillos y de sus mal olientes ceniceros atochados de colillas…-

-¿Quién dijo que viejos perros no pueden aprender nuevos trucos?...-

Y Ud. Conti, -qué fue de su temporada en la estancia Chumanguitos y su relación con aquella preciosa muchacha que lo cuidaba… La he visto por estos lados y ella se acuerda de mi y me sonríe con una mirada muy especial…-

-Ella sigue muy linda, delgada y la he visto acompañada de una jovencita muy parecida a ella, pero de tostados cabellos rubios y alta, que gente linda esa…-

-Su gran amigo Jim Cameron falleció Conti y fui a su funeral…- Roberto dice que supo de eso y que fue un tremendo golpe para él…

-Hacía mucho tiempo que no lloraba tanto como cuando supe del trágico desenlace… y lo peor de todo es que después que dejé Chumanguitos, nunca más volví a comunicarme con él, ni con su adorable esposa… actué muy mal Rodríguez, lo reconozco…-

-Mi comandante… debo vivir el resto de mi vida con esa horrible ingratitud que cometí… fui muy deconsiderado con ellos, que lo único que hicieron fue quererme desde el primer momento cuando me recogieron del lado del destrozado avión … y me cuidaron como unos ángeles… que Dios lo tenga en su regazo…-

-Sé que no tengo excusa Rodríguez, pero en esos tiempos yo pasaba más tiempo volando, que en la estancia Laguna Azul, donde era piloto privado… y lo vine a saber un poco tarde…y continúa…-

-Ese hombre fue mi padre en Chumanguitos, él me acogió bajo su protectora ala... yo era su amigo, su copiloto del Gipsy, que nos divertíamos volando juntos, teníamos una increible camaradería, como de dos buenos cumpas... chei...-

Y Rodríguez agrega... -ahí en el funeral sólo vi a su Solange y a la bella jovencita, pero no vi a la esposa del señor Cameron.-

-Jim Cameron era un verdadero hombre, en todo el sentido de la palabra y siempre tuve mucho respeto por él...-

-Conti... de corazón sentí pena al ver la tristeza en esas pobres mujeres que lo acompañaban en su último vuelo...-

-En la Base todos sabíamos de las aventuras en su biplano... hasta queeee... eh, Ud. sabe... se le detuvo el motor en vuelo en un día de mucho viento, perdiendo el control... fue muy triste, un gran golpe para la pequeña familia...-

Roberto cuenta cómo dejó la estancia Chumanguitos por una oferta muy atractiva de volar de piloto privado para un rico estanciero en la provincia de Santa Cruz, Argentina... y comenta...

-Ese hombre, Gerardo O'Brien, me cambió la vida... él era el padre de dos bellísimas hijas... imagínese qué sucedió... terminé casado con la mayor y viajamos juntos a Estados Unidos a buscar un avión DH Beaver, que el estanciero había comprado...-

-La joven resultó una experta piloto y me ayudó mucho en el largo vuelo de regreso a la Argentina...

-Ella acumuló una gran cantidad de horas volando sola por toda la provincia y era muy popular y conocida como experta piloto de DH Beaver...-

-Todo iba muy bien en esa familia, su hermana menor, Wendy, se dedicó con su padre a manejar la estancia y sus negocios... y mi esposa y yo volábamos constantemente a diferentes puntos de Argentina, en compras, y a veces llevábamos a O'Brien a Buenos Aires, en sus viajes de negocios o de vacaciones con la familia a Bariloche donde ellos tenían un lindo chalet en el lago…-

-Desafortunadamente mi esposa, tuvo un triste accidente, donde falleció instantáneamente al destruirse el DH Beaver en el impacto. Nunca pudo descubrirse qué le sucedió…-

-¡Ayyy!... Rodríguez… la vida nos da estos golpes y tenemos que aceptarlos… El padre de las muchachas pasó mucho tiempo afectado por la muerte de su adorada hija mayor… para qué le digo cómo fue para mi y Wendy…-

-Con el paso de los años llegué a ser parte de la familia. Nos enamoramos con Wendy y nos casamos, y ella tuvo a mi hijo… fue el momento más feliz para todos al nacer este chico…-

-El abuelo estaba loco con su nieto, su descendiente y heredero; como yo, constantemente volaba, envidiaba a mi suegro, ya que siempre compartía con mi pequeño, pero al mismo tiempo me daba la tranquilidad de saber que los dos Gerardos estaban juntos…-

-El pobre hombre tuvo un sólo ataque al corazón y nos dejó… fue otro duro período… ¡qué vida!… chei… Rodríguez…-

-Ese hombre me quería como a un hijo, era mi guía y siempre me aconsejaba, enseñándome cómo negociar buenos contratos y precios, era un verdadero lider y… así es que se puede imaginar cómo esa gran persona hizo falta en la estancia…-

-El joven Gerardo aquí ayudó muchísimo a acostumbrarnos sin Gerardo senior, pero lo recordamos con mucho cariño y respeto…-

-Pasados unos años, mi comandante, otra vez el destino… tristemente, mi esposa Wendy tuvo una larga pelea con un cáncer y desgraciadamente la pobre… también se nos fue…-

Roberto deja unos largos minutos sin hablar y cabisbajo…

-Ha sido una vida bien dificil de aceptar con toda esa linda familia desaparecida, Rodríguez… ¡Qué tristeza y qué cosa increible!...-

-Con mi hijo nos hemos dado apoyo mutuo y tratamos de sobrellevar esta vida y aumentando nuestra relación padre-hijo con gran cariño y comprensión… somos nuestros mejores amigos… chei…-

-Gerardo heredó de su madre todo lo que era de su abuelo, y estamos iniciando nuevas empresas… nuestras vidas deben continuar Rodríguez…-

-Gerardo se ha graduado en adminitración de empresas, al igual que su madre, él ahora organiza un nuevo tipo de negocio para la estancia.-

-Queremos fomentar el deporte de la caza y como tenemos una excelente y larga pista de aterrizaje pavimentada, hemos contactado empresas en Estados Unidos para traer grupos de expertos y crear un proyecto llamado Hunting Resort, básicamente un complejo de caza con todas las comodidades, guías y chalets distribuídos por áreas con fácil acceso a sectores de caza…-

-Las dos muchachas y don Gerardo insistieron en enseñarme inglés, así como a Gerardo desde chiquito, así es que eso me ha facilitado la conexión con esta gente de Estados Unidos y agilizará la operación de la nueva empresa…-

-En la estancia hay lagunas, pantanales y áreas de bosques con abundante y variada vida silvestre… y aún tenemos opciones para alquilar al Gobierno más tierras si fuera necesario...-

-La ovejería continúa en otras secciones de la estancia con nuestras miles de ovejas y ese es el fuerte del negocio. Todo fue muy bien esquematizado y diseñado por mi pobre Wendy, ella tenía una buenísima visión de lo que era la producción ovejera, O'Brien padre la orientó bien por años…-

-Si alguna vez desea ir de caza por esos lados, ya sabe, está invitado mi comandante, sólo tendrá que comunicarse conmigo y yo envío el Lima Victor a buscarlo, estamos muy cerca... es un poco más de una hora de vuelo... sería un placer tenerlo de visita Rodríguez...

Conti muestra a Rodríguez una foto de cómo era su familia con su finada esposa...

Hey Conti... -¡qué joven más linda!...-

-¿Esa fue su esposa?-

-Si, ella fue mi bellísima Wendy, mi adorada esposa y madre de este jovenzuelo aquí...-

-Rodríguez expresa cuánto siente lo de su esposa...- y agrega...

-Nunca le hubiera dicho esto al teniente Roberto Conti de aquellos años... pero yo admiraba su carisma y su siempre positiva actitud. -

-Y en los reportes que escribía sobre mis tenientes de la Base, siempre resalté eso en usted, Conti... y está escrito...-

-Ud era el teniente más popular y querido de la Base en Bahía Catalina... cómo lo hacía don Roberto... ¿aún sigue igual?...-

-Rodríguez... si uno ha vivido su vida de una manera y ha sido feliz de esa forma,... para qué cambiar... ¡no hay motivo!...-

Durante la conversación Roberto miraba el movimiento de aviones que iban y venían...

De pronto el desfile de aviones dejó de pasar...

Por un instante se detuvo y preguntó... -Rodríguez... ¿ve Ud allá ese hangar blanco y un avión Beechcraft B-18 al lado?... ¿Sabe Ud si aquel es el de Marcelo Massi?-

Como administrador del aeropuerto dice,... -hay varios de esos aviones estacionados en el campo aéreo... pero si vamos en mi jeep podemos investigar en persona si es o no...-

-¿Por qué tanto interés Conti?, ahora esos aviones son usados por medianas compañías de carga que viajan a distintos lugares de la provincia y alrededores... son aviones firmes y que producen rentas...-

Roberto relata a Rodríguez de su gran amistad con Marcelo Massi y que él fue quien lo recomendó para que Gerardo O'Brien lo contratara como su piloto privado...

Rodríguez comenta,... -cómo Massi era querido... Él se enfermó hace tiempo de una enfermedad desconocida. Se comenta que él, de joven, vivió en Africa y hacía vuelos de reconocimiento para la Fuerza Aérea Italiana durante la II Guerra Mundial; y es posible que haya sido infectado por algún insecto desconocido que tal vez haya incubado en su cuerpo por años, y que eventualmente lo envenenó por completo. El desdichado Massi falleció no hace mucho tiempo...-

Rodríguez trata de que Roberto conteste, él ha bajado su cabeza y no dice palabra alguna... -Conti... Conti... ¿qué le sucede?... dice el ex comandante... Gerardo también se preocupa, hablá... viejo,... papá... chei, ¿qué tenés?... viejo...-

Roberto finalmente levanta la cabeza... gruesas lágrimas se han acomodado en sus ojos... -Perdónenme por favor... nunca supe lo que me cuenta Rodríguez...-

-¡Cómo lo siento de todo corazón!... chei... Uds. no se imaginan cómo yo quería a ese hombre... Hicimos viajes juntos en su Beechcraft de ida y vuelta entre Santiago y Punta Arenas, yo era su copiloto y siempre muy generoso conmigo... es una verdadera lástima...-

-Tal vez sea mejor que no vayamos a ver el Beechcraft Charlie Charlie Bravo 0365, tengo la impresión que sería demasiado para mi...-

Roberto pide disculpas a su hijo y a Rodríguez y prosigue… -de verdad es que no estaba preparado para esa noticia… perdónenme los dos …-

Gerardo dice, -viejo… no problem… como decía mi madre… Y Rodríguez le da unos palmotones y le dice… es la vida Conti… ¿qué le vamos a hacer?…-

Una vez terminado el almuerzo todos se preparan para continuar el día y piden la cuenta… Rodríguez agradece la invitación y comenta que estará en contacto con ellos…

El ex comandante le dice a Conti que ha sido una calida experiencia volver a verlo y saber sobre su vida. Y en tan buena compañía de su hijo…

Por favor no deje de ir a visitarnos mi comandante y se dan un fuerte abrazo de despedida… algo que jamás hubiera sucedido en los viejos tiempos del teniente Roberto Conti y la base aérea en Bahía Catalina…

Aunque Roberto insiste que no cambia… hay eventos en la vida que nos fuerzan a alterar nuestro comportamiento y olvidamos antiguas diferencias…

-Ahora debo hacer unas llamadas a la ciudad a unas amistades que no veo hace siglos…- dice Roberto…

-¿Quién desea hablar con ella,- responde una joven voz femenina… Roberto nervioso se confunde antes de identificarse… -eeeeh… este… eh… soy un antiguo amigo de ella y hace años que no paso por Punta Arenas y desearía saludarla… y a lo mejor… ¿darle una sorpresa?...-

Una cristalina sonrisa se escucha al otro lado del auricular… -un momento por favor…- y él escucha a la joven decir… -mom, es para ti… alguien quiere sorprenderte...- el corazón de Roberto comienza a latir como un V8 a ocho mil revoluciones…

-¿Quién habla?...- dice una voz de mujer… Roberto identifica la suave voz de Solange,… respira profundo y dice… -Soy Roberto Conti, Solange… y quisiera saludarte…-

-¿Roberto Conti?…-

-¡¡ROBERTO CONTI!!…-

-No lo puedo acreditar… ¿estás vivo?... nunca más supimos de ti… ¿Qué te sucedió?... Ni Jim ni mi pobre madre nunca te hicieron nada excepto adorarte, y jamás supieron qué había sido de tu vida o si estabas vivo o no? Te portaste muy mal Roberto, fue una vergüenza y un gran dolor para ellos …-

-Ahora ellos se han ido Roberto, así como la estancia Chumanguitos… que la hemos vendido con mi hija y vivimos aquí en la ciudad, en la casa que conociste… y sólo quedan los recuerdos de ellos y los tuyos… ¿Vas a creer que aún tengo la pequeña camioneta verde desteñida que tú y yo usábamos? ¿Adivinas por qué aún la tengo?... Está aquí en el garage…-

Y Solange añade…:

-¡Cómo te extrañé Roberto!…-

-Hasta que el tiempo disolvió casi todo el recuerdo que tenía de ti… sé que la culpa fue sólo mía…-

-Y mis padres Roberto… ellos te extrañaron tanto… heriste profundamente a esas dos personas que solamente se encariñaron contigo… mi padre siempre decía... Robertou, donde estás, porque no te comunicas con nosotros, te echamos tantou de menos…-

Roberto contesta… -¿Quieres que te pida disculpas?..-.

Estaremos unos días aquí con mi hijo y nos podemos ver…

-¿No crees?...- A lo mejor te gustaría conocer a Gerardo, pienso que debe ser de la edad de la joven que contestó el teléfono…

-¿No te gustaría que nos viéramos de nuevo?-

-Bien debes recordar Solange, yo te amaba de corazón y nunca he dejado de pensar en ti, pero me hiciste mucho daño Solange, y tal vez por eso nunca volví a comunicarme con Uds.… créeme…-

Y ella contesta... -eso es justo lo que Marie decía…"Solange, pensaste en el golpe que debe haber sido tu actitud para el pobre Roberto"… lo reconocí y no lo he olvidado… aquello fue el error que me ha perseguido todos estos años…-

-Por supuesto que quiero verte y que cada uno conozca a los hijos que no tuvimos… Pueden venir en un par de horas más y cenan aquí esta noche y nos tomamos otra vez unos buenos whiskis…-

-¿OK?...- vamos Roberto, -tenemos mucho que conversar…-

Roberto exhala como si hubiera sostenido todo el aire del mundo en sus pulmones… y le contesta,…- ya estaremos ahí… -

-¿Deseas que te lleve algo?...-

Ella contesta, -con que aparezcas por aquí me basta, no necesito nada más …-

-¡Roberto de mi vida!…-

-Y si traes a tu hijo, mejor aún… mi hija Marie estará encantada…-

Y Roberto le pregunta…

-¿Y el marido no se molestará... chei?...- Y ella responde…

-Donde está el marido no se molestará para nada que me visites…-

El corazón de Roberto palpitaba a mil…

-¿Será cierto que Solange me quiere ver?-

Pasado el tiempo indicado Solange espera en sus habituales jeans y una blusa que aún exhibe la buena apariencia de su torso, y su fina cintura… Algunas líneas se veían en su rostro, el cabello ya no era todo color miel obscuro, con algunos trazos grises, como siempre sobre sus chispeantes ojos azules, vivos, y alegres ahora, expectantes del especial encuentro que se aproxima…

Ambos jóvenes de pie en el foyer de la entrada se miran abochornados por el interminable y apretado abrazo de sus padres,…

-¡Ellos no se separan!…-

La joven Marie sonriente, tratando de suavisar la cosa dice…

-Mom… creo que ya se pueden separar…-

-El joven Conti opina lo mismo…-

-¿Mom… Solange?..-. la madre se separa de Roberto y muy seria dice a su hija…

-Ya he dichou hija que nou me llames por mi nombre… chei… mas respetou con tu madrei…- chei…

Roberto y Solange se atacan de la risa delante de la sorprendidos semblantes de sus hijos, quienes no tienen idea de lo que sucede… Todo el mundo se saluda y se besa…

Roberto explica a Gerardo…

-Jim, el padre de Solange, no soportaba que su hija lo llamara Jim, por su nombre, y cada vez repetía lo que Solange acaba de decir a su hija, que no lo llamara por su nombre… y por eso nos reímos con

Solange, querido… Aquello era algo que Solange hacía intencional para que su padre se molestara y reaccionara con esa frase…-

-¿Comprendes?...-

Roberto examina a Marie que es casi de su estatura y la de Gerardo…

-Pero, ¡qué muchacha más linda! Solange, como es parecida a ti… ¡Y qué estampa!…-

Y Solange interrumpe… -y eso que no está de tacos altos… chei… tú vieras como andan los jóvenes detrás de ella… Pero aún ninguna importante relación…-

-¿No es así Marie?...-

La joven un poco cohibida por la presencia de Gerardo se hace la desentendida de lo que su madre ha dicho…

Marie, la joven de tostados rubios cabellos, de los ojos azules obscuros de Jim Cameron, las facciones y nariz de Solange, es sencillamente espectacular y Gerardo no cesa de examinarla…

Al joven le encanta que de pie, los ojos de ellos están casi a la misma altura, algo que nunca había experimentado al conocer a una joven tan hermosa.

Solange invita a que todos suban a la sala y se pongan cómodos…

Roberto recuerda a Gerardo que ahí está el telescopio del que tanto le habló…

Solange dice a su hija que le muestre a Gerardo cómo usarlo y le indique algunos puntos interesantes que se pueden ver desde aquí de la casa.

La joven con suavidad le dice, ven Gerardo, y lo lleva de la mano hasta la ventana…

Roberto observa a los jóvenes... y comenta a Solange...

-¡Qué pareja linda hacen esos dos... ¿eh?...-

Solange mira a Roberto y le dice,... -tu hijo es un Roberto mejorado... un buenmozo joven... Pero Roberto... nadie es como tú, eres único, tu hijo es otra persona, otro individuo que no puede ser como su padre... por mucho que el padre quiera...-

-¿Tú sabes eso Roberto... no?-

Roberto conversa preguntando en forma general, qué ha sido de sus tres amigos y si ella ha sabido de ellos...

Solange se pone nerviosa y hace una pausa... le viene a su mente el encuentro de la noche de amor con Sergio, su cara la traiciona y Roberto le pregunta...

-¿Dije algo malo? ¿Qué te sucede?... nada... nada, dice ella...-

De tus amigos, sólo una vez vi a Sergio en el banco y después supe que dejó el trabajo y se fue a una línea aérea que él tanto deseaba y a veces viajaba a Punta Arenas y me llamaba preguntando si había sabido de ti...

-...De eso hace años, pero no he vuelto a saber más de él... Tal vez Roberto puedes llamar a los teléfonos que tenías de ellos y averiguar qué ha sido de sus vidas...-

-Roberto, han pasado muchos años y a lo mejor se han cambiado de ciudad o que Dios no lo quiera, hayan muerto...-

Roberto presiente que algo le ha incomodado a Solange con su pregunta y decide cambiar el tema...

-¿No me vas a contar de tu vida Solange?...-

-Sí, Roberto, no fue una bonita historia... años después que te fuiste finalmente me casé con John Wilkinson...-

-Siempre pensé que volverías... Yo no lo amaba, él era mi ex compañerito de la escuelita... tuvimos a Marie... y después por alguna razón comenzó a dejarme de lado y supe de sus amoríos con otras mujeres...-

-Me mudé a la estancia con mis padres, llevándome a mi hija...-

-Jim y mi madre adoraron esos tiempos con Marie chiquita que les llenaba la vida de felicidad...-

Roberto, -tuvimos una fea separación con John y el juez me adjudicó a Marie y eso fue el fin de mi matrimonio... él murió hace unos años y como mi hija que era su única heredera, recibió mucho dinero a cambio de la estancia de la familia.-

-Hemos invertido todo en propiedades aquí en la ciudad. Una vez que mis padres fallecieron vendimos Chumanguitos como un negocio cerrado...-

-Sólo traje cosas y recuerdos de la familia de mi padre... y la camioneta que te conté y que si quieres bajamos a verla. Siempre pido que la limpien y la cuiden... está igual que cuando tú lo viste la última vez... aún con su pintura desleida y no la he querido hacer pintar... creo que perdería personalidad... y tal vez necesitaría neumáticos... ¿No crees?... pero funciona perfectamente... cuando usamos una batería nueva...-

-Sabes Roberto, prefiero no hablar tanto de mi ya que duele pensar que todo lo que amabámos se ha ido y sólo restamos nosotros...-

-Cómo quisiera, amor de mi vida, que viviéramos juntos de ahora en adelante con nuestros hijos... ¿Qué crees?...-

Ayyy...- Solange mi amor... ¡-Qué proposición me has hecho... que he soñado con ella por mil y una noches!...- Y Conti propone:

-¿Pero no les gustaría venir con nosotros a Laguna Azul por un tiempo y podríamos viajar a lugares que a lo mejor todos hemos soñado conocer? -

-Creo que es una excelente propocsición para una viudita tan joven y tan linda como tú…-

-¿Algún comentario?... -

-Adoro tu oferta mi querido Roberto… pero no me digas que andas en otra antigüedad de avioncito y quieres llevarnos a todos dando saltitos y haciendo acrobacias… ¿no?...-

-Déjame pensar un poco y hablemos con Marie y le preguntamos su opinión; recuerda que ahora no soy sola; compartimos nuestras vidas…-

El nuevo mayordomo, Coleen, entra a la sala, (Harold y su esposa Claire han regresado a Inglaterra), y él dice a Solange que la cena está lista y que cuando deseen pueden pasar al comedor…

-Excelente Coleen,- contesta ella, creo que todos estamos muertos de hambre… llama a su hija dice, jóvenes paren de hablar y vamos a cenar…-

Marie y Gerardo han entablado un simpática amistad, se les escucha reirse y hablar y siguen con su cabezas casi juntas mirando por el telescopio, …

-hey, hey, hey… muchachos,- dice Roberto vamos, muévanse… -si parecen un par de chiquilines los dos…-

-Gerardo muy silencioso se acerca a su padre, y le susurra que cuando ellos con Marie estaban mirando por el telescopio y sus cabezas estaban muy juntas, ella le besó sus labios muy delicadamente…-

Roberto por un segundo piensa, y mueve sus ojos de izquierda a derecha y con una sonrisa dice… -“son, that is a symptom of good things to come"... chei... "ese es el síntoma de un promisorio futuro, hijo"...-

Todos pasan al comedor con una bien dispuesta mesa... se sientan los viejos en un lado de la mesa y los jóvenes al otro y así quedan todos bien ubicados para conversar... los dos muchachos sentados lado a lado se miran y se sonríen...

Solange rápidamente capta la energía funcionando entre ellos... e interiormente se sonríe... -las historias se repiten Solange... sí,... se repiten...-

El mayordomo muestra a Roberto dos botellas de vino, un helado Riesling y un Cabernet Sauvignon para que él escoja...

-Hey... Coleen... ¿Qué tenés de cena, carnes o cosas de mar... chei?... el simpático gringo dice,... tenemos una sopa, que es una crema de puerros y papas muy finas con pimienta, después un rostbif de cordero al curry, ensalada y crep suzettes al licor... café expresos en la sala...-

-Hummmm... gracias, todo suena muy bien...- dice Roberto... -dejáme el sacacorchos y los vinos aquí... que yo los cuido y traéme un pote con hielo para el Riesling...-

Solange espera el comienzo de la cena y menciona la oferta de Roberto a la familia... -Uds me perdonarán, pero yo sé qué clase de vuelos hace Roberto o en qué vejestorio de avión anda, así que yo, Marie, no estoy ciento por ciento segura de que quiero viajar con ellos... si tú quieres vas...-

Sorprendido Gerardo mira al padre y le dice... -¿viejo?-

-¿Qué clase de historia de esas que yo conozco, has contado a Solange... ¿viejo?... ¿eh?...-

Las dos mujeres miran a Roberto con caras de pícaras al oír al joven Conti llamar la atención a su padre...

-Decíme Gerardo… ¿Has contado a Marie en qué “vejestorio” de avión andamos?…-

El joven Conti levanta sus dos manos como inocente y dice… -viejo… cheeei…

-Yo no he comentado nada de nuestro avión a ella… viejo querido... chei…-

Marie sale a la defensa de Gerardo y afirma, - es cierto, Gerardo no me ha contado nada de ningún avión, Roberto…

Solange divirtiéndose con la conversación, comenta,… -ves Roberto… aquí la cosa se te va a complicar… ahora somos tres contra uno… esto va a ser el comienzo de una divertida relación entre nosotros cuatro…-

-Además ya no tienes a mi padre para que se ponga de tu lado… ¿Recuerdas?... y te ayude….-

-¡Qué buenooooooooooooo!- Y se ataca con su contagiosa risa… y todos se ríen…

Solange propone un brindis por las personas más importantes en su vida,… todos los presentes… y dice, -has un brindis Roberto con algunas sabias palabras a esta altura de tu vida… mi adorado Roberto…-

Él, levanta su copa del transparente Riesling y dice…

-¡Salud por la amistad… que es como el amor… pero sin sus alas…!-… y añade…

-Y hagamos otro salud por los viejos, que deben estar… Roberto indica con su índice hacia arriba, allí felices observándonos…-

Todos chocan sus cristales que alegres tintinéan…

Solange dice que adoró el brindis y le da un delicado beso a Roberto en los labios… y agrega…

-Marie… ¿Ves, qué te había dicho del loco éste?...- La muchacha sonríe a Gerardo, y lo encara con una romántica mirada...

-¿Y tú muchacho, no tienes nada que decir?..-. El joven, medio cohibido… insiste…:

-Roberto,… viejo querido…, no me digas que no te puedo llamar por tu nombre… chei…! ¿Eh?...-

Las dos mujeres se atacan de la risa…; y continúa…

-¡Pero qué buena idea tuviste de venir donde estas bellas jóvenes!…-

-Pero tenemos un problema,…-

-¡No nos podemos ir sin ellas!… en el avión que sea…-

Todos levantan las copas otra vez… y Marie toma la palabra…-

-Gerardo, muchacho… -¿Tú no te vas a poner dificil con tu padre, o con nosotras, porque tu padrte anda en un destartalado avión… no?... y dice… -pues bien, brindemos por la buena salud del bendito avión…-

Las copas tintinean otra vez…, y comienza la simpática cena que ya ha sido servida…

Coleen ha distribuido su fragante crema de puerro en sendos potes…

Mientras el potente jet acelera al máximo y se eleva a su altura de crucero…, a través del intercomunicador de la cabina se escucha la entrometida voz de Solange, que se queja que el respaldo del asiento la empuja muy, pero muy fuerte hacia delante…, -así que por favor… Roberto,… ¿mi amor?…-

-¿No podrías ir un poco más lento?... chei…-

El ex comandante Rodríguez se encuentra donde se estacionan aviones; él con cara de incrédulo, escucha el jet de los Conti, y sigue la trayectoria de la blanca silueta con sus retroquemadores que truenan con intensidad, hasta que el punto se disuelve en el azul del cielo… él lleva su derecha a sus sienes y saluda a su ex oficial…

-¡Feliz vuelo teniente Conti!… siempre fuiste un hombre muy querido… ¡que Dios te guarde…!-

FIN

CPSIA information can be obtained at www.ICGtesting.com
Printed in the USA
LVOW06s2133220915

455344LV00001B/110/P

9 781682 290361